# AMOR COMPRADO

## JACQUELINE BAIRD
## Comprada por un magnate

Editado por Harlequin Ibérica.
Una división de HarperCollins Ibérica, S.A.
Avenida de Burgos, 8B - Planta 18
28036 Madrid
www.harlequiniberica.com

© 2025 Harlequin Ibérica, una división de HarperCollins Ibérica, S.A.
N.º 93 - 7.8.25

© 2005 Jacqueline Baird
Comprada por un magnate
Título original: Bought by the Greek Tycoon

© 2005 Kay Thorpe
Comprada por un millonario
Título original: Bought by a Billionaire
Publicadas originalmente por Harlequin Enterprises, Ltd.
Estos títulos fueron publicados originalmente en español en 2006

I.S.B.N.: 979-13-7000-805-5
Depósito legal: M-11633-2025
Impreso en España por: BLACK PRINT
Fecha impresión Argentina: 3.2.26
Distribuidor exclusivo para España: LOGISTA
Distribuidores para Argentina: Interior, DGP, S.A. Pienovi 211 - Avellaneda
Cap. Fed./Buenos Aires y Gran Buenos Aires, VACCARO HNOS.

MIXTO
Papel
FSC FSC® C159065

# Capítulo 1

JEMMA BARNES, hacía dibujitos sobre una libreta de notas sin prestar atención a la conversación que se mantenía a su alrededor. Su padre, gerente de la compañía Vanity Flair, había insistido en que asistiese a aquella reunión puesto que había heredado la participación que su tía Mary tenía en ésta y había pasado a convertirse en uno de los principales socios accionistas. Lo cierto era que ella no entendía para nada de fluctuaciones del mercado ni de Bolsa, y que ya le costaba bastante ocuparse de la parte financiera de su floristería de Chelsea, como Liz, su mejor amiga y socia, podría confirmar.

–Jemma –oyó decir a su padre, interrumpiendo su ensoñación–. ¿Estás de acuerdo?

Al levantar la cabeza, se dio cuenta de que una docena de personas la miraba fijamente. Sus ojos ambarinos se encontraron con los marrones del hombre que se sentaba frente a ella, el señor Devetzi, griego, que su padre le había presentado poco antes. Al parecer aquel hombre mayor había conocido a su tía Mary en la isla de Zante, donde ella tenía una casita. Jemma había pasado allí el verano anterior, pero no tenía un recuerdo grato de aquellas vacaciones, entre otras cosas, porque su tía había muerto poco después.

El hombre le sonrió y ella dedujo que su expresión aterrada le había indicado que no tenía ni idea de qué responder a la pregunta. Con una leve inclinación de cabeza y un guiño, le dio la respuesta.

–Sí, por supuesto –aceptó Jemma, y así terminó la reunión.


–¿Por qué no me llamaste? –preguntó Luke Devetzi en griego a su abuelo, que estaba sentado en un sillón con un tobillo vendado y apoyado en un escabel–. Sabes que hubiera venido enseguida. Además, ¿qué has venido a hacer a Londres? Después del último susto que nos dio tu corazón, creía que el médico te había recomendado no volar.

–He venido por negocios –declaró Theo Devetzi escuetamente.

–Pero hace años que dejaste de ser mayorista de pescado –le recordó Luke.

–No me refiero a ese negocio. Lo cierto es que te llamé hace seis días, y una mujer de tu oficina en Nueva York me dijo que te habías ido unos días fuera y que no se te podía molestar a no ser que se tratara de una emergencia –el anciano levantó una ceja–. Como sólo te llamaba para decirte que iba a quedarme en tu piso de Londres unos días, no vi razón para molestarte.

Luke hizo una mueca. No podía decir nada; era cierto que había dejado aquellas instrucciones a su secretaria, y se sentía muy culpable por ello.

Sus abuelos lo habían dado todo por él. Hacía treinta y ocho años, Anna, su única hija, se quedó embarazada del dueño de un yate que estaba visitando la isla. Para proteger a su hija y a su nieto de la censura de la pequeña comunidad en la que vivían, se trasladaron a Atenas, donde nadie los conocía. Cuando

Anna murió en el parto, ellos pasaron a ocuparse de Luke.

Éste no conoció a su padre biológico hasta que acabó sus estudios universitarios de ciencias empresariales. Se negó a suceder a su abuelo en el negocio de venta de pescado al por mayor que éste tenía y aceptó un trabajo en un crucero. En un ataque de ira, Theo lo había comparado con su padre, un francés que se hacía llamar por un título nobiliario y que se pasaba la vida de puerto en puerto seduciendo jovencitas.

Luke no tardó un segundo en ir en busca de su padre, a pesar de que nunca le habían molestado demasiado las circunstancias de su nacimiento, y lo encontró viviendo en una gran mansión en Francia, con su mujer y sus dos hijos, ambos mayores que él. Cuando Luke se identificó, él hizo un gesto de desprecio y se despidió de él diciéndole:

—He estado con decenas de mujeres e incluso si hubiera estado soltero cuando conocí a la pueblerina griega que era tu madre, nunca me habría casado con ella —y después, ayudado por sus igualmente despectivos hijos, echó a Luke de su casa.

Luke siguió con sus planes y se embarcó en el crucero, donde hizo amistad con un rico banquero neoyorquino que lo contrató como ayudante para realizar sus operaciones de Bolsa. Cuando el barco llegó a Nueva York, aquel hombre le ofreció un puesto a Luke en su empresa, puesto que éste había destacado especialmente en su trabajo, y cuatro años después, creó su propia empresa: Devetzi Internacional.

Luke miró a su abuelo con una mezcla de frustración y cariño.

—Nada de lo que hagas o quieras me supondrá

nunca un problema, Theo. Sólo tienes que decir lo que quieres y lo tendrás, ya deberías saberlo.

Theo estaba envejeciendo. A sus setenta y siete años tenía el rostro surcado por mil arrugas, pero sus ojos aún delataban la determinación que lo había empujado a establecer su negocio años atrás con su amigo Milo. Luke le debía la vida a aquel hombre que, en realidad, era su única familia.

–No intentes engatusarme, Lycurgus.

Luke se puso tenso. Sabía que el anciano estaba enfadado o tenía algo en mente, pues de otro modo no habría usado su nombre completo; su abuela había querido llamarlo al ver sus ojos grises, que le recordaron a un lobo, porque significaba cazador de este animal,

–Lo que quiero es verte casado y con niños; ver la continuación de la familia, pero dada tu aparente aversión al matrimonio y las mujeres que eliges, ya casi no me quedan esperanzas –le mostró una revista a Luke–. Échale un vistazo a tu última elección, probablemente la mujer con la que has pasado los últimos días –señaló las páginas centrales–. Davinia Lovejoy no es precisamente el retrato de una madre y esposa.

Theo tenía razón; Luke había estado saliendo con Davinia las últimas semanas, pero no tenía ninguna intención de casarse con ella. ¿Por qué tendría que hacerlo? No le gustaba nada que Theo metiese las narices en su vida sexual... Y, en cuanto al matrimonio, Luke no confiaba en las mujeres a largo plazo. La experiencia le decía que las mujeres casadas estaban tan deseosas de meterse en su cama como las solteras, si no más, aunque él siempre había evitado involucrarse con casadas. La única excepción que había hecho a aquella norma aún lo atormentaba por las noches.

El abuelo de Luke seguía con su acalorado discurso en griego:

–Pensaba que tenías mejor gusto. ¿Es que no sabías que se operó la nariz a los diecinueve años? Eso puedo tolerarlo, y también el aumento de pecho, pero esto último... ¡un trasero falso! No había oído nada igual en la vida.

–¿Cómo? Déjame ver... –saltó Luke, tomando la revista de manos de su abuelo. Theo tenía razón. Una de las fotos la mostraba saliendo de un restaurante con él, y el artículo detallaba todas las operaciones estéticas a las que se había sometido y hablaba del nuevo hombre con el que se le había visto últimamente.

Luke no pudo reprimir un muy descriptivo apelativo en griego.

–No podría estar más de acuerdo –apuntó Theo, con una leve sonrisa

–No me di cuenta... –comento Luke en voz baja, lo cual fue casi una confesión para un hombre que se definía como un experto en mujeres. Se sentó en el sofá junto a Theo y sonrió–. Conocí a Davinia porque es decoradora y mi secretaria la contrató para redecorar mi apartamento de Nueva York –lo que no le contó era que mientras le enseñaba el apartamento se había dado cuenta de que hacía casi un año que no se acostaba con una mujer y pensó que ya era hora de hacer algo al respecto–. Si eso te tranquiliza, no tengo intención de casarme con ella.

En un par de semanas, cuando la decoración del apartamento estuviera acabada, también lo estaría su relación con Davinia. Además, a pesar de que ella era una mujer muy bella e inteligente, y una amante experimentada, por algún extraño motivo él se había quedado con una extraña sensación de insatisfacción.

–¡Me alegro! En ese caso, podrás hacerme un favor –dijo Theo–. Desde la muerte de tu abuela he estado investigando cómo recuperar la casa que teníamos en Zante. Cuando nos fuimos a Atenas se la vendí al carnicero del pueblo, pero esa casa había sido de mi familia durante generaciones; en esa playa fui concebido, al igual que tu madre, y allí cortejé a tu abuela. Quiero recuperarla –declaró–. Con los años, lo único que le quedan a uno son los recuerdos, y los más felices de mi vida ocurrieron allí –Theo suspiró–. El carnicero murió hace ocho años, pero antes de eso le vendió la casa a un empresario de Atenas. Las malas lenguas dicen que se la regaló a su amante, una botánica inglesa llamada Mary James. Yo la conocí hace años en Zante; era una mujer adorable y me habló de su trabajo y de la empresa de cosmética homeopática que había creado con su hermana. Su hermana acabó casándose con el contable de la empresa, David Sutherland, que promovió la expansión de la marca por toda Europa. Cuando le pedí que me vendiera la casa se negó en redondo. Más tarde me enteré de que su empresa había salido a Bolsa en el mercado alternativo de valores para reunir la financiación suficiente como para llevar la empresa a América, así que compré acciones con la esperanza de que eso me acercara a la señorita James y así poder convencerla de que me vendiera la casa.

Luke frunció el ceño. La mayoría de las empresas de ese mercado alternativo eran negocios arriesgados.

–Haz lo que te aconsejo: vende tus acciones cuanto antes. Y de la casa...: olvídate. ¿Es que no estás a gusto en la casa que mandé construir? Nunca antes te habías quejado.

–No. Es una casa muy bonita, pero desde que tu

abuela murió, me siento un poco solo. Tú nunca vienes.

—En eso tienes razón —admitió Luke, pero lo cierto era que le molestó el no haber sabido que Theo pretendía comprar la casa de Zante; eso revelaba la poca atención que le había dedicado a su abuelo en los últimos años—. Intentaré ir más a casa, Theo, pero te aseguro que Zante ya no es como cuando tú eras joven. Ahora está lleno de turistas —Luke lo sabía porque había ido allí con su yate el año anterior y, aunque el lugar era precioso, sólo había pasado una noche.

—Te equivocas —dijo el anciano con ojos chispeantes—. Por fin he encontrado un modo de recuperar la casa de mi familia. Cuando me enteré de que Mary James había muerto, compré más acciones —levantó una mano—. Antes de que protestes, te digo que las compré baratas.

Si la empresa se hundía esas acciones le saldrían caras, pensó Luke, pero no quiso seguir discutiendo.

—La semana pasada recibí una notificación de una junta de accionistas, pues soy uno de los mayores inversores —continuó Theo—. Estuve en la junta y después Sutherland me invitó a cenar a su casa esta noche y a la fiesta de cumpleaños de su hija el fin de semana.

—Muy interesante, pero eso no explica cómo te torciste el tobillo y que si Milo no me hubiera llamado a Nueva York, yo no me habría enterado de nada.

—Te iba a llamar en cuanto saliera del hospital, pero Milo se me adelantó. Me tropecé en el escalón del salón —dijo Theo, observando la decoración del apartamento de soltero de su nieto.

—Pues me alegro de que Milo estuviera contigo...

–Claro. Milo tiene tantas ganas como yo de que recupere la casa de mi familia. Nosotros nos conocimos en Zante y siempre se quedaba en casa con tu abuela y conmigo cuando su barco atracaba allí. Siempre pensé que tenía debilidad por tu madre, pero...

–Bueno, pero ¿cómo vas a recuperar la casa? –apremió Luke.

–No voy a hacerlo yo, sino tú –declaró Theo con una ancha sonrisa–. Conocí a la hija de Sutherland en la junta. Es una mujer encantadora que no sabe nada del negocio de la familia, pero tiene uno propio. Estuvimos charlando y me contó que había acudido a la junta porque era la heredera de su tía. Además, no sólo había heredado sus acciones, sino también la casita de Zante.

–Qué bien –Luke fue hacia el mueble bar y se sirvió un vaso de whisky con agua–. Entonces ella ha accedido a vender y quieres que yo pague la casa, ¿no?

–No, le pregunté que si me vendería la casa, pero me dijo que no creía que eso fuera posible. No necesito que me ayudes a pagar la casa, pero sí que vayas a la cena en mi lugar esta noche. Quiero que utilices todos tus encantos con esa mujer y que la ablandes. Después, cuando yo vaya a su fiesta de cumpleaños el sábado, le explicaré lo mucho que significa esa casa para mí y que quiero dejársela a mi nieto. Cuando le pida que me la venda, estará dispuesta a acceder a todo lo que le pida.

–¿Quieres que la seduzca? –dijo Luke, mirando a Theo con una ceja levantada–. Me sorprendes, teniendo en cuenta lo mucho que me criticas por mujeriego.

–No necesito que llegues tan lejos, aunque no creo que fuera un gran sacrificio para ti, porque es una chica encantadora –Theo esbozó una sonrisa pícara–. Si tuviera cuarenta años menos, me ocuparía de esto en persona.

Luke echó a reír.

–Eres incorregible. Está bien, dile a Sutherland que yo iré a la cena en tu lugar y haré lo posible por encantar a esa mujer. ¿Cómo se llama?

Theo estaba ya marcando el número de Sutherland en el teléfono:

–Jem... algo así, o... Jan, creo.

Luke fue al baño para darse una ducha pensando en el lío en que se había metido y deseando por lo menos que la tal Jan fuera presentable.

Luke volvió después de medianoche, cansado, pero con una sonrisa de satisfacción en la cara.

–¿Qué ha pasado? ¿La viste? ¿Te gustó? ¿Le gustaste tú a ella? –preguntó Theo en cuanto él cruzó el umbral.

–Sí a todo –respondió Luke–, pero no me tenías que haber esperado despierto.

–Eso da igual. ¡Dime qué pasó!

Luke se dejó caer en el sofá y se aflojó la corbata.

–Sutherland me presentó a su hija Jan, y por una extraña coincidencia, ya la conocía.

–¿Que la conocías? ¿Estás seguro?

–Créeme, abuelo. La conocí en Nueva York hace años; ella era modelo y salimos unas cuantas veces. No tienes nada de qué preocuparte, el asunto está en el bote. Te lo prometo. Jan estaba encantada de verme y casi se abalanzó sobre mí cuando me vio. Mañana iré a cenar con ella y para el domingo la tendré comiendo de mi mano –se puso en pie y añadió–. Ahora, si no te importa, me voy a acostar. Y te sugiero que hagas lo mismo.

–Jemma, te llaman por teléfono –gritó Liz–. Es tu madrastra.

Jemma se quitó los guantes y dejó la cesta que estaba rellenando con flores de verano para ir a responder al teléfono.

–Dime, Leanne.

Jemma escuchó las instrucciones de la mujer de su padre durante varios minutos sin decir nada. Su madre había muerto cuando ella sólo tenía doce años después de una larga enfermedad. Su padre se casó a los seis meses con su secretaria, madre soltera de una chica de dieciséis años, Janine, que había dejado los estudios para ser modelo.

Entonces Jemma estudiaba en un internado y, aunque su padre adoptó a Janine y le dio su apellido, ellas nunca se vieron como hermanas, sino como amigas lejanas.

–¿Tienes alguna duda, Jemma?

–No, todo está muy claro –respondió ella cuando por fin pudo decir algo–. Ya he pedido las flores que querías y estaré allí el sábado a primera hora para que la casa esté decorada para el cumpleaños de Jan –Jemma colgó y le preguntó a Liz–. ¿Estás segura de que no quieres que cerremos la tienda el sábado por la tarde y te vienes conmigo?

–No, gracias –replicó Liz–. Ya sabes que sólo soporto a la bella Janine en pequeñas dosis. ¿Cuántos cumple? ¿Veintiocho por cuarto año consecutivo?

–¡No seas bruja! Aunque la verdad es que tienes toda la razón. Hey, al parecer Jan se encontró con un antiguo novio en la cena de ayer.

–¿La cena a la que no fuiste por un dolor de cabeza ficticio? –se burló Liz.

–Sí... al parecer él aún está soltero y es tremendamente rico. Jan quiere atraparlo, así que no se puede mencionar por ningún motivo su verdadera edad.

–No me sorprende en absoluto.

–¡Qué mala eres! –dijo Jemma sonriendo.

–Ojalá tú fueras un poco mala a veces –suspiró Liz–. Ya es hora de que salgas a divertirte un poco de nuevo.

–Bueno, voy a ir a la fiesta del sábado –dijo ella–. Ya es hora de que te vayas a comer. Patty llegará en cualquier momento, y Ray también –Patty era una aprendiz y Ray un empleado que, aunque florista titulado, pasaba la mayor parte del tiempo haciéndose cargo de los repartos.

–Me voy, pero, Jemma, lo digo en serio. Alan murió hace dos años y, por mucho que lo quisieras, ya es hora de que vuelvas a salir con hombres, o al menos, que vayas planteándotelo en lugar de quedarte petrificada frente a cualquier chico guapo. Aparte de ser aburrido, el celibato no es bueno para la salud.

Para gran vergüenza de Jemma, ella no había llevado a rajatabla ese celibato en los últimos dos años. Había cometido un error enorme que había jurado no repetir, pero no se atrevía a confesarlo ni a su mejor amiga.

Una vez que Liz se hubo marchado, Jemma se dijo a sí misma que ya había conocido a su alma gemela y que la había perdido. Todo empezó cuando la madre de Jemma murió y ella empezó a pasar más tiempo con su tía Mary. A ella le encantaba la jardinería, pero su padre vendió su casita en el campo con su impresionante jardín para comprarse un apartamento en la ciudad, al

gusto de su buena mujer. Por suerte, la tía Mary le dio
total libertad para practicar su afición en su jardín. Ella
era profesora de botánica en el Imperial College de
Londres, algo que siempre fascinó a Jemma, pero el
joven investigador que trabajaba con su tía, Alan Barnes, la fascinaba aún más. Se enamoró perdidamente
de él y éste acabó convirtiéndose en su amigo y confi-
dente.

Cuando acabó el instituto, a los dieciocho años,
Jemma se dio cuenta de que no tenía un cerebro aca-
démico como para ir a la universidad, pero sí tenía
cierto talento artístico. Por eso se matriculó en un
curso de floristería de dos años. Allí fue donde conoció a Liz. Para entonces la relación con Alan se había
convertido en un profundo amor, y fue él quien
animó a las dos amigas a que abrieran su tienda. Su
vida era maravillosa, y fue aún mejor cuando con
veintidós años se casó con Alan en una boda de
cuento de hadas.

Su felicidad fue breve, pues Alan murió cuatro años
después en un accidente de aviación. A los dos les gustaba el vuelo sin motor, y Jemma siempre se sintió culpable por no haber estado con él ese día por haberse
quedado terminando un trabajo.

Cada vez que pensaba en él, se le encogía el corazón de tristeza, pero gracias al apoyo de Liz los últimos dos años, había superado la etapa de las lágrimas
y ya podía enfrentarse al mundo, por pocas ganas que
tuviera de hacerlo.

–Feliz cumpleaños, Jan –saludó Luke nada más entrar en casa de los Sutherland, en Connaugh Square.
Le había dado su regalo de cumpleaños el día anterior;

un bolso de Prada, nada demasiado personal–. Creo que ya conoces a mi abuelo...

Ella no lo dejó acabar.

–Oh, claro que lo conozco –Jan le dedicó una sonrisa radiante–. Siento que se hiciera daño en el tobillo. Lo cierto es que no puedo negar que me encantó que Luke viniera a la cena en su lugar –miró a Luke–. El destino hizo que nos volviéramos a encontrar, ¿verdad, cariño? –e inclinó la cabeza para que él la besara.

Luke conocía a muchas mujeres como ella, sofisticada y consciente de sus encantos, y no le costó besarla levemente en los labios. Lo que le sorprendía era que Theo considerase atractiva a aquella modelo delgadísima de casi un metro ochenta de alto.

Jemma bajó las escaleras observando complacida el centro de flores de la mesa. Desde la muerte de Alan había ido a muy pocas fiestas, pero no podía excusarse de asistir a aquélla. Echó los hombros hacia atrás, y miró a su alrededor hasta encontrarse con la chica del cumpleaños. Jan estaba inclinando la cabeza hacia atrás pidiendo un beso que no le fue denegado. Él medía casi dos metros, tenía la espalda ancha y el pelo negro, y era la pareja perfecta para la rubia Jan.

En ese momento, Jemma se fijó en el hombre mayor que estaba junto a ellos y se apoyaba en un bastón con puño de plata. Tenía una expresión de furia contenida y parecía sentirse tan fuera de lugar como Jemma, pero ésta reconoció su rostro enseguida.

–Señor Devetzi –dijo, acercándose a él–. Encantada de volver a verlo –y levantó la mano para estrechársela.

–El placer es mío –dijo él, tomándole la mano para besarle el dorso–. Por favor, llámame Theo.

–Claro, Theo –rió ella.

Luke sintió cómo Theo le tiraba de la chaqueta y en ese preciso instante reconoció aquella voz femenina. Se giró lentamente y la vio... todos y cada uno de los músculos de su cuerpo se tensaron al instante. Conocía a aquella mujer de la forma más íntima posible; ella había envenenado sus sueños durante todo el último año y, a pesar de que la despreciaba por su falta de moral, su cuerpo aún sufría de pasión por ella. Antes de pronunciar un saludo apropiado, Jan lo agarró por el brazo y le habló a la mujer:

–Jemma, cariño, te presento a Luke, el hombre tan maravilloso del que te había hablado.

Luke oyó la voz de Jan, pero sólo se quedó con el nombre: ¿Jemma? ¿Qué había pasado con Mimie? Seguro que era el pseudónimo que usaba cuando engañaba a su marido. Pero, a pesar de ser una mujer infiel, tenía un aspecto aún más fantástico de lo que recordaba.

La primera y única vez que la había visto hasta entonces había sido cuando hizo un crucero en su yate con varios amigos por algunas islas griegas, como hacía todos los veranos. Era el cumpleaños de una de sus acompañantes y habían bajado a comer a la isla de Zante.

Cuando él había salido del restaurante para tomar un poco de aire fresco, la vio. Ella estaba sola, sentada en la terraza de un bar del puerto, bebiendo a sorbitos una copa de vino. No estaba maquillada, pero estaba preciosa, como recién salida de un cuadro de Rossetti. Tenía un rostro fino y bien dibujado, unos labios jugosos y rosados y el pelo castaño le caía en cascada sobre la espalda.

Mientras la miraba, una pareja que salía del bar chocó con su mesa y la jarra y su copa de vino cayeron sobre ella. Ella se levantó de un salto y Luke corrió en su auxilio.

Ella había aceptado sin dudarlo su ofrecimiento de ir al yate para limpiarse las manchas del minúsculo top y shorts blancos que llevaba. El encuentro sexual que tuvieron después de eso fue el mejor de su vida, y cierta parte de su anatomía despertó al recordarlo, pero enseguida recordó con rabia lo que había pasado después. Sin mirarlo a los ojos, ella se levantó de la cama, recogió su ropa y su bolso, y se metió en el baño.

Cuando había regresado, completamente vestida, se estaba colocando una alianza en el dedo. Luke se levantó de la cama, sin querer comprender lo evidente.

–Estás prometida –dijo.

–No... casada –respondió ella–. Y esto ha sido un gran error.

.Luke había salido con montones de mujeres, y se había acostado con buen número de ellas, pero nunca con una casada. Tan furioso consigo mismo como con ella, le dijo:

–Para mí no, cariño. Ha estado bien, pero será mejor que te vayas. Mis invitados volverán en cualquier momento y preferiría que no te vieran, especialmente una invitada en particular.

Ella lo miró horrorizada, dándose cuenta de lo que quería decir. Después se dio la vuelta y se marchó sin decir más, dejándolo allí desnudo, furioso y asqueado con los dos. No había tenido una aventura de una sola noche desde que era adolescente y su norma era salir al menos tres veces con una mujer antes de acostarse con ella, pero aquella vez había roto todas sus reglas... y con una mujer casada.

Al mirarla en aquel momento la vio tan serena, tan elegante, que le costó recordar a la apasionada mujer que había compartido su cama. Tenía el pelo recogido en un intrincado moño, revelando la perfección de su cuello. Llevaba un sencillo pero fantástico vestido negro y un escote cuadrado bajo el cual se adivinaban sus bellos pechos. La fina tela se ajustaba perfectamente a las curvas de su cuerpo y llegaba hasta un par de centímetros por encima de sus rodillas. Tenía unas piernas fabulosas acentuadas por los altos tacones de las sandalias, y las uñas de los pies pintadas de rosa. Era la perfección absoluta de pies a cabeza, y no podía olvidar la imagen de su cuerpo desnudo bajo aquel vestido. Luke contuvo el aliento. Por primera vez tenía celos de su abuelo por tener toda la atención de aquella mujer, su bella sonrisa...

¡No! ¡Estaba casada!

Jemma oyó el nombre de Luke, pero no le dijo nada. Le sonrió a Jan y, cuando miró educadamente al hombre que estaba a su lado, sus ojos se abrieron como platos. Se quedó pálida y bajó lentamente la mirada mientras el corazón le latía como si le quisiera salir del pecho. Luke destacaba por encima de la multitud, con su esmoquin negro, su piel morena y esa aura de arrogancia y virilidad que era imposible de ignorar. Pero eso fue lo que ella hizo.

Jemma no podía creerlo: un error en su vida, y se presentaba delante de ella. Se había acostado con él sin saber cómo se llamaba. Acostarse... no, tenía que llamar las cosas por su nombre: sexo, habían tenido sexo ilícito y nada más que eso. Ella se odiaba a sí misma y a él por haber sido infiel a su novia, que no debía estar muy lejos.

Con el estómago encogido y un terrible esfuerzo, murmuró Jemma.

–Encantada de conocerte –sin casi mirarlo, volvió su atención a Theo.

# Capítulo 2

PARA LUKE Devetzi era una experiencia completamente nueva, y no del todo agradable que lo ignoraran de ese modo, pero no iba a dejar que aquella gata promiscua se saliera con la suya, a pesar de seguir con Jan colgada de su brazo.

–Hola... Jemma, ¿verdad? –murmuró con voz provocativa.

Ella volvió a mirarlo con ojos fríos.

–Sí. Hola –y apartó la mirada de nuevo.

–Como no hemos sido formalmente presentados, permíteme... Me llamo Luke Devetzi.

Estaba decidido a hacer que le prestara atención, y le ofreció la mano. Ella le correspondió sin ganas, pero cuando él sintió la suavidad de su piel, no pudo evitar una oleada de excitación sexual que no había sentido desde su encuentro con Jemma, o Mimie, por primera vez en el yate. Bajó la mirada algo aturdido, y vio el anillo de casada en su mano. Eso le hizo recordar su norma: no involucrarse con mujeres casadas. Pero aquella sirena no le había dicho que lo estaba hasta después de haberla llevado a la cama.

Jemma notó el tono seductor de su voz y se quedó helada. La miraba como retándola, pero sus ojos grises despedían un brillo seductor y ella apartó rápidamente la mano.

–Jemma Barnes –murmuró ella.

Jan interrumpió la escena.

–¿Puedes hacerme un favor, Jemma, y cuidar del abuelo de Luke? Tuvo un accidente hace un par de días y no puede caminar muy bien –dijo, con su poco tacto habitual–. Tenemos que saludar a mucha gente, y David quiere hablar de negocios con Luke.

A pesar de todo, Jemma agradeció la interrupción de Jan:

–No hay problema. Estaré encantada.

Cuando se alejaron entre la multitud, Jemma respiró aliviada, pero aún estaba temblorosa. Su peor pesadilla se había hecho realidad.

Luke y Theo no se parecían; el abuelo era bajito, corpulento y de ojos negros, mientras que Luke era alto y espigado, con los ojos grises que contrastaban vivamente con su piel olivácea. Sus ojos fueron lo primero en que se fijó de él hacía un año, cuando se conocieron, y uno de los motivos por el que actuó de un modo tan extraño teniendo en cuenta su carácter.

La desagradable coincidencia de encontrárselo allí en aquel momento le revolvió el estómago y deseó marcharse. Se volvió hacia Theo para excusarse y lo vio mirando a Jan con expresión asombrada, cosa que no le extrañó.

–Jan es muy bella y tiene un efecto sorprendente sobre los hombres –dijo, tranquilizadora–, pero creo que su nieto puede manejarla. Y además, hacen una bonita pareja.

Él hizo un sonido indescifrable y empezó a toser violentamente. No podía marcharse, estaba claro que el hombre no estaba muy bien.

–No está bien, Theo. Siéntese un momento y deje que vaya por una copa de champán –sugirió ella tomándolo del brazo–. Así podrá contarme lo de su accidente y con qué estuve de acuerdo en la reunión del viernes –bromeó.

–Desde luego –repuso él, sonriendo–. Pero, ¿puedes decirme quién es la mujer con la que está mi nieto? –dijo, señalando a la pareja con la empuñadura de su bastón.

–Es mi hermanastra, Jan –respondió ella mientras conducía al hombre hacia una esquina del elegante salón–. ¿Está bien? –preguntó preocupada al notar que tropezaba.

–¿Tu hermanastra? No sabía que tenías una hermana.

–Claro, apenas me conoce –rió ella.

–Creo que necesito esa copa –dijo Theo, sentándose en un sillón a la vez que murmuraba algo en griego que sonaba a juramento.

–Espere y le traeré un brandy, que creo que le irá mejor que el champán –Jemma empezaba a preocuparse por el hombre.

Mientras, Luke le había puesto una mano a Jan en la espalda y caminaban juntos entre la multitud. Él sonreía cuando Jan agradecía las felicitaciones de cumpleaños de sus amigos mientras se dirigían hacia sus padres en el otro extremo de la sala. Luke podía actuar como la pareja perfecta aunque sus pensamientos seguían centrados en la preciosa Jemma.

Miró a su alrededor intentando descubrir a su marido entre todos esos hombres. Era un hombre con suerte, o bueno, no tanta, se dijo Luke. La química sexual, la pasión salvaje que hubo entre Jemma y él no podía haber sido malinterpretada. Aquel marido era más objeto de compasión que de envidia, se dijo.

Pero tenía que centrarse en Jan y en ayudar a su abuelo. Echó una ojeada por la sala y lo vio sentado en un sillón, sus miradas se encontraron un instante. Por un segundo, Luke creyó ver pánico en la mirada de su abuelo, pero al ver a Jemma ofrecerle una copa de brandy, el rostro del hombre se tornó sonriente.

–¿Está seguro de que está bien? –preguntó Jemma al darle la copa, sentándose a su lado con una copa de champán en la mano. Normalmente no bebía, pero aquella noche necesitaba algo que le calmara los nervios.

–Mucho mejor –la tranquilizó Theo después de tomar un sorbo de brandy–. Tu hermana Jan parece conocer bien a Luke. ¿Lo conocías de antes? –preguntó.

–No –mintió Jemma apretando los dientes. No quería que nadie supiera lo que había habido entre aquel hombre y ella–. Pero Jan sí –Theo empezó a toser de nuevo–. Parece que ha pillado un resfriado.

–No, en serio, estoy bien –insistió él, y cambió de tema para explicarle lo que había votado en la junta. Al parecer había sido una ampliación de capital.

–La verdad es que eso no me dice nada –dijo ella–. No se me dan bien los números y no sé nada de finanzas, pero no le diré que no al dinero.

–Eso tiene fácil solución –apuntó Theo, dejando su copa en una mesita auxiliar–. Puedes venderme la casa de tu tía en Zante. Esa casa perteneció a mi familia hasta que la tuve que vender. Llámame sentimental, pero la verdad es que me gustaría recuperarla y estoy dispuesto a pagarla por encima del precio de mercado.

–Me parece normal que quiera recuperarla, y se la vendería si pudiera, pero no puedo hacerlo –Jemma vio la cara de asombro de Theo y se explicó mejor–. Mi tía me la dejó en usufructo; para mí y para mis hijos, y los hijos de mis hijos... está todo bien atado legalmente.

–Ya veo –el hombre entrecerró los ojos, pensativo–. ¿Y has pensado en romper esas ataduras? Legalmente, se puede hacer.

–Tal vez algún día –cuando fuera tan vieja que no pudiera tener hijos. Además, le debía a su tía intentar cumplir sus deseos, pensó con tristeza, pero no quiso contarle a Theo toda la historia.

–Desde luego, eso es decisión tuya –dijo Theo, y levantó las manos en señal de rendición–. Lo comprendo. He vivido lo suficiente como para comprender que uno no consigue todo lo que quiere en esta vida. Ahora, dime honestamente lo que piensas de Luke.

«Es un depredador sexual, experimentado en el arte de la seducción, que se aprovecha de las debilidades de las mujeres», pensó Jemma, pero no dijo nada.

–Parece... agradable –volvió a mentir–. Y Jan tiene un concepto muy alto de él.

En el otro extremo de la sala, Luke parecía centrar toda su atención en los Sutherland, pero realmente estaba pensando en el informe que le había pasado su oficina en Londres aquella mañana sobre David Sutherland: un hombre con problemas que intentaba ocultarlos.

Luke sabía lo que Sutherland quería de él; se lo había insinuado en la cena del miércoles cuando se dio cuenta de que era el propietario de Devetzi Internacional. David quería que invirtiese en Vanity Flair, o que se lo recomendase a sus inversores, para financiar sus planes de expansión. Luke no tenía intención de hacer ni lo uno ni lo otro, pero tenía que ser discreto por el momento.

Había invitado a Jan a cenar en un par de ocasiones

aquella semana, y se había contenido para no mencionar el tema de su herencia. Había mantenido su relación a un nivel de flirteo, pero sin llegar más allá.

En ese momento se acordó de su abuelo y miró hacia el lugar donde estaba sentado aún junto a la infiel Jemma Barnes. Cuando el anciano vio que lo miraba, le hizo señas con su bastón llamándolo para que se acercara. ¿Qué ocurría?

–Disculpen –dijo Luke de repente–, pero creo mi abuelo me necesita –y con una sonrisa de disculpa a Jan y a sus padres, se alejó de ellos para llegar junto a Theo.

En cuanto se acercó, su abuelo descargó sobre él un torrente en griego declarándole el más idiota de la cristiandad. ¿Qué estaba haciendo agarrado a ese palo de escoba rubio? Estaba saliendo con la hija equivocada. ¿Estaba loco? Era con Jemma con quién debía estar saliendo, pero con aquello había hecho desaparecer todas las posibilidades de Theo de conseguir la casa.

Asombrado ante tanta información, Luke miró a Jemma y después a Theo, sintiéndose en efecto el más idiota. Después el sentimiento se vio reemplazado por una ira repentina y le replicó a su abuelo que cómo demonios iba a saber él que había dos hijas. Además, Theo le había dicho el nombre de Jan.

En ese momento pensó que tenía que haber estado loco para dejar que Theo lo metiese en ese lío. Ahora tendría que dejar una relación con Jan que nunca había deseado empezar. Y no sería fácil. Empezó a contárselo a Theo en términos muy claros.

Jemma veía claramente que los dos hombres estaban discutiendo y, aunque no le gustaba la idea de enfrentarse a Luke, sintió compasión por Theo. Levantándose, cortó la larga parrafada en griego con voz serena.

–Disculpe, señor Devetzi, pero su abuelo no se encuentra muy bien y los gritos no lo ayudarán.

¡Jemma le estaba dando una lección! A Luke le dejó sorprendido cómo aquella mujer se atrevía a darle lecciones.

–No estaba gritando –dijo Luke cuando se recuperó de la sorpresa–. Los griegos somos muy apasionados al conversar y en todo lo demás –dijo, como recordatorio nada sutil de los momentos que habían compartido–. Además, sé perfectamente lo que Theo necesita –miró a su abuelo y vio que sonreía. ¡Estaba disfrutando con aquello! Pero Luke estaba decidido a no quedar como el malo de la película ante aquella mujer que se acostaba con el primero que pillaba. Por preciosa que fuera.

–Insistí para que se quedara en casa, pero él quería venir a la fiesta para volver a verte, Jemma –dijo Luke–. Al parecer, le has causado muy buena impresión. No ha dejado de hablar de ti desde la junta de accionistas. Me dijo que tenías un negocio, pero omitió que tenías un socio –y miró a su alianza–. Bueno, su inglés no es muy bueno –añadió, mirando a su abuelo, que acababa de darse cuenta de que la mujer estaba casada–. ¿Está aquí tu marido? Me gustaría conocerlo –dijo, casi insultantemente, mirándola fijamente con aquellos ojos de acero.

Jemma no pudo evitar que se le tiñeran las mejillas de rojo ante una pregunta tan directa de él, pero de pequeña había sufrido una leve dislexia y estaba acostumbrada a las risas de los demás, así que se preparó para defenderse.

–Theo habla inglés muy bien –dijo ella, mirando al anciano y sonriendo–. Yo lo entiendo perfectamente, y usted no debería dejar en mal lugar a su abuelo –añadió, sus ojos ambarinos chocando con los grises de él–. Y sí, tengo un socio y se llama Liz, mi mejor amiga, aunque yo no le dije nada de eso a Theo cuando nos conocimos –lo que implicaba que estaba llamando a Luke mentiroso–. Y, con respecto a mi marido, murió hace tiempo. ¿Está satisfecho?

Por segunda vez en pocos minutos, Luke se quedó sin saber qué decir. La bella Jemma estaba libre de nuevo; no le importaba cuándo hubiera muerto su marido, sino que estaba a su alcance... excepto por el hecho de que él estaba saliendo con su hermana. Hacía falta un control de daños, y rápido.

–Lo siento, Jemma –dijo, captando en sus ojos un brillo de tristeza que lo hizo sentir como un idiota–. No pretendía ofenderte, ni tampoco a Theo. Siento profundamente la pérdida de tu marido.

–Gracias –respondió ella secamente, sin creerlo y sin mirarlo. Estaba demasiado sorprendida: Luke Devetzi la había enfadado tanto que había admitido en público la muerte de Alan, cosa que rara vez tenía fuerzas de hacer.

–Disculpa a mi sobrino por ser tan brusco. Sé exactamente cómo te sientes –le dijo Theo, y ella agradeció su intervención–. Yo también he perdido a mi esposa, pero deja que te asegure que con el tiempo te sentirás mejor –después de dedicarle una dulce sonrisa, miró a su nieto–. Pero Jemma tiene razón, Luke. No me encuentro muy bien y tal vez no debí haber venido –se puso en pie con mucha más agilidad de la que Jemma hubiera imaginado en él, justo en el momento en que Jan apareció junto a ellos.

–Luke, cariño, ¿va todo bien?

Jemma miró a los dos hombres y tuvo la impresión de que se acababan de intercambiar un mensaje mudo.

Jan le colocó posesivamente la mano a Luke sobre el pecho.

–Mi abuelo no se encuentra muy bien, así que voy a llevarlo a casa. Siento que nos tengamos que marchar tan pronto, pero es necesario –dijo él suavemente.

–Oh, ¿en serio? –protestó Jan–. ¿No te puedes quedar aunque tu abuelo se vaya? Podemos llamar a un taxi para que lo lleve a casa.

–No voy a dejar que se vaya solo –respondió él, endureciendo el tono y apartando la mano de Jan de su pecho. Jemma sintió que su hermanastra había cometido un error con él.

–Pero no es necesario que te vayas tú... –y se volvió hacia Jemma–. ¿Puedes hacernos un favor y acompañar al señor Devetzi a casa, Jemma? Sabes que no te gustan las fiestas, y él estará bien contigo. Además, Luke aún no ha podido hablar con David.

Jemma estuvo a punto de soltar una carcajada. El desparpajo de Jan nunca dejaba de sorprenderla. Abrió la boca para decir algo que no le comprometiera demasiado, pero Theo la interrumpió.

–No, gracias, señorita Sutherland. No me sentiría cómodo comprometiendo a su hermana de ese modo. Ahora tenemos que marcharnos –y tomó el brazo de su nieto–. Me siento algo débil.

Luke tampoco se sentía demasiado bien. A él le gustaba siempre controlar la situación, y aquella noche, se había visto superado por los acontecimientos. Quería hablar con Jemma, o... hacer algo más que hablar con ella. Pero aquél no era el momento ni el lugar. Además, cuanto antes se marchara de allí, mejor.

–Disculpen, señoritas, pero nos tenemos que marchar –dijo Luke–. Despídeme de tu padre, Jan. Te llamaré más tarde. Jemma, seguro que nos volvemos a ver.

«No si yo te veo primero», pensó ella, y mientras Jan monopolizaba la atención de Luke , ella se volvió hacia el abuelo.

–Cuídate, Theo.

–Lo haré, gracias. Has sido muy amable conmigo, y aunque estoy disgustado porque no podré recuperar la casa de Zante, me gustaría agradecerte tu amabilidad llevándote a comer mañana antes de volver a Grecia.

–Mañana no puedo –dijo ella, alegrándose de tener una excusa real. Ya había mentido a Theo una vez, y prefería no volver a hacerlo–. He quedado para comer con mis suegros en Eastbourne. Alan murió hace dos años, pero aún mantenemos el contacto y voy a verlos todos los meses –dijo.

Por más que le agradara el anciano, no deseaba tener nada que ver con su nieto, y cuanto antes salieran los Devetzi de su vida, mejor. Jemma se sintió aliviada cuando los vio salir de la sala.

–Mil gracias –le dijo Jan sarcásticamente cuando volvió después de haber acompañado a los hombres a la puerta–. Podías haber acompañado al viejo a su casa para que Luke y yo pasáramos más tiempo juntos.

–Tal vez –le respondió ella–. Tú conoces a Luke mejor que yo, pero a mí me parece el tipo de hombre que hace lo que le apetece en cada momento. Supongo que hará lo mismo con las mujeres, y no le veo muy fiel –era lo más lejos que podía llegar advirtiendo a Jan–. Espero que sepas en qué te metes.

–Ése es el problema –respondió Jan–. Que por más que lo intento, aún no he conseguido meterme en nada y me muero de frustración. Las revistas dicen que está saliendo con Davinia Lovejoy, una diseñadora de

Nueva York, pero él está aquí ahora, ella no y yo sí, y él debe estar pensando lo mismo. Es conocido por la cantidad de mujeres con las que se ha acostado y por sus proezas como amante.

Jemma no pudo aguantar más y echó a reír. Había un toque de histeria en sus carcajadas, pero Jan no se dio cuenta.

Dos horas más tarde, estaba en la casita que había comprado con Alan en Bayswater.

En su apartamento, Luke miraba a su abuelo sin acabar de comprender la situación. El hombre no había dicho nada en todo el trayecto de vuelta a casa, y sólo cuando llegaron declaró que la casa no estaba a la venta y que no iba a volver a pensar en ello. Sentado en el sofá frente a él, Luke echaba de menos la chispa de alegría que siempre brillaba en sus ojos y la expresión de su rostro reflejaba resignación.

—Entonces, después de todo lo que has hecho para intentar recuperar la casa de Zante, ¿me dices que ya no te importa?

—Claro que me importa, pero me he dado cuenta de que es imposible —le contó las condiciones del testamento.

—Pero estas condiciones se pueden romper —dijo Luke—. Aún puedes seguir luchando por la casa.

—Tal vez, pero pueden pasar años antes de que consigamos nuestro propósito, y aunque yo viva lo suficiente... ¿Te has parado a mirar a Jemma? ¿Puedes creer que una mujer como ella siga viuda mucho tiempo? Es joven y su marido murió hace dos años.

Luke se incorporó de su salto. ¡Jemma no estaba casada cuando estuvo con él!

–¿Dos años? ¿Estás seguro? –ya había cometido demasiados errores con ella, y no estaba dispuesto a cometer ninguno más. Se había equivocado tanto con ella que estuvo a punto de echarse a reír, pero la cosa no era divertida: su abuelo se había quedado sin la casa que deseaba y él se había acostado y después insultado a la mujer más sexy que había conocido.

–Sí. Me lo ha dicho poco antes de que nos fuéramos. No tiene solución y me voy a la cama –dijo, y se levantó con ayuda de su bastón–. Milo y yo nos volvemos a Grecia mañana por la mañana. Buenas noches.

Luke vio el gesto derrotado de su abuelo al salir de la sala. No le gustaba admitirlo, pero el anciano tenía razón: era imposible conseguir la casa.

Recordó a la preciosa Jemma, tan dulce con Theo y tan fría con él, y su cuerpo se endureció al recordar su cuerpo desnudo... la suavidad de su piel, la dulzura de sus pezones y la ardiente pasión que los había consumido.

Se puso en pie. Tenía que pensar algo. Tal vez si le ofrecía a Jemma un montón de dinero por romper las condiciones del testamento, ella accediera; aparte de su abuela, nunca había conocido a una mujer a la que no le gustara el dinero. Y si el plan A fallaba, cosa que dudaba, buscaría un plan B. Tenía treinta y siete años y ya había pasado la edad en la que la mayoría de las personas se casa, pero tal fuera el momento de decidirse. Si se casaba con Jemma y tenía un hijo con ella, sería el nieto de Theo el que heredase la casa, y eso le bastaría a su abuelo para hacer realidad sus deseos. Además, Luke quería volver a tener a Jemma en su cama, y él siempre conseguía lo que quería.

Sólo había un fallo en el plan B, y era que Jemma no le haría ni caso, porque, aparte de haberla echado de su yate el año anterior, él estaba oficialmente saliendo con su hermanastra. Volvió a sentarse en el sofá y con el ceño fruncido, repasó lo que había ocurrido aquel día y la información que había recopilado de ella. Sus ojos grises brillaban de emoción ante el reto que se le presentaba, se levantó y se fue a la cama. Había tomado una decisión y sabía cómo hacer que su idea llegase a buen puerto.

# Capítulo 3

JEMMA APARCÓ el coche frente a su casa, tomó una bolsa llena de verduras del asiento del acompañante y fue hacia la puerta. El sol de junio lo iluminaba todo y ella se alegró de haber ido a Eastbourne, a pesar de lo lejos que estaba.

Lo había pasado muy bien. Había ayudado a su suegro, Sid, en su huerto hasta que Mavis los llamó a comer. Por la tarde habían ido a dar un paseo por la playa y después visitaron la tumba de Alan.

La amabilidad de sus suegros había conseguido relegar el mal momento de la noche anterior al fondo de su mente, donde tenía que estar.

Luke Devetzi fue para ella un terrible error, fruto de la depresión y el vino. Aquello fue tan ajeno a su carácter que casi le parecía una alucinación.

Sin prestar atención al deportivo negro aparcado en la calle, Jemma sacó de su bolso la llave de casa y abrió la puerta. Dejó la bolsa en el suelo y cuando se volvió para cerrar, soltó un grito.

–¿Puedo entrar? –Luke Devetzi estaba en el umbral, justo detrás de ella–. Tenemos que hablar, Jemma –levantó una ceja, maliciosamente–. ¿O tal vez debiera llamarte Mimie?

Con los ojos muy abiertos, sorprendida por su presencia en la casa, montó en cólera.

–No quiero que me llames nada. ¡Sal de mi casa inmediatamente!

–¡Qué temperamento! Vaya, me sorprendes. ¿Qué tiene de malo que dos amigos se vean inesperadamente y tengan una charla informal? –dijo él, cínicamente.

Jemma, haciendo un tremendo esfuerzo, intentó pensar con claridad. Deseó no haber conocido nunca a Luke Devetzi, y lo que más deseaba en ese momento era echarlo de su casa, pero con sólo ver su gesto de determinación, se dio cuenta de que esa opción era inviable.

Llevaba una chaqueta de cuero marrón clara que se ajustaba perfectamente a sus anchos hombros y una camisa blanca ligeramente abierta que contrastaba con su piel bronceada y el pelo negro y rizado que le crecía en el pecho. Los pantalones de pinzas le quedaban igualmente bien.

Mucho más alto que ella, la miraba con un aire masculino y decididamente amenazador.

Jemma, negándose a sentirse amenazada en su propia casa, se puso recta y levantó la barbilla. Sus ojos ambarinos se encontraron con los grises de Luke y se preguntó una vez más cómo había podido pensar que eran del mismo azul que los de Alan. Tembló levemente, y apartó el recuerdo de su mente. Tenía que mantener la calma; él era el novio de su hermanastra y no tenía nada que hacer con ella.

–No sé cómo te has enterado de dónde vivo, pero no me hace gracia que te presentes en mi casa por sorpresa. No tengo nada que decirte y lo que quiero es que te marches.

–Jan me lo dijo, de hecho, dice muchas cosas, y siento molestarte, Jemma, pero no pienso marcharme hasta que no me hayas contestado a algunas preguntas –dijo él con suavidad.

La agresividad con la que había reaccionado al verlo, le indicaba a Luke que ella no era tan inmune a su presencia como quería hacer ver. La miró fijamente a la cara, y después fue bajando lentamente por su cuerpo. Tenía el pelo recogido en la nuca con un lazo amarillo que caía sobre su espalda y llevaba un bonito suéter de punto que se ceñía a sus pechos, altos y hermosos, y revelaba que no llevaba sujetador al marcar los pezones cuyo recuerdo lo atormentaba por las noches. El top dejaba ver una parte de su vientre antes de encontrarse con el pantalón blanco que se ajustaba a sus finas caderas y a sus piernas. En los pies llevaba sandalias planas a juego con sus uñas pintadas aún de rosa. Desde luego, él siempre se había fijado primero en los pechos y en las piernas de las mujeres... ¿cuándo había desarrollado esa fijación con los pies?, se preguntó, mientras intentaba controlar la tensión de su cuerpo y la hiperactividad de su libido.

Al levantar la vista, creyó ver algo que identificó como miedo en sus ojos cuando lo miraban. Jemma Barnes tenía un buen motivo para estar asustada: le había mentido sobre su nombre y sobre su estado civil. Había estado comiendo con Jan ese día para hacerle saber con mucho tacto que la consideraba una amiga y nada más. Ella se lo había tomado muy bien, sobre todo cuando él se ofreció a invertir en su agencia de modelos, y de la conversación que tuvieron después, él había descubierto el amor de Jemma por las plantas y que se había pasado dos años viviendo como una monja. Eso quería decir que o Jemma era una gran mentirosa, o una gran actriz o las dos cosas.

Como para confiar en Jan, se dijo Jemma mientras los dos seguían mirándose en silencio. Ella fue la primera en apartar la vista.

–En ese caso –dijo, agachándose para recoger la bolsa de las verduras–, sígueme a la cocina y dime lo que me tengas que decir mientras yo guardo esto –y echó a andar por el pasillo, junto a la escalera, hacia el fondo de la casa.

No quería que Luke estuviera en su salón, ni en el resto de su casa, pero la cocina era lo suficientemente impersonal, se dijo. La cocina era amplia y estaba presidida por una mesa en el centro, pero ella dejó la bolsa sobre la encimera, junto a la ventana.

Al sentir su presencia tras ella se le erizaron los pelos de la nuca, y la cocina ya no le pareció tan grande.

–Tengo que poner esto en la nevera –le dijo, y se giró para ir hacia la nevera, encontrándoselo de frente.

–A lo mejor me venía también bien a mí –dijo él, bromeando.

A Jemma no le impresionó su juego de palabras y sin dejar lo que estaba haciendo, dijo:

–Entonces te daré un refresco –dijo, sarcásticamente y levantando una ceja.

Él estaba demasiado cerca, los ojos brillantes y el aroma de su colonia le trajo recuerdos de otros momentos, de otros lugares... un camarote de yate, por ejemplo. Pero no, tenía que dejar de pensar en aquello.

–No quiero un refresco, Jemma –rechazó Luke, decidido a ser razonable a pesar de que sus instintos más básicos le decían que la tomara en sus brazos y la besara hasta perder el sentido–. Lo que quiero es hablar de la posibilidad de romper los vínculos del testamento de tu tía, para que mi abuelo pueda comprarte la casa. Además, quiero que me expliques por qué me dijiste que estabas casada cuando nos conocimos en la isla hace un año –se detuvo, y esbozó una sonrisa –. Y también te quiero a ti... pero no necesariamente en ese orden.

Luke siguió sonriendo mientras le quitaba la lechuga que ella tenía en las manos y la dejaba en la encimera tras ellos. Después apoyó las manos en la encimera, atrapándola con sus brazos y su cuerpo.

Mantén la calma, se decía ella, pero no pudo evitar gritar:

–Ni hablar de eso. Y tampoco de romper el testamento de mi tía. La casa no está en venta. Y no te debo ninguna explicación. De hecho, no te debo ni un minuto, dado que estás saliendo con mi hermana, pero si lo que te preocupa es que le cuente a Jan lo de nuestro breve e infortunado encuentro, puedes quedarte tranquilo. Antes me cortaría la lengua, que admitir haberte tocado.

–Entonces pedirte que te cases conmigo, está fuera de lugar, supongo –dijo Luke, pasando directamente al plan B, casi divertido.

–Supones bien. No me casaría con un cerdo mujeriego como tú aunque fueras el último hombre sobre la faz de la tierra –gritó Jemma. Levantó la mano para apartarlo, pero al apoyar la palma sobre su pecho,se dio cuenta de que había cometido un gran error.

Del rostro de Luke se desvaneció la sonrisa y sus ojos grises se tornaron de hielo.

–¿Ésa es la opinión que tienes de mí? Entonces no tengo nada que perder, ¿verdad? – la tomó en sus brazos con fuerza, la levantó y la besó con una pasión más dominante que fruto del deseo.

Atrapada entre sus brazos y su cuerpo, ella no tenía escapatoria. Intentó apartar la cabeza, pero él la agarró con rapidez por la espalda y le puso una mano en la nuca, inmovilizándola contra sus labios. Ella podía sentir su cuerpo tenso y la dureza de su erección. Después y por sorpresa, cuando su lengua consiguió abrirse paso entre los labios de ella, Jemma notó en su cuerpo un cosquilleo de respuesta que le arrebató el aliento.

Aquello era lo que había estado tratando de apartar de su pensamiento un año entero... lo que la había asustado... la seducción completa de sus sentidos... pero estaba tentada. Una dulce calidez anidó en su pelvis e, incapaz de controlar su cuerpo traidor, se dejó llevar. Al sentir que ella se rendía, él la besó con más dulzura, apelando a su pericia erótica para acariciar y lamer con su lengua hasta hacer que ella sintiera su corazón a punto de estallar.

–Dios, Jemma –susurró él contra sus labios a la vez que le pasaba una mano sobre los pechos, deteniéndose en los duros pezones–. O Mimie, como sea que te llames. No he podido olvidar la última vez que te tuve en mis brazos, y quiero volver estar contigo de nuevo. Lo deseo locamente –dijo, y levantó la cabeza para mirarla fijamente a los ojos–. Di que sí.

Al oír a Luke llamarla Mimie, Jemma salió de su ensoñación y cayó en la cuenta de lo vergonzoso de su comportamiento. Sólo Alan la llamaba Mimie; cuando su tía Mary se la presentó como «Jemima», él declaró que ese nombre era muy largo y la había llamado Mimie hasta el día de su muerte. Oír ese nombre de boca de Luke le pareció la peor de las traiciones.

–¡No te atrevas a llamarme así! –gritó, y se sacudió

hasta que consiguió liberarse de sus brazos y corrió a refugiarse tras la mesa redonda del centro de la cocina. Roja y temblorosa, se agarró al respaldo de una silla para no perder el equilibrio.

Luke se dio la vuelta y se recostó sobre la encimera. Al ver la fuerza con la que ella agarraba la silla y sus ojos asustados, maldijo entre dientes. No tenía que haber saltado sobre ella con tanta brusquedad, pero ella lo había enfurecido al llamarlo mujeriego, y había perdido el control, algo muy impropio de él.

–Con un «no» hubiera bastado, Jemma –dijo él, decidido a descubrir por qué no quería que la llamara Mimie. Pero aquél no era el mejor momento–. Nunca he obligado a nadie a que se acueste conmigo y no pretendo hacerlo contigo, así que puedes soltar esa silla. Acepto el trago que me has ofrecido antes.

–¿El trago que he ofrecido? –repitió ella en tono incrédulo–. ¿Estás loco? Quiero que salgas de mi casa. ¡Ahora!

–¿Ésa es manera de tratar a los invitados? –Luke dio un paso adelante–. ¿Qué pensaría tu padre si supiera que su hija se ha comportado así con el nieto de uno de sus mayores accionistas? Y también está Jan, como antes has señalado –dijo, clavándole los ojos grises en el rostro.

–¿Mi padre? ¿Jan? –Jemma no sabía dónde quería llegar, pero tuvo la desagradable sensación de que se trataba de una amenaza

–Jan, al igual que casi todo el mundo, cree que estás a un paso de la santidad y que has vivido como una monja desde que murió tu marido. Y la verdad es que yo no me dejaría cortar la lengua antes que admitir haberte tocado, como tú. De hecho, me haría muy feliz contarle a todo el mundo que te acostaste conmigo el año pasado, aunque tal vez eso estropee tu reputación de viuda perfecta.

Aquel duro comentario hirió a Jemma profundamente. Su dolor no era fingido. Echaba de menos a su marido todo el tiempo; le faltaba su amabilidad, su cariño, su conversación y la sensación de amor y seguridad absoluta que Alan le había aportado. Pero aquel idiota, que probablemente no había amado a nadie en su vida, tenía la cara dura de burlarse de su pérdida.

El desprecio de Luke por sus sentimientos, transformó su dolor en rabia, y Jemma soltó el respaldo de la silla y cuadró los hombros.

–¿De verdad harías eso? ¿Harías daño a Jan de ese modo? Lo cierto es que no me sorprende –añadió, sacudiendo la cabeza. Sin esperar respuesta, dijo–. Sígueme y te serviré ese trago.

Salió de la cocina sin comprobar si la seguía y entró en el salón. Abrió una antigua vitrina y de ella sacó un vaso de fino cristal que llenó de whisky.

–Me temo que sólo tengo whisky –y se giró para ver que Luke estaba tras ella, mirando interesado a su alrededor–. Ten –dijo, y se cuidó de que sus dedos no se rozaran al pasarle el vaso.

–Gracias –respondió él, y levantó una ceja de un modo que sólo sirvió para recordarle a ella que tenía que librarse de él cuanto antes.

–Es de malta irlandesa, y creo que es muy bueno. Yo no lo bebo, pero Alan sabía bastante de whisky –dijo, y fue a sentarse en un sofá junto a la gran chimenea victoriana que presidía la sala–. Era su favorito. Ahora, dime qué es eso tan urgente que tenías que decirme para venir a mi casa –y lo observó caminar por la sala, súbitamente empequeñecida por su presencia, con el vaso en la mano–. Puedes sentarte.

–Prefiero estar de pie, gracias –respondió él. Luke se había dado cuenta de que aquél era el santuario del desaparecido Alan Barnes... Tomó una fotografía enmarcada de entre otras muchas que adornaban una consola e hizo una mueca. Era de la boda de Alan y Jemma, y ella miraba a su marido con una sonrisa de adoración. El tierno pero triunfante rostro del novio lo decía todo. El hecho de que fuera bastante guapo, con el pelo rizado y los ojos azules y alegres, no ayudó a mejorar el humor de Luke–. Estabas muy guapa el día de tu boda –le dijo, mirándola. Ella hizo un gesto con la cabeza, pero no dijo nada.

Luke dejó la foto en su sitio y miró las demás. Había una foto de grupo de la boda; estaba claro que no había sido un enlace sencillo. En otra foto la feliz pareja estaba en una barbacoa con amigos, y en otra, Jemma al lado de su marido, junto a una piscina. La imagen de una Jemma casi desnuda con aquel diminuto biquini agrió los sentimientos de Luke aún más.

Frunció el ceño y tomó un trago de la bebida; era cierto que era bueno, pero beber el whisky de otro hombre y desear a la mujer de un muerto le dejaba un sabor amargo en la boca. Fue hacia ella, que lo miraba con ojos fríos, y se sentó en el sofá frente a ella.

–Tu marido era atractivo. ¿Cuándo lo conociste? –preguntó Luke, sin saber muy bien por qué. Pero Jemma lo tenía fascinado, como ninguna otra mujer en años, o en toda su vida. Serena y bella en el exterior, él ya sabía que guardaba una pasión ardiente en su interior.

–¿Quieres una historia resumida de toda mi vida? –preguntó ella fríamente.

–Si eso es lo que quieres darme... sí –aceptó él.

Jemma empezó a hablar a toda velocidad.

–Conocí a Alan cuando tenía doce años y él vein-
tiuno. Era becario de investigación de mi tía Mary. Se
convirtió en mi mejor amigo, y después en mi novio
cuando yo salí del instituto. Me animó para conver-
tirme en florista y me ayudó a montar mi negocio con
Liz. Era amable, cariñoso y siempre estaba de mi lado.
Nos casamos cuando yo tenía veintidós años y cuatro
más tarde, él murió en un accidente haciendo vuelo sin
motor.

–Tal vez fuera un modelo de virtud, pero también
un poco estúpido para arriesgarse a perder la vida haciendo vuelo sin motor con una mujer preciosa, sexy y
apasionada en casa –murmuró él.

A Jemma no le gustó lo de «sexy y apasionada»,
que no tenía nada que ver con ella, pero no cambió su
expresión.

–No lo conociste, así que tu opinión es irrelevante.

–¿Era un amante apasionado?

–Eso no es asunto tuyo –soltó ella, ofendida por su
atrevimiento–. Y ya que te he dicho lo que querías saber, ¿te importaría marcharte?

–Me gustaría acabarme el whisky primero –dijo,
mostrando su vaso, y tomando un sorbo. Después estiró las piernas perezosamente.

Jemma pensó que había sido demasiado ingenua al
creerlo cuando accedió a marcharse tan rápidamente.
Deseó que se atragantara con el whisky, pero forzó una
sonrisa y dijo dulcemente.

–Si tienes que hacerlo...

–Gracias. He de decir que tu marido tenía un gusto
exquisito con el whisky, entre otras cosas –dijo, recorriendo su cuerpo con los ojos en un gesto muy masculino.

Ella estaba allí sentada, tan tímida y fría... y él sabía

que no era ninguna de las dos cosas. Tenía la espalda recta, los brazos cruzados bajo aquellos pechos de lujuria, y las rodillas juntas. No podía estar más a la defensiva, y él se preguntó el motivo. Ya no era una niña, tenía veintiocho años, y no era virgen, así que, ¿por qué intentaba negar la química sexual que había entre ellos?

–¿Te has acostado con algún otro hombre aparte de conmigo después de la muerte de tu marido? –preguntó él, y sus ojos dorados brillaron de rabia.

–Desde luego que no –respondió ella sin pensarlo.

–Ya. ¿Y por qué yo? –repuso Luke, mirándola fijamente a los ojos–. Tengo derecho a saberlo. No me pasa todos los días que elija a una mujer hermosa, le haga el amor y después ella se ponga una alianza en el dedo mientras declara que está casada.

–Los hombres decentes no hacen eso –dijo ella, enfadada por las preguntas tan personales.

–Igualmente se podría decir que las mujeres decentes tampoco hacen eso –le espetó él secamente–. Eso nos iguala, ¿no te parece?

Jemma enrojeció ante el insultante comentario.

–Preferiría no estar aquí hablando contigo.

–Por desgracia, eso no es una opción. No tengo intención de marcharme hasta saber por qué te acostaste conmigo, aparte de por mis indudables encantos, desde luego –dijo con una sonrisa torcida–. Por lo que recuerdo caíste en mi cama por voluntad propia, y lo que siguió fue un encuentro de pasión salvaje satisfactorio para los dos. Pocas veces he estado con una mujer con la que me haya compenetrado tan bien, así que ¿por qué las mentiras con los nombres y con lo de tu matrimonio?

Se miraron en medio de un largo silencio cargado

de tensión. Habían compartido un breve momento de apasionada intimidad que Jemma intentaba olvidar a toda cosa, a pesar de que su piel se encendía al recordarlo. Y en cuanto a lo de la compatibilidad... el estómago se le encogió y apartó la vista de él para dirigirla a la ventana.

No tenía nada en común con aquel millonario sofisticado que era Luke Devetzi. Ella se había educado en una familia de clase media, y fue tras la muerte de su madre y el matrimonio de su padre con su secretaria cuando cambiaron su cómoda casita por el moderno piso en el centro y la empresa empezó a crecer a instancias de su nueva madrastra. Fue entonces cuando la familia se hizo muy rica, según su padre, aunque eso a Jemma no le afectaba. Ella vivía de su trabajo.

–Te he hecho una pregunta –dijo Luke. Por su expresión adivinó que sus pensamientos habían volado lejos de él y eso no le gustaba–. ¿Por qué mentiste?

El tono de su voz captó la atención de Jemma. Pensar en el pasado no la ayudaba a superar aquella situación, y su sentido común le decía que Luke no se marcharía hasta tener una respuesta. Se levantó y lo miró.

–De acuerdo. Haremos un trato. Te diré lo que quieres saber –su sinceridad le empujaba a decirle la verdad–. Pero tienes que prometer que después te marcharas y no volverás a molestarme de nuevo.

–Me parece justo –aceptó él.

A ella no acababa de convencerle su palabra, pero decidió concederle el beneficio de la duda, aunque realmente no le quedaba otra opción para librarse de él. Jemma cruzó la sala, tomó su foto favorita de Alan de la consola y volvió al sofá. Miró la foto un momento y, al levantar la vista, vio que Luke la miraba fijamente.

–El día que te conocí tenía que haber sido mi cuarto aniversario de boda –dijo ella. Al ver la mueca que hizo él, supo que había marcado un tanto–. Pero no fue sólo eso, sino una acumulación de... de desastres. Había llegado a Zante dos semanas antes, porque mi tía había insistido mucho. Era la primera vez que iba y ni siquiera sabía que mi tía tenía una casa allí. Ella quería verme por varios motivos, entre ellos, que el mes anterior, el médico le había dicho que le quedaba poco tiempo de vida. Yo estaba muy afectada, y ella murió pocos meses después de una fibrosis pulmonar –los ojos ambarinos de Jemma se llenaron de sombras–. Esta enfermedad suele estar asociada a la industria del asbestos, y mi tía debió contraerla años atrás, cuando la protección contra incendios de los laboratorios eran paredes y techos de ese material. Bueno, no estaban siendo las vacaciones más felices de mi vida –continuó–, pero tratamos de divertirnos. Trabajando en el jardín, me cayó una piedra en la mano y los dedos se me hincharon tanto que tuvieron que cortarme la alianza –miró a Luke, que tenía una expresión vacía–. Lo llevé a una joyería del pueblo para que lo repararan e intenté ponérmelo enseguida, pero aún tenía los dedos hinchados y no me entraba. Tú no lo entenderás, porque no has estado nunca casado, pero estaba muy disgustada. Normalmente no bebo, pero pedí un vaso de vino en la terraza de un bar mientras esperaba al autobús, pero el camarero trajo una jarra. Tomé un par de vasos, tal vez más, y estaba pensado en Alan y en nuestra boda cuando... bueno, ya sabes. Y apareciste tú –se detuvo y le ofreció la foto con toda la intención–. Échale un vistazo –él obedeció, pero no dijo nada–. Es mi foto favorita de Alan, y cuando te miré a los ojos ese día, me parecieron tan azules y cariñosos como los de él. Por eso te dije que me llamaba Mimie, que es como él me llamaba. Después, entre la confusión y la tristeza, te seguí. Admito que mi comportamiento fue lamentable, y para cuando recuperé la cordura me quedé horrorizada –levantó las cejas–. Tal vez fuera el reflejo del agua, porque tus ojos no son en absoluto como los de Alan, sino grises como el granito –dijo, y al ver que él fruncía el ceño, se dio cuenta de que estaba desviándose del tema–. Bueno, fui al baño, me vestí y me puse el anillo. Ya sabes el resto.

–¡Dios! –exclamó Luke, pensando que la furia iba a hacer presa de él. Oírle decir que se había quedado horrorizada después de hacer el amor con él ya era bastante terrible, con que el resto... –. ¿Quieres hacerme creer que te acostaste conmigo porque te recordaba a tu marido? –dejó la foto y se levantó para acercarse a ella–. No me parezco en nada a ese hombre.

Nunca se había sentido tan insultado en su vida y no iba a dejar que Jemma pisoteara su orgullo de ese modo. La miró de arriba abajo. El top de algodón se ajustaba a sus pechos sin dejar aire entre ellos.

Sorprendida por su enfado, Jemma vio sus mejillas ardientes y su mirada fría y se dijo que tal vez no hubiera sido buena idea contarle a aquel hombre tan arrogante toda la verdad. A su ego no le gustaría descubrir que lo habían utilizado. Entonces recordó su fama de mujeriego y sonrió.

–No he dicho que te parecieras a él, sino que tus ojos me parecieron azules –dijo, intentando apaciguarlo–. Pero eso ya no importa, porque me prometiste que te marcharías en cuanto te dijera la verdad, y eso he hecho.

Jemma había respetado su parte del trato.

–Desde luego que me marcho –dijo él, y por un momento Jemma pensó que ya había acabado todo–. Pero primero te voy a demostrar que no engañas a nadie más que a ti misma –y antes de que ella pudiera reaccionar ante tan ofensiva declaración, él la abrazó y la apretó contra su cuerpo. Su boca sensual atrapó la de ella con una ferocidad punitiva.

# Capítulo 4

POR UN SEGUNDO, ella se quedó helada de la
sorpresa e intentó librarse de él, pero sólo por un
segundo. «Otra vez no», suplicó Jemma, furiosa
contra aquel hombre con modales de cavernícola que
no respetaba su promesa de marcharse. Cerró el puño e
intentó golpearlo a la vez que levantaba la rodilla con
fuerza con el objetivo de alcanzar la parte más débil de
su anatomía. Dando una muestra de reflejos, él evitó el
golpe, pero perdió el equilibrio y cayó al sofá, arras-
trándola con él.

Antes de saber qué había pasado, Jemma se vio
tumbada sobre el sofá, de espaldas, con él sobre ella.
Intentó zafarse de él de nuevo, pero él le atrapó las manos y se las sujetó por encima de la cabeza.

–Basta –dijo él–. No toleraré más violencia de una
diablesa como tú.

–¿Y cómo llamas a esto? –gritó ella, revolviéndose,
pero como respuesta a su movimiento, notó su erección creciendo contra su muslo y fue consciente de su
error. Lo último que necesitaba era a Luke excitado sexualmente.

–Una lección de cómo saludar a tu amante –dijo
con una sonrisa, y ella supo que iba a besarla.

Ella apartó la cabeza a un lado para evitarlo, pero
eso le dio acceso a su cuello. Ella gimió mientras sus
labios subían por su piel hasta su oreja.

–Porque –añadió él–, aunque no te guste, yo soy tu último amante, y no tu marido.

Enfurecida por su comentario, luchó para liberarse, pero el calor de su aliento en su cuello, su olor familiar y el peso de su cuerpo sobre ella le traían una multitud de recuerdos que había intentado por todos los medios hacer desaparecer.

Luke le tomó la barbilla y le obligó a mirarlo.

–Sabes que tengo razón –murmuró, y le besó pidiéndole acceso y que se abandonara al deseo que había surgido entre ellos desde el primer momento que se vieron.

Ella luchó contra el deseo de entregar sus labios a las caricias de su lengua, y tal vez lo habría conseguido si él no hubiera sido un amante tan experimentado; cuando le deslizó la mano bajó el top para acariciarle el pecho, una oleada de excitación arrasó su cuerpo para llegar hasta su vientre.

Sus labios se abrieron involuntariamente a la lengua de Luke, que se abrió paso con un erotismo que encendió su pasión de un modo incontrolable.

Luke encontró la rosada punta de sus pezones y la acarició hasta endurecerlo de placer. Repitió el proceso con el otro a la vez que le devoraba la boca con pasión.

Él levantó la cabeza y ella gimió levemente. Como si fuera la señal que Luke estaba esperando, le quitó el top. Cuando Jemma abrió los ojos, él ya no tenía la chaqueta puesta y la miraba con ojos hambrientos. Después, él bajó la cabeza y volvió a besarla, primero los labios, la garganta y más abajo... con la lengua empezó a dibujar círculos alrededor de sus pezones hinchados, para después lamerlos y mordisquearlos.

Jemma arqueó la espalda en respuesta a la excitación que recorría su cuerpo. Había pasado mucho tiempo desde que estuvo en brazos de aquel hombre por última vez, desde que había sentido el exquisito placer de la excitación sexual y Luke la había seducido. Ella lo atrajo más hacia su cuerpo poniéndole la mano tras la nuca, a la vez que acariciaba su pelo negro. Cerró los ojos al rendirse completamente a la sensación física. Después sintió que le ponía la mano en el vientre, pero no recordaba cuándo le había desabrochado los pantalones. No le importó sentir sus dedos deslizarse bajo sus braguitas de encaje y buscar en centro de su sexo.

Luke levantó la cabeza, sus ojos ardientes sobre el cuerpo semidesnudo de Jemma. Ella era tal y como recordaba y tal vez más, y estuvo a punto de explotar al ver su bello rostro sonrojado de pasión, sus preciosos ojos... cerrados.

Luke emitió un gruñido y se apartó.

–Abre los ojos, Jemma –le pidió firmemente. Ella obedeció y lo miró con ojos ardientes de deseo–. Di mi nombre.

–Luke –murmuró ella, casi sin aliento, a la vez que intentaba apartarle la camisa de los hombros.

–Otra vez –insistió él, para después inclinarse a lamer un pecho, después el otro, y volver a sus labios. Sintió que ella se movía y deseó entrar en ella, con dureza, inmediatamente–. Mi nombre, Jemma –pidió de nuevo.

–Luke –gimió ella–. Luke, no pares.

–Bien. Muy bien –y después, apretando los dientes y con un esfuerzo sobre humano, se apartó de ella y se puso de pie.

Jemma lo miró con los ojos nublados de pasión e involuntariamente levantó una mano hacia él. Sintió el aire frío contra sus pechos desnudos, pero esa frialdad no era comparable a la de sus ojos al mirarla.

–Tenemos que parar porque, aunque dices mi nombre con ansia, no quiero que vuelvas a confundirme con tu marido ni con ningún otro hombre de nuevo.

Jemma tembló ante su implacable tono de voz. Algo había ido mal, y al sentirlo, se sentó.

–Y por preciosa que seas y deseosa que estés –alargó la mano y le apartó un mechón de pelo de la frente–, no tengo intención de hacerte el amor en este lugar dedicado a la memoria de tu esposo muerto –su voz sedosa fue como un jarro de agua fría para los sentidos recalentados de Jemma–. La próxima vez que hagamos el amor será en el momento y en el lugar que yo elija, Jemma.

Ella lo miró incapaz de creerlo. Reconoció el cínico brillo triunfal de sus ojos grises, el deseo que agrandaba sus pupilas y apartó la cabeza. ¿Había hecho aquello sólo para alimentar su enorme ego? ¿Cómo podía ella haber sido tan tonta?

En su interior, el deseo y el asco que sentía por ese hombre libraban una dura batalla. Su mirada se posó en la fotografía de Alan, en el otro sofá, y de algún modo le dio fuerzas. Tomó aliento y decidió que no le daría la satisfacción de ganarle la partida; jugarían a su juego.

–Bien pensado –dijo, forzando una sonrisa y levantándose para buscar su top–. Tienes razón. Éste no es el lugar más apropiado–. Se puso la prenda y se tomó su tiempo para recuperar el control de la situación antes de volver a mirarlo. Si no sintiera tanta vergüenza, se hubiera echado a reír al ver la expresión de su cara. Desde luego, él no había esperado que ella estuviera de acuerdo con él–. Gracias por recordármelo, y... hablando de momentos... creo que ya es hora de que te vayas.

Y echó a andar hacia la puerta, pero antes de dar tres pasos, él la agarró por el brazo.

—De repente eres muy razonable —le dijo.

—¿Y por qué no iba a serlo? —repuso ella encogiéndose de hombros y apartándole la mano de su brazo para abrir la puerta.

Ella salió de casa, cruzó el pequeño jardín y al llegar a la acera de detuvo. Él estaba tras ella. Con todo el coraje que logró reunir, lo miró a los ojos, aunque aún estaba temblorosa de rabia y humillación.

—Después de todo, los dos sabemos que nunca ocurrirá. Porque tú eres incapaz de hacer el amor —le dijo en voz baja.

—¿Incapaz? —repitió él, asombrado—. ¿De dónde te has sacado esa idea? No me lo digas... estás frustrada porque no quiero hacerlo ahora —¿por qué seguía esa mujer insultando su capacidad sexual cuando se derretía en sus brazos siempre que él quería?

Sacudió la cabeza. Jemma era la mujer más irritante que había conocido y no necesitaba a alguien como ella en su ordenada vida cuando podía elegir entre docenas de mujeres mucho más dispuestas. ¿Y cómo demonios había conseguido sacarlo a la acera?

Jemma vio cómo él se estiraba de rabia y le dio igual. Ya era hora de que ese arrogante oyera unas cuantas verdades.

—No lo digo por frustración, sino porque es la verdad —declaró secamente—. Tú no haces el amor, sólo tienes sexo, y mucho, con muchas mujeres. Supongo que es lo normal, teniendo en cuenta tu riqueza. Para ser sincera, he de reconocer que parece que sabes qué botones tienes que apretar —declaró—, pero te falta mucha sensibilidad. Y, puesto que yo sé lo que es el amor de verdad, no me voy a conformar con menos que eso –acabó, sin molestarse en ocultar el desprecio que se adivinaba en su tono de voz.

Luke deseó agarrarla por los hombros y sacudirla hasta que le castañetearan los dientes. Estaba enfurecido por la disección brutal que ella había hecho de su carácter, aunque en parte también estaba enfadado consigo mismo, porque no podía negar completamente lo que había dicho Jemma. Tomó aliento y luchó para controlar su temperamento.

–Eso dices ahora, Jemma, pero «nunca» es mucho tiempo –y sonrió incómodo–. Y tal vez no te quede elección.

–Siempre hay elección –aseguró ella, y estuvo a punto de añadir «y nunca te elegiría a ti», pero vio un brillo amenazador en sus ojos y contuvo su lengua al sentir un escalofrío que le recorría la espalda.

–Cierto... pero a veces no se puede elegir entre lo bueno y lo malo, lo correcto o lo incorrecto –siguió mirándola–. A menudo hay que elegir lo menos malo, como sin duda aprenderás.

Jemma lo miró mientras se ponía la chaqueta, le dedicaba una mirada de superioridad y se daba la vuelta. Fue hacia su deportivo negro aparcado a pocos metros y no volvió la vista atrás ni una sola vez.

¡Por fin! Al verlo marcharse, pudo respirar aliviada. Se había librado de él, y tenía que haberse sentido bien, pero al entrar en casa, lo único en lo que podía pensar era en su expresión justo antes de darse la vuelta. ¿Qué había querido decir con eso de no tener elección?

Media hora más tarde y con una taza de té en la mano, Jemma se sentó en el sofá y miró a su alrededor.

Las fotos y el resto de objetos que hasta entonces le habían hecho sentir segura allí, ya no tenían el mismo efecto. Era como si la presencia de Luke Devetzi hubiera alterado el equilibrio del lugar irremediablemente.

No, eran imaginaciones suyas. Intentó distraerse viendo un rato la tele, pero sólo aguantó diez minutos. Después se levantó y caminó por la sala sin acabar de sentirse cómoda. Por fin decidió subir a ducharse y acostarse pronto. Al día siguiente le tocaba a ella ir al mercado de flores a las cinco de la mañana.

Dos horas más tarde, en la cama que había compartido con Alan, aún no había conciliado el sueño. Todavía notaba en los labios los besos de Luke y no podía quitarse de la cabeza las imágenes de su azaroso encuentro.

Le había sorprendido encontrarse de frente con su atractivo rostro en la fiesta del día anterior, pero entonces empezó a imaginarlo arrodillado entre sus muslos, en otra cama y en otro país, y empezó a acalorarse. Gruñó y enterró la cabeza en la almohada para ahogar los recuerdos, pero sin resultado. Los fantasmas del pasado habían vuelto para atormentarla en el cuerpo de Luke Devetzi.

Al pensarlo fríamente se dio cuenta de que había resultado un extraño giro del destino lo que les había llevado a ella y a Luke a conocerse. La muerte de su amado esposo el año anterior, la enfermedad de su tía y el disgusto por la alianza la habían dejado en un estado bastante lamentable. La torpeza de aquella gente al golpear su mesa y derramar la botella de vino, habían sido la gota que colmó el vaso y que hizo que viera a Luke como su caballero al rescate. Por eso creyó ver en él los ojos azules de su esposo.

Después, Luke la había acompañado a su lujoso yate, y le había ofrecido una bata de seda de su armario.

–Puedes quitarte la ropa, ducharte y ponerte la bata. Haré que limpien tu ropa mientras.

Como un autómata, Jemma accedió y diez minutos más tarde salió del baño vestida sólo con sus braguitas de seda y toda su ropa, manchada, en la mano. Justo en ese momento llamaron a la puerta del camarote y Luke asomó por la puerta. Él dijo algo en griego que ella no pudo comprender, pero el brillo de sus ojos tuvo un efecto paralizante sobre ella. Por eso, cuando él fue hacia ella y le puso la mano sobre la mejilla diciendo: «eres preciosa, Mimie», ella ni se inmutó.

Volviendo sobre los hechos, Jemma se dio cuenta de que debía estar en estado de shock. Ningún hombre la había visto desnuda más que Alan, y nadie más que él le había dicho nunca que era preciosa ni la había llamado Mimie. Por eso no resultó sorprendente que cuando Luke la había besado con una ternura casi dolorosa, ella hubiera respondido del mismo modo.

Jemma se revolvió en la cama y volvió a gruñir. Por más que se empeñara en negarlo, lo que había pasado después en la cama con Luke, no había tenido nada que ver con lo experimentado junto a su marido.

Luke le había acariciado todo el cuerpo y le había besado de un modo que encendió un fuego en su cuerpo que nunca había conocido hasta entonces. Cuando se apartó de ella fue para quitarse la ropa a toda velocidad mientras ella temblaba con violencia, fascinada al ver su cuerpo desnudo. Antes de que pudiera recuperar el sentido, Luke la había tomado en brazos susurrándole palabras cariñosas al oído y la había llevado a la cama. La pasión explotó entre ellos cuando él volvió a besarla, y con unas pocas caricias más, ella entró en un estado de erotismo salvaje desde el que no había marcha atrás. Había cerrado los ojos a todo lo que le rodeaba y por unos minutos su mundo fue el hombre que la tenía en sus brazos, que la deseaba. Se tocaron y se saborearon el uno al otro en medio de un estado de frenesí que terminó en un maravilloso clímax que los dejó sudorosos, saciados y sin aliento.

Recordar aquello fue demasiado para Jemma y, perdida toda esperanza de conciliar el sueño, bajó a la cocina a prepararse una taza de leche caliente.

Por la mañana vería aquello con una luz distinta, se dijo. Luke Devetzi se había ido y probablemente no volviera nunca, teniendo en cuenta cómo lo había insultado. Y dado que era el novio de Jan, sería inofensivo. Si Jemma volvía a cruzarse con él en casa de su padre, con intercambiar con él un par de comentarios educados sería suficiente.

# Capítulo 5

JEMMA DESCARGÓ la última caja de flores de la furgoneta y fue a prepararse un café a la trastienda. Por más que le gustara ir al mercado de flores, levantarse a las cinco de la mañana no era su ideal para comenzar el día. Además, aquella noche no había dormido casi nada, y el sueño empezaba a vencerla.

Una vez sentada y con la taza de café caliente en las manos, se dijo que las cosas no parecían tan malas a la luz del día. Tenía su casa, sus amigos, su jardín y, después de un fin de semana desastroso, su vida volvía a la normalidad, y Luke estaba fuera de ella.

Para cuando Liz llegó, a las nueve, las flores nuevas estaban preparadas, el escaparate arreglado y la tienda lista para abrir.

–Esto tiene un aspecto excelente –declaró Liz, mirando a su amiga–, pero el tuyo es deplorable.

–Mil gracias –le respondió Jemma, intentando con la broma distraer la atención de su amiga de todas las preguntas que vendrían a continuación.

–Sé que te dije que era hora de que empezaras a vivir la vida, pero... debió ser una fiesta de cumpleaños de lo más loca –Liz echó a reír–. Vamos, cuéntamelo todo. Cuando una es madre, éstas son las únicas oportunidades que le quedan de divertirse.

Jemma sabía que Liz y su esposo Peter no cambiarían a su hijito Tom, de dos años, por nada del mundo, y sonrió.

–No hay nada que contar. Fueron los mismos invitados de todas las fiestas de David y Leanne, y me marché sobre las diez. Fin de la historia.

–¿Cómo que fin de la historia? Por lo menos cuéntame cómo era el novio de Jan. ¿Es uno de tantos mujeriegos o terminarán casándose? –preguntó interesada Liz–. ¿Guapo y delgado, o viejo y gordo? Seguro que el dinero es un factor importante, conociendo a Jan.

Jemma sabía que Liz no se callaría hasta conocer todos los detalles, pero en aquella ocasión no tenía intención de contarle todo.

–Alto, moreno, no tiene mal aspecto, no es viejo... treinta y tantos, supongo. En cuanto a las perspectivas de matrimonio, lo dudo mucho. Me pareció de los que están cada día con una, pero a Jan le gustan los hombres con dinero y él es riquísimo.

–¿Y su nombre es...?

–Luke algo... Devetzi, creo –no quería dar la impresión de estar muy segura. Liz era como un sabueso para detectar los secretos de los demás.

–¡Dios mío! –exclamó Liz–. ¿Has conocido a Luke Devetzi? ¿El banquero? ¿El mago de los negocios? ¡Y dices que no tiene mal aspecto! ¿Es que estás ciega, Jemma? Ese hombre es más que un buen partido. Pero tienes razón en lo de mujeriego. Lo he visto cientos de veces en las revistas y cada vez tenía a una mujer impresionante distinta del brazo. No creo que Jan tenga muchas opciones de llevarlo frente al altar; no es de los que se asientan y forman una familia, pero... –le guiñó un ojo–. Jan es a pesar de todo una chica con suerte por tener un hombre así en la cama el día de su cumpleaños. No me importaría recibir un regalo así.

–Liz, te recuerdo que eres una mujer casada –interrumpió Jemma, que empezaba a sentirse mal. ¿Cómo podía ser que Liz supiera toda la vida de Luke Devetzi? Ella no lo conocía de nada y había acabado en su cama. Pero tenía que mirarlo por el lado positivo, y era que por lo que Liz le había contado, seguro que Luke no volvía a buscarla. Un hombre con tanto atractivo y tanto dinero, rodeado permanentemente de mujeres, no volvería a molestarse en pensar en Jemma de nuevo.

–¿Es que no puedo soñar un poquito? –repuso Liz, con los ojos brillantes–. De acuerdo, de acuerdo... ¿Estás segura de que estás bien?

–Sí, pero ayer fui a Eastbourne y con el madrugón de esta mañana... –explicó, encogiéndose de hombros.

–No digas más –dijo su amiga, mirándola con cara de circunstancias–. Eso lo dice todo. Fuiste con los padres de Alan a visitar su tumba –Liz la abrazó para consolarla, cosa que hizo a Jemma sentir como la mayor mentirosa de la historia.


El sol de la mañana brillaba sobre el Támesis mientras Jemma cruzaba el Tower Bridge. Agosto estaba llegando a su fin y era el cumpleaños de su padre. Estaba contenta porque acababa de firmar un contrato con unos grandes almacenes para convertirse en sus proveedores de arreglos florales. Eso significaría que Ray tendría que dedicarse más al trabajo en la floristería y que tendrían que contratar a otro conductor, pero eran las mejores noticias.

El negocio iba bien y Jemma tenía ganas de comer con su padre a solas. Había reservado mesa en un buen restaurante como regalo de cumpleaños y había quedado en recogerlo a mediodía. Después tendría que aparecer en la fiesta que le había organizado Leanne, pero no le preocupaba; nadie lo notaría si se marchaba pronto.

Al aparcar en Connaught Square hizo una mueca. La fiesta de cumpleaños de Jan, hacía dos meses, había sido un completo desastre para ella, aunque ya lo había superado. No había visto a Jan desde entonces, pero eso no era raro y Jemma no era de las que mantienen el contacto con la familia por teléfono.

Intentando olvidarse del pasado, se arregló la chaqueta de seda color crema y la falda ajustada que llevaba. Normalmente no se arreglaba mucho, pero en aquella ocasión, era necesario. Estaba segura de sí misma porque sabía que tenía buen aspecto, y con el bolso en la mano, subió corriendo las escaleras de la entrada.

–Buenos días, Maggie –saludó a la doncella nada más entrar–. ¿Dónde está papá? ¿Sigue en su estudio? –preguntó, y la respuesta fue una mirada de lo más extraña por parte de la mujer.

–No, está arriba, en el salón, esperándola.

Jemma miró su reloj. Eran sólo las once y media.

–No puedo creer que papá esté preparado a tiempo por una vez en su vida. ¿Será que con los sesenta ha ganado responsabilidad? –sonrió a Maggie, que no le devolvió la sonrisa.

–No me pregunte. Yo sólo trabajo aquí –dijo, y se marchó.

Jemma se preguntó qué le pasaría, pues Maggie normalmente era de lo más amable, y subió las escaleras.

Su padre estaba sentado en su sillón favorito, junto a la chimenea, con una taza de café en la mano.

–Felicidades, papá –dijo Jemma, y fue hacia él.

–Gracias –respondió él, con una casi imperceptible sonrisa.

Jemma se extrañó de la frialdad del recibimiento, y

entonces se detuvo con un escalofrío. Se había dado cuenta de que no estaban solos. Junto a la ventana se recortaba la figura de un hombre al contraluz. No veía su rostro con claridad, pero no necesitaba hacerlo: era Luke Devetzi . Sus ojos ambarinos se abrieron como platos por la sorpresa.

–Buenos días, Jemma.

–Bu... buenos días –repitió ella, mientras él avanzaba en su dirección.

Él llevaba un traje gris, camisa blanca y corbata azul. Tenía el pelo más largo que la última vez que se vieron, pero seguía igual de guapo que lo recordaba, aunque deseó no recordarlo.

–Es un placer volver a verte –le dijo, suavemente, y sonrió.

Ella lo miró sin devolverle la sonrisa. Su autoconfianza había desaparecido por completo, pues sabía que Luke Devetzi sólo podía significar peligro para su paz interior.

Jemma miró nerviosa a su padre, pero éste no le fue de gran ayuda. Estaba mirando al café como si su vida dependiera de ello, o sea que algo tenía que ir realmente mal.

No, no debía dejar que su imaginación le jugara malas pasadas. Luke Devetzi no era ninguna amenaza para ella; era el novio de Jan y ya se había librado de él en otras ocasiones. Jemma recuperó la confianza en sí misma y dijo:

–Para mí también, Luke, pero voy a salir con mi padre a comer, así que no vamos a poder hablar –dijo, despreocupada–. Siéntete como en tu casa. Seguro que Jan no tarda mucho –felicitándose a sí misma por cómo había abordado la situación, no vio la mirada que se intercambiaron los dos hombres.

–Jemma no lo sabe, ¿Sutherland? –al oír su nombre, Jemma miró a Luke, que miraba a su padre con expresión de desagrado–. ¿No se lo has dicho?

–¿Decirme el qué? –preguntó ella, confundida.

–No estoy aquí por Jan –dijo él, con sus ojos de granito–. Estoy aquí para verte a ti, entre otras cosas –explicó Luke antes de volverse hacia su padre–. ¿Entonces, Sutherland?

–No he tenido fuerzas, Luke. Ya te lo he dicho: Jemma no sabe nada del negocio, y, en cualquier caso, no lo entendería.

–¿Qué es lo que no entendería? –preguntó ella, mirando primero a uno y después al otro, sorprendida y dolida de que su padre despreciase su inteligencia de ese modo delante de Luke.

–Creo que será mejor que te sientes, Jemma –Luke le agarró el brazo y ella dio un respingo al sentir el contacto.

–¡No! –exclamó ella, y trató de zafarse, pero él apretó con fuerza, y por no tener una escena desagradable delante de su padre, lo dejó conducirla a otro sillón frente a la chimenea.

–Siéntate –ordenó él–. Créeme, Jemma, vas a necesitarlo –le murmuró muy cerca del oído, tanto que sintió su cálido aliento en la piel.

–¿Papá? ¿Qué es...?

–Haz lo que Luke te dice y siéntate. Tengo algo que decirte –ella obedeció, nerviosa, y para empeorar las cosas, Luke se sentó a su lado–. Sabes que te quiero, Jemma, y que nunca haría nada que te perjudicase. Pero durante estos años he hecho un par de malas elecciones en el negocio y... bueno, la empresa ya no da beneficios y...

Ella escuchó a su padre con creciente terror, y cuando acabó, lo miró fijamente, pálida. Al parecer no sólo había hecho alguna mala elección, sino que había tomado dinero prestado de la empresa durante años. Cuando ésta salió a Bolsa, los accionistas se empezaron a cuestionar las cuentas y se contrató a un auditor. El padre de Jemma había confiado en poder devolver el dinero a tiempo, pero se le había acabado el plazo y terminó confesando que la última emisión de acciones no había sido para apoyar la expansión en América de la empresa, sino para tapar agujeros en las cuentas.

–No puedo creerlo. ¿Cómo has podido, papá? –pero al mirar a su alrededor supo la respuesta. Leanne tenía gustos muy caros. Aquella casa, la villa en Mallorca... además, su padre había financiado la agencia de modelos de Jan el año anterior. A Jemma no le había importado, pero tampoco sabía que ese dinero no estaba del todo limpio. Se le escapó una risa hueca.

–No hay que enfadarse, Jemma. Luke ha venido para decirte algo, y puede ser la solución perfecta –intentó aplacarle su padre.

–Un segundo –saltó Jemma, mandándole a Luke una mirada envenenada–. Esto no tiene nada que ver contigo. Ni siquiera deberías estar aquí.

–Por suerte para ti, estoy aquí –dijo, sarcástico, con rostro triunfal–. A no ser que tu padre acabe en la cárcel por fraude.

–¡En la cárcel! –se volvió hacia su padre esperando que él negara el ofensivo comentario de Luke –. ¡Dime que no es posible!

–Lo siento –murmuró su padre, y se levantó, pálido y cariacontecido, su aspecto lejos del de aquel hombre dinámico y alegre al que ella quería tanto. Jemma supo que Luke decía la verdad–. Nunca imaginé que pasaría algo así. Si no te importa, ve a cenar con Luke. Él te explicará mejor que yo la situación, y tal vez haya un modo de que todos salgamos de ésta. Eso espero, porque temo el momento de contarle esto a Leanne –le dio unas palmaditas en el hombro y añadió–. Te veré esta noche en la fiesta.

Entonces fue cuando ella fue consciente de la verdadera dimensión de la situación. Su padre podía acabar en la cárcel, y quería llegar a un acuerdo con ella para evitarlo. No tenía sentido, como tampoco el involucrarla a ella cuando no se lo había dicho ni a su mujer. Necesitaba más respuestas de su padre, pero éste se dirigía ya a la puerta. Cuando se fue a levantar, una fuerte mano la mantuvo en su sitio.

Sorprendentemente, por unos minutos se había olvidado de la presencia de Luke, pero aquellos dedos sobre su piel le produjeron una sensación que por fuerza tenía que recordar.

–Tu padre es una buena pieza –dijo él, cínicamente, a la vez que se levantaba.

–Nadie te ha pedido tu opinión –respondió ella, y trató de zafarse–. ¡Déjame! –pero él hizo lo contrario.

–¿Para que vayas detrás de tu padre a hacerle preguntas que no está en condiciones físicas de responderte? –le preguntó, levantando una veja–. No creo.

–¿Qué tiene esto que ver contigo? –le gritó ella. Estaba harta. Se sentía enfadada y confusa, y cuanto antes se librara de la presencia dominadora de Luke, mejor.

–Como accionista de Vanity Flair, todo –le informó él, burlón.

Estaba tan preocupada por su padre que no se había parado a pensar en los accionistas.

–¡Oh, Dios mío! Theo debe haber perdido una fortuna.

–Él no ha perdido nada porque yo le compré sus acciones hace dos meses, así que por quién te tienes que preocupar, es por mí. Ya has oído a tu padre: vamos a comer y lo sabrás todo.

–Tú –dijo ella, abriendo mucho los ojos–. ¡Esto es todo culpa tuya!

–No, fue tu padre el que decidió empezar a robar –señaló Luke, pero vio miedo en aquellos preciosos ojos dorados y sintió la necesidad de protegerla. Jemma no tenía ni idea del alcance de la traición de su padre, y por un instante dudó de qué camino tomar en aquel momento.

–Mi padre no es un ladrón. La única persona reprochable de aquí eres tú –le espetó ella–. Sería mucho más lógico que te acusaran a ti de robo.

Él la agarró con más fuerza y se acercó mucho a ella. Pronto la fina seda de su traje le pareció lana de la más gruesa por el calor que le daba, y empezó a tener miedo. Intentó escaparse, pero no tuvo que esforzarse mucho, pues él la soltó enseguida y dio un paso atrás.

Cualquier duda que Luke pudiera haber tenido, se desvaneció con sus insultos. Había aguantado demasiado de aquella mujer, y la miró de arriba abajo con determinación.

Tenía el pelo recogido en un moño, del que se habían escapado algunos mechones. La chaqueta, muy ajustada, dejaba ver la curva de sus pechos, definía bien su cintura, y la falda se ceñía a sus caderas para acabar pocos centímetros por encima de las rodillas. ¡Maldición! La deseaba y la tendría.

–Nunca he robado nada en toda mi vida, pero olvidaré que has dicho eso porque sé que esto ha sido una sorpresa para ti –Luke podía sentir su confusión–. Si quieres salvar a tu padre y a la empresa de la ruina, te sugiero que vayamos a comer. Tengo hambre y soy mucho más generoso con el apetito aplacado, pero te toca a ti elegir...

«Elegir». Aquella palabra resonó en la mente de Jemma y recordó la última vez que había visto a Luke. En aquel momento, sintió la amenaza implícita en la palabra, pero lo había achacado a su imaginación; ahora sabía que no se había equivocado. Luke la miraba retador y a ella se le cayó el mundo a los pies. ¿Qué opciones tenía? Hasta su padre le había dicho que fuera con Luke.

—No tengo hambre —dijo ella—. Y no quiero ir a un restaurante a hablar de asuntos privados de mi familia, pero estoy preparada a escuchar lo que quieras decirme, y éste me parece un buen sitio —se sentó, temiendo que las piernas le fallaran.

Luke dio un paso adelante y le rodeó los hombros con el brazo. Ella se puso rígida mientras su instinto de protección le decía que tenía que huir de allí, pero la imagen de su padre la detenía.

—Entiendo tu preocupación —le dijo él, sonriendo y mirándola fijamente a los ojos—, pero tengo hambre y conozco un sitio donde la comida es estupenda y la intimidad está asegurada. ¿Vamos?

# Capítulo 6

**A**SÍ FUE COMO Jemma acabó, media hora después, con una copa de vino en la mano, en el sofá de cuero negro del piso de Luke, con cara de circunstancias.

Él había pedido comida cantonesa a domicilio desde el coche y entonces fue cuando ella se dio cuenta de que había cometido otro error.

A Jemma no le sorprendió nada la decoración fría y moderna, acero, cristal, negro y blanco, con la última tecnología a su disposición, del piso de Luke. No parecía un hombre hogareño, y aquel lugar tenía la marca de un soltero.

Cuando consiguió calmarse un poco y empezó a pensar en lo que había pasado, se sintió mejor. Ella había heredado de su tía la tercera parte de las acciones de Vanity Flair y la casa de Zante. Vivía cómodamente de los beneficios de su floristería y el seguro de vida de Alan, que pretendía usar para ampliar su empresa. Nunca había pensado obtener dividendos de las acciones de la empresa familiar, pero era normal que, al poseer una buena parte de las acciones, su padre recurriera a ella para buscar una solución con Luke. Estaba claro que él quería recuperar el dinero de las acciones que le había comprado a Theo, pero ella también tendría algo que decir acerca del futuro de la empresa.

–¿Más vino? –ofreció él, interrumpiendo sus pensamientos, pero ella puso la mano sobre su copa. Fue el vino el que le había metido en líos con Luke la primera vez, y no iba repetir el mismo error dos veces.

–No, gracias. Tenemos asuntos de negocios de los que hablar, por eso estoy aquí –dijo ella–. Corrígeme si me equivoco, pero si estoy aquí es porque soy una de las mayores accionistas de la empresa y necesitas mi aprobación para actuar en la compañía de mi padre. Además, tampoco podrás decidir qué hacer con él sin mi aprobación.

Luke se relajó en el sofá y esbozó media sonrisa.

–No estás equivocada del todo –hizo una pausa–. Eres la mayor accionista, y por eso eres la que más tiene que perder en todo esto. Legalmente, no se puede hacer nada sin tu consentimiento –eso hizo que Jemma respirara aliviada, pero la sensación duró poco, pues Luke siguió hablando–. Lamentablemente, los problemas de tu padre se remontan mucho más atrás en el tiempo. Según mi información, hasta que cumpliste los dieciocho años, tu padre se encargó de gestionar por ti el diez por ciento de las acciones que te dejó tu madre. Después, te convertiste en socia, junto con tu tía y tu padre, hasta que le vendiste las acciones que te había dejado tu madre, a tu padre, por lo que fuiste responsable también de la gestión de la compañía, con los otros miembros de tu familia. Por suerte no eras accionista en el momento de salida a Bolsa de la empresa, cuando tu padre cometió los mayores excesos, pero técnicamente, aunque no es probable, también podrías ser acusada de fraude junto con tu padre.

–¿Yo? –gritó ella–. ¿Estás loco? Eso es imposible. Nunca he tenido nada que ver en la empresa. Le vendí a mi padre las acciones que me dejó mi madre para pagar la casa que compré con Alan. Nunca había estado en una junta de accionistas hasta este verano, por insistencia de mi padre, cuando heredé las acciones de mi tía. Si alguien te ha dicho otra cosa, te ha mentido.

–Tu padre fue quien me lo dijo –repuso él, levantándose del sofá–. Y he visto tu firma en documentos de hace mucho tiempo. Es cierto que eras joven, pero seguro que cuando tu padre te enseñaba las cuentas, tú las verificabas antes de firmarlas.

Pálida, miró a Luke. Empezaba a comprender la enormidad de la situación.

–Nunca las leí. Supuse que firmaba como mero testigo.

–Yo te creo, pero eso no altera el hecho de que el único modo de evitar el cierre de la empresa de tu padre y que el peso de la ley caiga sobre él, es una enorme inyección de dinero.

–¿Cuánto? –preguntó ella, segura de que mencionaría una cifra que tendría problemas para escribir, cuando menos para reunir–. Puedo vender mi casa, y en su momento, la casa de Grecia también, supongo –apretó los párpados para contener las lágrimas. Era demasiado pensar que su padre llevaba más de diez años delinquiendo, pero sabía que Luke decía la verdad. La expresión culpable y derrotada de su padre al marcharse y dejarla en manos de Luke, era la prueba más concluyente.

–Eso no sería más que una gota en medio del océano –se burló él, y fue a sentarse a su lado, poniéndole la mano bajo la barbilla para obligarla a mirarlo–. Pero tengo la solución. Puedo invertir todo el dinero que tu padre necesita pasa salir de ese embrollo y hacer que la empresa vuelva a ser rentable, pero quiero algo a cambio.

–Estoy segura de que mi padre hará lo que sea necesario –murmuró ella–. Realmente es un buen hombre, pero, bueno... tiene...

–Una mujer cara y un estilo de vida por encima de sus posibilidades –terminó Luke por ella–. Pero no es tu padre quién me interesa, sino tú, Jemma. Quiero casarme contigo.

Ese hombre había perdido el sentido común, fue lo primero que pensó ella, pero al ver el brillo de decisión que tenía en los ojos, ya no estuvo tan segura.

–Podemos anunciar nuestro compromiso en la fiesta de cumpleaños de tu padre, esta noche.

Aquello era tal barbaridad, que hizo que Jemma saliera del estado de desesperación que amenazaba por consumirla. Al imaginar la cara de Jan, estuvo a punto de echarse a reír.

–¿Estás loco? –exclamó ella–. ¡Estás saliendo con mi hermana! –y entonces vio la solución perfecta–. Puedes pedírselo a ella. Seguro que está deseándolo.

–Jan no es más que una vieja conocida, nada más. Juro que no la conozco en el sentido bíblico de la palabra, como te conozco a ti –su mirada sensual empezó a tener cierto efecto sobre el color de las mejillas de Jemma –. Así que eso no es un problema –sus dedos se deslizaron desde su barbilla para colocarle un mechón de pelo detrás de la oreja, y ella echó a temblar–. Olvídate de Jan. Si quieres salvar a tu padre, cásate conmigo. Tú tienes la elección, y quiero saber tu decisión ahora.

Otra vez la palabra «elección», y esta vez no tuvo duda de que la amenaza era real. Ella se apartó de él y se puso en pie de un salto.

–¿Por qué yo? –exclamó mirándolo. Él estaba sentado cómodo y relajado mientras que a ella le temblaban las piernas, preguntándose cómo un día que había empezado tan bien podía haberse convertido en aquella pesadilla.

–¿En serio tienes que preguntarlo? –dijo él, mirándola con lujuria–. Ya has estado casada antes, Jemma, no eres tan inocente.

–Exacto –saltó ella–. Y sé qué es lo más importante en un matrimonio. El amor, y nosotros no nos amamos.

A ella ni siquiera le gustaba él; era demasiado arrogante, demasiado poderoso y demasiado rico para ella, pero al menos tuvo la sensatez de no decirle todo eso a la cara.

–El amor no existe. Es sólo otra una excusa para el deseo –dijo él–. Y no tiene nada que ver con mi proposición. Yo me haré cargo de las deudas de Vanity Flair, compraré las acciones de los pequeños accionistas, sacaré la empresa de la Bolsa y volveré a convertirla en una empresa familiar en las que las acciones sólo podrán transmitirse entre miembros de la familia. Pondré a uno de mis hombres de confianza al frente para que tu padre, aunque manteniendo su posición, no pueda volver a robar de nuevo. Está claro que a cambio de todo ese dinero que invertiré, necesito una seguridad, y ahí es donde entras tú. Al casarme contigo entraré legalmente a formar parte de la familia. En caso contrario, no hay trato.

Jemma tragó saliva para deshacer el nudo de miedo que empezaba a formársele en la garganta.

–Pero eso es chantaje... –susurró. Sacudió la cabeza y lo miró a los ojos buscando algún signo de que aquello era sólo una terrible broma.

Pero los rasgos austeros de Luke no reflejaban ninguna expresión, como si estuviera en medio de una junta de accionistas. Y algo así debía ser aquello para él, excepto que esta vez estaba comprando un matrimonio, y para un hombre acostumbrado a comprar todo lo que quería, aquello no sería nada distinto, pensó ella amargamente.

—Sigo sin ver qué sacas tú de esto, a parte de una mujer infeliz —dijo ella—. Además, podría acceder y dentro de seis meses pedir el divorcio; eso me haría mucho más rica y a ti más arruinado.

—Buena idea, Jemma —dijo él, levantándose para ponerle las manos, posesivo, sobre los hombros—. Siento disgustarte, pero no es tan simple. Hay una condición: quiero que seas madre de un hijo mío, y para asegurarme de que tú pones de tu parte, iré aportando el dinero a la compañía a lo largo de los tres próximos años.

«Madre de un hijo mío»: esas palabras tuvieron un efecto muy especial sobre Jemma. En los recuerdos más felices de su infancia siempre estaba presente su madre, y en su carácter estaba el apreciar la continuación de la vida en todas sus formas. Por un momento, el pensar en tener un hijo de Luke removió un instinto que permanecía dormido en su interior. Desde el día que se casó, Jemma había querido tener un niño, pero Alan quiso esperar, y después fue demasiado tarde.

—¿Entonces, Jemma? ¿Sí o no? —preguntó Luke, y le puso la mano en la nuca para que lo mirara—. Sabes que nos acoplamos bien —bajó la cabeza... iba a besarla.

—No. No... —ella lo apartó de sí y se alejó. Por un momento se sintió seducida por su proposición, y por la vergonzosa necesidad de volver a saborear sus labios, pero Luke intentaba obligarla a casarse... ¿Estaba loco?

—Una pena —dijo él, encogiéndose de hombros—.

Dos hombres van a quedar muy decepcionados, y casi más tu padre que Theo, me temo.

Jemma lo vio todo muy claro en ese momento.

–¡Dios mío! ¡Ahora lo comprendo! –gritó–. Yo pensaba que tu abuelo era un hombre adorable, pero entre los dos habéis tramado arruinar a mi padre simplemente para conseguir la casa de Zante. O al menos, para aseguraros que la conseguía un hijo tuyo. No me extraña de ti, pero nunca hubiera imaginado algo así de Theo –acusó amargamente–. ¿Por qué sois así los Devetzi? ¿Es que vuestra misión es la vida es destrozarme?

–No –dijo él–. Theo no tiene nada que ver con esto, no tiene por qué enterarse de que esta conversación ha tenido lugar. Después de la fiesta de Jan, me dijo que había hablado contigo y que había abandonado la idea de recuperar la casa, pues una mujer tan encantadora como tú no seguiría soltera y sin hijos mucho tiempo. Así que no dejes que esto estropee tu opinión de Theo.

–De verdad te importa –murmuró ella, sorprendida; no había creído que Luke Devetzi fuera capaz de preocuparse por nadie.

–Por supuesto que sí. Sí que tengo sentimientos humanos, a pesar de lo que tú puedas pensar. Pero es cierto que nunca antes me había planteado casarme. Si lo hago ahora es porque le dijiste a Theo que tus hijos serían los herederos de la casa, y si puedo darle a Theo la tranquilidad de que un nieto suyo heredará la casa, eso vale todo el dinero que sea necesario para mí.

Por primera vez desde que lo conoció, Jemma empezaba a ver al verdadero hombre que había en Luke Devetzi, y sintió una pizca de respeto por él.

–¿Es Theo tu única familia?

–Sí, y puesto que tú has rechazado mi proposición,

parece que así seguirán las cosas, aunque no sé por cuánto tiempo –dijo él–. Es un hombre mayor después de todo.

Aunque no le gustaba tener nada en común con Luke, lo cierto era que Jemma sabía cómo se sentía. Su padre era el único pariente que le quedaba.

–Si no me caso contigo, ¿qué le pasará a mi padre? –Jemma eligió cuidadosamente sus palabras. Siempre había deseado un hijo, y tras la muerte de Alan, pensó que ya no tendría oportunidad de hacer su sueño realidad.

–Cuando esto salga a la luz –dijo él–, y eso pasará sin que yo diga nada, porque el resto de los accionistas se acabarán enterando, lo peor que puede pasar es que acabe en la cárcel. En el mejor de los casos, quedará completamente arruinado.

–¿Y si accedo, pero con algunas condiciones...? –Jemma sabía que no volvería a enamorarse, y aunque había considerado la inseminación artificial para tener un hijo, la idea no le hacía enteramente feliz. Ahora tenía otra oportunidad; no era la oportunidad perfecta, pero tal vez funcionase.

–No estás en posición de poner condiciones, pero te escucho.

¿Quería hacer aquello de verdad? No estaba segura del todo. Estudió su rostro por un momento, pero en su cara no había expresión alguna. Sabiendo que podía tener a cualquier mujer que quisiese, no lograba entender por qué la había elegido a ella, hasta que supo lo de la casa de Zante. Pero ahora creía ver otros motivos: un hombre con el ego de Luke no podía soportar el rechazo, y ella lo había rechazado dos veces, primero en el yate y después en su casa, hacía dos meses. De algún modo, eso le hacía más fácil seguir adelante, puesto que él se encapricharía de otra mujer y ella podría continuar con su vida y con un hijito al que amar.

–Sé que viajas mucho por tu trabajo y que pasas mucho tiempo en América y en Asia. Eso no va conmigo en absoluto. Quiero una garantía de que podré seguir con mi trabajo y con mi vida en Londres.

Luke la miró con ojos enigmáticos.

–Si aceptas casarte conmigo, yo aceptaré tus condiciones–se preguntó si ella se daría cuenta de que le ofrecía la mejor opción: seguir con su vida, y tener una mujer y un hijo que lo esperaran en casa–, pero viviremos en mi piso y tú venderás tu casa. No habrá más hombres en tu vida, eso está claro, y espero que vengas conmigo a Grecia cuando vaya a visitar a Theo. Por el resto, como dices, mi trabajo me lleva por todo el mundo, y no espero que vengas conmigo a todas partes, y mucho menos cuando tengas a nuestro hijo.

A Jemma las palabras «nuestro hijo» le resultaban muy seductoras. Si se casaba con Luke, no traicionaría el amor que sentía por Alan, se dijo a sí misma, porque la suya no sería una relación amorosa, sino un trato para salvar a su padre y tener el hijo que tanto ansiaba.

–Jemma, ¿eso es un sí o un no? ¿Trato hecho? –dijo él, levantándole la barbilla con un dedo–. Sabes que es razonable. Cásate conmigo y sé la madre de mi hijo.

Con un nudo en el estómago por la tensión, dudó un segundo. Luke le dijo en una ocasión que a veces había que elegir lo menos malo, y sabía que tenía razón. ¿Qué era peor? ¿Una hija que se negaba a casarse con un hombre y condenaba a su padre a la cárcel o una mujer que se casaba con un hombre al que no amaba para salvar a su padre y tener el hijo que deseaba?

—Sí –dijo por fin.

—Bien –dijo él, e hizo un gesto hacia la mesa–. Vamos a recoger esto. Tenemos que elegir un anillo de compromiso antes de esta noche.

—¿En serio? –acababa de darse cuenta de la dimensión de lo que había accedido a hacer y, por instinto, se llevó la mano al dedo y acarició su alianza–. ¿Es necesario? –no había pensado que tuviera que quitarse el anillo de Alan, y quería retrasar el momento todo lo necesario.

—Mucho –declaró él–. El significado de un anillo de compromiso es declarar que esa mujer ya tiene dueño. Tu marido lleva dos años muerto, y ya es hora de que lo asumas. Jemma, cariño, yo soy tu futuro –dijo, y se acercó aún más a ella.

La tensión del ambiente casi se podía cortar. Enfadada y triste a la vez, Jemma vio sus ojos de lobo brillar triunfantes y quiso golpearlo, pero antes de poder hacer nada, lo tuvo encima de ella reclamándole un beso. Su lengua pidió paso para buscar la humedad de su boca. Cuando por fin levantó la cabeza, Jemma intentó recuperar el aliento.

—Y con este beso, el pacto queda sellado. Una pena que no tengamos tiempo para más –se burló Luke–, pero en la joyería nos están esperando.

Aún sin haberse recuperado del beso, Jemma lo observó recoger la mesa. Luke era un hombre de negocios, y acababa de firmar un trato sobre un matrimonio. Nada más que eso, y lo odió por ello.


Si Jemma lo había pasado mal en la fiesta de Jan, aquélla estaba siendo aún peor. Era un manojo de nervios, cada vez estaba más alterada, y la mano de Luke, siempre en su cintura, no ayudaba nada.

Era culpa de Luke. Tenía que habérselo imaginado cuando la arrastró hasta Bulgari, en New Bond Street y pagó una fortuna por un anillo con un impresionante diamante y esmeraldas. Después la había llevado a casa con la excusa de que tenía cosas que hacer, y que la recogería a las siete y media. Ella se había duchado y vestido sin ser consciente de lo que hacía, hasta que llegó el momento de quitarse su alianza. Entonces no pudo evitar derramar algunas lágrimas, pero aun así, cuando Luke llamó a la puerta, ella estaba ya lista para salir.

Ella se había puesto el mismo vestido clásico negro que había llevado en la fiesta de Jan, y al verla, Luke le lanzó una mirada reprobatoria, que dio paso a una sonrisa al no ver su alianza en el dedo.

–Buena chica, Jemma, pero recuérdame que te compre ropa más alegre. Después de todo ya no eres una viuda de luto –y la acompañó a una limusina.

Ignorando el comentario sobre su viudedad, Jemma preguntó:

–¿Y cómo es que vamos en limusina? –dijo, mirándolo de reojo e intentando no pensar en lo guapo que estaba con ese traje negro.

–Siempre que sé que voy a beber alcohol voy en limusina –se llevó la mano al bolsillo y sacó el impresionante anillo de compromiso–. Imagino que se harán muchos brindis esta noche por nuestro compromiso y por el cumpleaños de tu padre.

Jemma acarició el bonito anillo.

–¿Es necesario todo esto? –él la miró y Jemma sintió un escalofrío. ¿Qué había hecho aceptando casarse con Luke?–. ¿Qué pensará la gente? Mi padre y Leanne no comprenderán esta boda tan acelerada, por no hablar de Jan...

–Sí que lo harán, porque hablé con tu padre hace una hora. Y el anillo es necesario, como todas las tradiciones de un matrimonio convencional, porque eso es lo que será a ojos de la gente, mientras tú me sigas la corriente y no digas nada.

Mirando la joya, Jemma pensó en la última vez que un hombre le había puesto un anillo en el dedo, con amor. Aquello parecía una burla a todo lo que había creído y deseó quitárselo.

–Ni lo pienses –le dijo él, leyéndole en pensamiento, y antes de que ella pudiera decirle nada, se abalanzó sobre ella para besarla hasta dejarla sin conocimiento.

La situación empeoró cuando llegaron a Connaught Square, a casa de su padre, que salió radiante a felicitarla diciendo:

–Cuánto me alegro de que vosotros dos hayáis superado vuestras diferencias.

Jemma aún estaba pensando en qué habría querido decir su padre, cuando Leanne, en una sorprendente muestra de afecto, la abrazó y le deseó mucha felicidad. Jan fue la que más le sorprendió al aparecer del brazo de un joven y guapo modelo y susurrarle al oído: «Bien hecho, chica».

Que su familia estaba contenta era algo evidente y, de hecho, al mirar a la gente, todo el mundo en la fiesta parecía estar feliz, excepto ella. Sin pensar, se llevó la mano al colgante de brillante que llevaba en el cuello y se tranquilizó.

Luke sintió que estaba más relajada y pensó que Jemma se estaba acostumbrando a la situación, pero al verla con la mirada perdida y jugueteando con el colgante vio que se estaba aburriendo.

Le apretó ligeramente la cintura y la miró, enfadado.

–¿Lo estás pasando bien, cariño? –murmuró suavemente. No estaba acostumbrado a estar con mujeres que no le prestasen toda su atención, y Jemma tenía cierto hábito de evadirse a un mundo propio, cosa que lo irritaba.

Jemma lo miró y no quiso mentir.

–No me gustan mucho las fiestas, y menos cuando soy el centro de todas las atenciones por el anillo que me has puesto en el dedo –dijo, cariacontecida. Había sido un día terrible y la noche no mejoraba nada la situación, así que podía imaginar el dolor de cabeza que se le avecinaba. Estaba harta de todo–. Creo que voy a ir a buscar a mi padre. Tengo que hablar con él; además, hoy es su cumpleaños y tú ya has saboteado su fiesta. Puedes hacer lo que quieras, pero después de hablar con él, yo me voy a casa –dijo, desafiante, y le apartó la mano de su cintura.

Él podía haberla detenido con facilidad, pero contuvo su rabia y no lo hizo.

–Tienes razón. El compromiso ya es público y ya hemos estado aquí bastante tiempo –después la besó suavemente en los labios y ella se ruborizó, cosa que a él le supo a recompensa–. Te doy diez minutos y después iré a buscarte –le dijo antes de verla desaparecer entre la gente.

Luke sonrió travieso. Para haber estado casada, Jemma era muy inocente. Desde luego, debía imaginarse que él prefería estar a solas con ella que rodeada de toda esa gente. La sangre le ardió en las venas al pensar en la noche que les esperaba.

Jemma, por su parte, no pudo evitar sonrojarse, pero al ver a su padre salir de la sala, se olvidó de

Luke. No iba a dejar a David escaparse de aquélla: quería oír la verdad de sus labios. Quería saber si estaba enterado de los planes de Luke desde el principio. ¿Y qué había querido decir con eso de que si Luke y ella habían resuelto sus diferencias?

Ella llegó al pasillo justo a tiempo para verlo desaparecer en su estudio, pero antes de poder seguirlo, Jan, ligeramente ebria, la alcanzó.

–Jemma, tengo que admitirlo: nunca lo habría imaginado... Luke me llevó a comer después de mi cumpleaños y me dijo que sólo me consideraba una amiga. Después me preguntó por ti, pero nunca se me ocurrió que lo conocieras tan bien... hasta...

–¡Lo sabía! –exclamó Jemma, quedándose blanca como una sábana. Luke debía haberle contado todo a Jan sobre su encuentro en Zante. ¿Cómo podía ser tan cruel?

–Puedes dejar de hacerte la viuda recatada, Jemma. Mi madre me dijo lo vuestro en cuanto llegué esta tarde.

–¿Leanne te lo dijo? –aquello estaba empeorando por momentos y Jemma no se dio cuenta de que su padre había vuelto hasta que estuvo a su lado.

–No pasa nada, Jemma –dijo el hombre, abrazándola–. No tienes que aparentar estar sorprendida. Sabes que Luke insistió en que le contara a Leanne lo de la empresa. Se quedó un poco sorprendida al principio, pero cuando le dije que vosotros dos os conocíais desde hace un año, que os habíais separado tras una pequeña discusión, pero que ahora él quería resolver las diferencias, y con suerte, casarse contigo, quiso llamarte enseguida –Jemma no podía comprender la expresión orgullosa de su padre–. Le dije que no tenía que interferir, aunque mi futuro yerno se había ofre-

cido para salvar mi negocio. ¿Y ves cómo tenía razón?
Con sólo comer juntos, habéis decidido hacer las pa-
ces, y yo no podría estar más feliz.

Ni más aliviado, pensó ella amargamente.

–¿Luke te dijo que ya nos conocíamos? –preguntó.

–No te hagas la sorprendida, Jemma –dijo Jan–. Tenías que haberme dicho en la fiesta que lo habías conocido en Grecia y que habías estado en su yate en lugar
de hacerme quedar como una tonta intentando llevár-
melo a la cama. Pero no te guardo ningún rencor: lo
mejor después de un marido rico es un cuñado rico.
Tenía que habérmelo imaginado cuando me ofreció invertir en mi empresa a la vez que insistía en que sólo
éramos amigos.

Jemma era incapaz de articular palabra. Luke lo había orquestado todo para parecer el amante atento y
generoso. ¡Tenía que ser una broma! Por un momento
estuvo a punto de decir toda la verdad, pero al ver sus
rostros sonrientes, decidió morderse la lengua.

–¿Puedo unirme a la fiesta? –dijo Leanne, apare-
ciendo de la nada para agarrarse al brazo de su marido
muy sonriente–. Jemma, cariño, siempre supe que había algo especial en ti. Bien hecho.

–Gracias –respondió ella, pero por dentro la rabia la
consumía.

Como no sabía si podría contenerse mucho tiempo
más, se dio la vuelta para marcharse, pero chocó directamente contra Luke. Él le pasó el brazo por la
cintura para equilibrarla, y ella lo miró a los ojos. Tenía un gesto burlón que le hizo desear hacerlo pedaci-
tos.

Consciente de que estaba furiosa, Luke la mantuvo
a su lado firmemente, y sonrió a su padre.

–Si nos disculpáis... después de todo, ésta es tu

fiesta, David –miró a Jemma–. Ya le hemos robado bastante protagonismo a tu padre por hoy.

¿Fue ella la única que se dio cuenta del énfasis que había puesto en la palabra «robado»? Jemma permaneció en silencio mientras Luke se despedía de los demás...

# Capítulo 7

BASTARDO! ¿Cómo te atreves...? –le gritó ella en cuanto salieron de la casa.

–Jemma, ahórratelo y entra en el coche –dijo él, y casi la empujó.

Entraron en el coche y él la sujetó por los hombros.

–No me des órdenes –le espetó ella–. ¿Y cómo has podido decirle a mi padre que éramos...? –se detuvo. ¿El qué? ¿Amantes?

–Pobre Jemma –dijo él suavemente, con toda la ironía–. Llevas tanto tiempo con la cabeza metida en un agujero que no sabes reconocer la verdad cuando la tienes delante.

–Eres un cerdo, y tal vez hayas engañado a mi padre, pero a mí no me engañas –apartó la vista de él y sacudió la cabeza–. Tenía que estar loca para creer que esto podría funcionar.

La presión sobre su hombro hizo que ella volviera la cabeza hacia él, y su mirada le provocó un escalofrío.

–No, sólo te engañas a ti misma, Jemma. Yo no miento, y mataría al hombre que me insultara como tú lo has hecho –siseó, y ella fue consciente de que no era inteligente hacerlo enfurecer.

Luke enfadado era un impresionante espécimen de macho primitivo e, inexplicablemente, a Jemma se le paró el corazón al encontrarlo atractivo como nunca:

su pecho subiendo y bajando bajo el traje, la firme columna de su cuello y sus mandíbulas apretadas.

–Así que tienes suerte de que sea un hombre contenido –añadió.

–Si tú lo dices –repuso Jemma al sentir su cuerpo inclinarse sobre ella alterándole los nervios de un modo que no tenía nada que ver con el miedo. Había perdido las ganas de discutir con él, y otro tipo de deseo le hizo sonrojarse.

–Sí que lo digo. Y para convencer a todo el mundo de que nuestro matrimonio es serio, sugiero que hagamos frente común, cosa que no debería ser tan difícil –estaba a escasos centímetros de ella, y empezó a deslizar la mano sobre la curva de sus pechos y a acariciar el centro de ellos con el pulgar sobre la tela del vestido–. Por eso le dije a tu padre que nos conocimos hace un año y que estuviste en mi yate. Después tuvimos una pelea, lo cual es cierto... –murmuró suavemente mientras la miraba a los labios.

Jemma, de lo más acalorada, fue a apartarle la mano, aunque realmente deseaba más.

–Sí –susurró. Estaba confundida, y su mano acariciándole el pecho no la ayudaba a pensar con más claridad.

–Entonces por fin estamos de acuerdo –dijo él en voz baja–. Sobre el resto, tu padre ha oído lo que ha querido. Al aparecer esta noche prometidos, lo hemos liberado de un gran peso –y le rozó los labios con su boca, para después besarla más profunda y posesivamente. Jemma se fundió contra sus labios, muy a su pesar–. En realidad te he hecho un favor, Jemma. Tu familia está convencida de que esto es un matrimonio por amor y ahora pueden dormir tranquilos y sin preocupaciones financieras –le apartó la mano de los pechos y la dejó caer sobre sus muslos–. Y tú puedes dormir tranquilamente en mi cama, Jemma. Me deseas casi tanto como yo a ti, aunque no espero que lo admitas. Pero sé que lo acabarás haciendo.

Jemma no dijo nada, pero sabía que la versión que había dado Luke de su relación les había parecido bien a todos.

El coche se detuvo y él salió primero. Cuando ella lo siguió, se dio cuenta de que no estaban en su calle.

–Jemma, tenemos mucho de lo que hablar esta noche. Me marcho a Nueva York mañana y tenemos que decidir los detalles de la boda antes de marcharme. Y no pretendo hacerlo en casa de tu marido fallecido, por eso estamos aquí –explicó él, adelantándose a su pregunta.

Ella se detuvo, a punto de negarse, pero no pudo.

–De acuerdo.

–Muy bien –le dijo él, acompañándola a la entrada–. Sam –le dijo al portero uniformado–, ella es Jemma, mi prometida. Me marcho mañana, pero ella vendrá a instalarse la semana que viene, así que me gustaría que se la presentara al resto de los trabajadores y que la ayuden con todo lo que necesite.

–¿Es eso necesario? –preguntó ella, nada más cerrarse las puertas del ascensor.

–¿El qué? ¿Acaso preferías esperar a estar casados para instalarte? Jemma, ya eres mayorcita y sabes tan bien como yo las reglas del juego. Tenemos un trato, y cuanto antes lo aceptes, mejor para los dos.

Jemma estuvo a punto de salir corriendo en dirección contraria cuando él abrió la puerta de su casa, pero Luke sintió su temor y le rodeó los hombros con el brazo. Poco después estaba sentada en el sofá mientras Luke preparaba unas bebidas.

–Aquí tienes el vaso de agua que me has pedido –le dijo, acercándole un bonito vaso de cristal tallado–. Jemma, he estado informándome y he averiguado que en Inglaterra se necesitan dieciséis días como mínimo para casarse. Como ya tuviste una gran boda con toda tu familia la primera vez, pensé que podríamos conformarnos con una sencilla ceremonia civil el sábado dentro de dos semanas. ¿Qué te parece?

¿Aquello era una conversación? Luke ya lo tenía todo decidido, pero ella tenía sus propios planes y no iba a dejar que se los arruinara.

–No será posible –dijo ella, con toda la serenidad que pudo–. Tengo dos semanas de vacaciones y me marcho a Grecia el sábado que viene. He quedado en Zante con el hombre que cuida de la casa de mi tía para ver qué reparaciones necesita. La boda tendrá que ser cuando vuelva.

–No hace falta –repuso él. Tenía la camisa ligeramente abierta y al ver su piel morena y su vello negro, ella empezó a sentirse tan acalorada como en el coche–. Será perfecto, porque puedo organizar la boda en Grecia en una semana.

–¿En Grecia?

–Sí. Nos casaremos en mi casa y así Theo no tendrá que volar. Pasaremos la primera semana de la luna de miel en Zante y después podemos ir a otro sitio. Theo puede ocuparse de supervisar las reparaciones.

–No, no podemos quedarnos en la casa –repuso ella–. Y Theo tampoco. La casa no está habitable.

–De acuerdo, nos quedaremos en un hotel y Theo tendrá que esperar para ver su antiguo hogar –le brillaron los ojos–. Pero la verdad es que ya tengo ganas de ver la casa que me está costando una fortuna y mi libertad.

–¿No conoces la casa? Creía que habías nacido allí.

–No. Theo sí nació allí, al igual que mi madre –Luke vació su vaso y lo dejó sobre la mesa con el ceño fruncido–. Yo nací en Atenas, y mi madre no estaba casada, así que como ves, soy el bastardo que decías.

Jemma se sonrojó ante su falta de tacto. Si lo hubiera sabido, nunca lo habría insultado de ese modo. Quiso disculparse, pero él no la dejó.

–Déjalo, no me importa, pero a mi abuela sí. Ella insistió en que Theo vendiera la casa y se trasladaran a Atenas, donde nadie los conocía. Mi madre murió pocos días después de mi nacimiento y mis abuelos se encargaron de criarme. Theo hablaba de Zante de vez en cuando, pero mi abuela no, y nunca me interesó ese lugar. De hecho, me avergüenza admitirlo, pero no tenía ni idea de que Theo sentía que le faltaba algo y que había intentado comprar la casa tras la muerte de mi abuela.

–¿Por qué no lo intentó antes? –preguntó ella.

–No se atrevía –sonrió Luke–. Mi abuela era una mujercita adorable, pero tozuda como una mula, y había prohibido que se hablara de Zante en su presencia. Se hubiera necesitado un hombre más valiente que Theo o que yo para derrotarla.

Podía ser humano, se dijo Jemma, tratando de imaginar a la mujer que tenía el poder de intimidar a Luke Devetzi.

–Me hubiera gustado conocerla –comentó Jemma con una sonrisa torcida–, y aprender sus secretos.

Y le sonrió de verdad por primera vez desde que se conocían. Luke contuvo el aliento y le tomó la cara entre las manos, mirándole los labios.

–Tengo la sospecha de que tal vez ya los conozcas –le susurró antes de besarla.

Al principio sintió su resistencia, pero cuando sus alientos se mezclaron y sus lenguas se rozaron, toda ternura desapareció por completo. Él la besó más profundamente, con deseo y pasión, explorando el interior de su boca, hasta desear empezar a explorar el resto de su cuerpo que tan bien recordaba. Ella le rodeó el cuello con los brazos y Luke gruñó al sentir sus caricias en la nuca.

Le bajó la cremallera del vestido y la descubrió hasta la cintura. Tuvo que contenerse para no tomarla allí mismo, en el sofá. Sus ojos ambarinos brillaban de deseo y sus pezones rosados pedían a gritos que los saboreasen.

–¿Vas a hacerme esperar hasta la boda, Jemma? –dijo, e inmediatamente se maldijo por su estupidez. Tenía una mujer maravillosa entre los brazos y se paraba a preguntar–. ¿Tomas la píldora? –añadió, como si con ello quisiera justificarse.

–No a las dos cosas –respondió ella, rindiéndose a los dictados de su cuerpo, y se pasó la lengua por los labios hinchados, recordando el sabor de Luke. Él la levantó inmediatamente en brazos y ella chilló–. ¿Qué estás haciendo?

–Te llevo a la cama –dijo, riendo ante su sorpresa, y segundos después, Jemma se vio en la habitación.

Luke se desabrochó los botones de la camisa con aire triunfal mientras ella, consciente de su semidesnudez, se cruzaba de brazos, pero sin dejar de mirarlo, fascinada.

Era un hombre magnífico, de espaldas anchas y pecho musculoso cubierto de un fino vello negro que desaparecía bajo el elástico de sus bóxers de seda negra. Jemma se sonrojó aún más al ver bulto que se adivinaba bajo la fina tela, pero era incapaz de quitarle los ojos de encima. ¿Qué le estaba pasando?

–No tienes que sonrojarte, Jemma –dijo él, tumbándose a su lado–. Y tampoco tienes que ocultar tu precioso cuerpo –le tomó una de las manos y se la colocó sobre sus hombros, y la otra sobre la cama, revelando sus preciosos pechos a sus ojos–. Tienes unos pechos perfectos –murmuró, y ella se estremeció por dentro. Después se inclinó para lamer primero un pezón y luego el otro, haciendo que ella se arquease hacia él–. Quiero verte desnuda –el vestido y las braguitas de encaje cayeron al suelo–. Quiero ver tu pelo extendido sobre mi almohada – y le soltó el moño.

Temblando de excitación, a Jemma lo que menos le importaba era su pelo. Deseaba que la besara de nuevo, e intentó atraerlo hacia ella. Él sabía lo que Jemma quería y, con una sonrisa, le rozó los labios con los suyos. Ella gruñó desilusionada.

–Paciencia, Jemma. Quiero explorarte entera, quiero saborearte entera – y la acarició desde los pechos hasta los muslos, mientras dejaba un rastro de besos por sus labios, sus párpados, sus mejillas–. Esta vez no quiero que te queden dudas de a quién perteneces.

Jemma abrió los ojos de golpe al oír eso, pero hacía mucho que no estaba desnuda en brazos de un hombre y que no sentía el fiero placer de la excitación. Deseaba a Luke y lo atrajo hacia sí. Esta vez el beso no la decepcionó.

Luke le tomó el pecho con una mano mientras acariciaba con los dedos la sensible punta. Ella dejó escapar un gemido; estaba ardiente de deseo por él. Él deslizó la mano más abajo, hasta encontrar el cálido centro de su feminidad y sus gemidos de placer se incrementaron, a la vez que le clavaba las uñas en la espalda. El cuerpo de Jemma estaba tenso como un arco y deseoso de sentir al máximo su posesión, pero no quería que dejara de acariciarla de un modo tan delicioso.

–Ábrete para mí, Jemma –murmuró él, y volvió a atrapar su boca en un beso salvaje mientras se colocaba entre sus piernas.

Ella sintió la dura erección contra sus muslos, pero él no fue más allá. Ella gimió, desesperada por más, pero él la miró con una furia casi salvaje y dijo:

–Aún no. Quiero que recuerdes esto toda tu vida.

Después volvió a lamerle los pechos y ella se aferró a sus hombros con una mano mientras con la otra buscaba entre sus muslos su dura erección. Estaba atrapada en un juego en el que sólo él conocía las reglas, y por eso él le apartó la mano y se la sujetó contra el colchón mientras seguía explorando su cuerpo y dándole un placer que ella no había imaginado que pudiera sentirse. Volvió a besarla e introdujo los dedos entre sus piernas para volverla loca de placer. Jemma no podía aguantar más y suplicó:

–Por favor, Luke...

Al escucharla, él le levantó las caderas y la penetró profundamente con una fuerza que le hizo gruñir de delirio. Por primera vez en veinte años estaba haciendo el amor sin protección, y se detuvo para mantener el control de una situación que amenazaba con hacer explotar cada átomo de su cuerpo.

–Luke –gritó ella, sintiéndolo retirarse–. No, no... no pares –gimió.

–No podría aunque quisiera –masculló él, y empezó a penetrarla una y otra vez a un ritmo primitivo que Jemma correspondió hasta que pocos segundos después, su cuerpo se convulsionó en un brutal clímax.

Jemma sintió que Luke la acompañaba y derramaba

su semilla en su interior justo antes de caer sobre ella. Se aferró a él por instinto, sorprendida por la intensidad del acto. Sus respiraciones atormentadas era lo único que se oía en el cuarto.

Unos minutos después, él se apartó a un lado y la miró a la cara.

–Ha sido fantástico, Jemma –declaró con una gran sonrisa–. Por si tienes dudas, es la primera vez que lo hago sin protección desde que era adolescente, y estoy completamente sano, así que no tienes nada de lo que preocuparte.

Su tono de satisfacción masculina fue lo que enfureció a Jemma, mostrándole que no estaban igualados en el terreno sexual. Ella, con la excepción de Luke hacía un año, sólo había estado con Alan, mientras que él era todo lo contrario.

–Te lo agradezco –repuso ella, irónica–. Pero ahora tengo que marcharme –y se apartó de él–. Los viernes siempre hay mucho trabajo y además me toca ir al mercado a las cinco de la mañana.

Se puso el vestido sin molestarse con la ropa interior antes de atreverse a mirar a Luke. Él estaba aún tumbado en la cama, con el pelo revuelto y la cabeza apoyada en la mano.

–¿Seguro que no puedo tentarte para que vengas a la cama de nuevo? Yo no salgo para Nueva York hasta las nueve.

Jemma sabía que él sería capaz de tentar hasta a una santa.

–No, recuerda nuestro trato, Luke. Yo seguiré con mi trabajo.

–De acuerdo –se levantó de la cama maravillosamente desnudo–. Pero recuerda que tienes que trasladarte antes de que yo vuelva de Nueva York –la besó con fuerza en la boca–. Dame cinco minutos y te llevaré a tu casa.

Jemma se preguntó si Luke estaría celoso de su marido y de la vida que había llevado con él... No, era imposible. Eso significaría que ella le importaba, y tenía claro que no era de ese modo.

Cuando él salió del baño, ella estaba ya completamente vestida intentando volver a recogerse el pelo.

Veinte minutos después, la dejó frente a su puerta con un beso, físicamente agotada, pero sin poder detener sus pensamientos. Ya no se reconocía... ¿Qué la había impulsado a casarse con Luke? ¿Cómo dejaba que un hombre al que no quería y en el que no confiaba le hiciera el amor? Cerró los ojos, avergonzada. Lo cierto era que no sólo había dejado que él le hiciera el amor, sino que ella había participado activamente, como su cuerpo dolorido no dejaba de recordarle.

# Capítulo 8

**D**EMONIOS! ¡Era Luke de nuevo! –maldijo Jemma colgando el teléfono mientras miraba a Liz–. Parece que mañana me voy de compras con Jan porque él así lo ha decidido. ¿Es que cree que no sé vestirme sola?

–No –rió Liz–. Como buen hombre que es, habrá pensado que eso ayudará a que Jan y tú liméis asperezas. Está claro que está loco por ti y me parece de lo más romántico que te llame varias veces al día. Si tuvieras un poco de cabeza, te tomarías el resto de la semana libre y te dedicarías a mimarte para cuando regrese.

A Jemma no le parecía que hubiera nada de romanticismo en todo aquello, pero no dijo nada. El viernes anterior le había dicho a Liz que estaba prometida y le había contado la versión de Luke de los hechos. Sorprendentemente, su amiga se había tragado toda la historia y estaba encantada por ella. Ya era martes, y Luke no volvería hasta el jueves. El viernes se marcharían a Grecia con su familia para asistir a la boda al día siguiente. Si la llamaba una y otra vez era para mantenerla informada al minuto de los preparativos de la boda, como si a ella le importase mucho. El teléfono volvió a sonar y Jemma dio un respingo.

–Contesta tú, Liz, y si es él, dile que he salido –soltó–. Dile que he ido a hacer la mudanza.

–¿Y lo vas a hacer? –preguntó Liz, alargando la mano para responder al teléfono.

–Sí –dijo Jemma–. De hecho, me tomaré el resto de la semana libre, como has sugerido. ¿Estás segura de que puedes apañártelas?

–Por supuesto.

–Genial. Entonces te veré en la boda, el sábado –y salió a toda prisa de la tienda antes de que Liz pudiera cambiar de idea. Si oía otro comentario más sobre la suerte que tenía de casarse con un multimillonario tan guapo, empezaría a gritar. Además, tenía que hacer una visita que no podía retrasar más tiempo.

Pasó por casa a cambiarse y después se encaminó a Eastbourne. No le apetecía contarle a sus suegros que iba a casarse de nuevo, pero, sorprendentemente, Sid y Mavis se alegraron mucho por ella y le dijeron que era demasiado joven para permanecer soltera el resto de su vida, y que Alan le habría dicho lo mismo.

Cuando llegó a casa la tarde siguiente después de estar todo el día de compras con Jan, estaba agotada. Se colocó el tirante del vestido de seda azul que llevaba una vez más sobre el hombro y entró en el salón. Se le acababa el tiempo. Luke volvería al día siguiente y no había hecho las maletas ni había organizado la casa. ¿Tenía que hacerlo realmente? Tomó la foto de su boda en la mano y sonrió, pero ya había tomado una decisión, y la dejó enseguida en su sitio.

Una hora más tarde cerraba la puerta tras ella dejando su casa tal y como estaba. En el maletero de su coche llevaba tres maletas con las cosas necesarias para los siguientes días.

Sam, el portero, se empeñó en ayudarla con las cosas y ella se lo agradeció con una sonrisa y una generosa propina. El salón del apartamento de Luke era tal y como lo recordaba: frío y desangelado, al igual que la cocina y el comedor. Las habitaciones no eran muy distintas, aunque el estudio, con sus altas estanterías repletas de libros y el escritorio antiguo, supuso un cambio a mejor.

Jemma tomó una maleta y la llevó a la habitación principal. La última vez que había estado allí no se fijó demasiado en la decoración, y se llevó una grata sorpresa. Estaba decorada en color crema e índigo, con una alfombra con motivos griegos en el suelo. Las cortinas ocultaban un ventanal que daba a una terraza amueblada con un sofá, un sillón y una mesita baja. El ambiente en general era mucho más acogedor que el del resto de la casa.

Al mirar la enorme cama, Jemma se sonrojó. Rápidamente apartó la mirada y decidió explorar adónde daban las dos puertas de la pared opuesta a la cama. Enseguida descubrió un lujoso baño con dos duchas y un jacuzzi, mientras que en la puerta de al lado había un armario apenas ocupado por algunos trajes de Luke, lo que claramente confirmaba que pasaba muy poco tiempo allí. Jemma deshizo las maletas rápidamente mientras se alegraba de esto último. Fue a dejar su joyero sobre la cómoda, pero no calculó bien la distancia y la caja y su escaso contenido acabaron en el suelo.

Cinco minutos después, Jemma seguía buscando de rodillas bajo la mesa, la última joya que le faltaba por encontrar: el colgante de diamante y platino.

–Vaya, eso es lo que yo llamo un agradable recibimiento –el cuerpo de Luke respondió lleno de masculino entusiasmo al ver el trasero de Jemma apenas cubierto por el vestido de seda azul, y se echó a reír. Había reconocido ese trasero con alegría, y eso junto con el hecho de encontrar a Jemma en su piso, lo puso eufórico. Incapaz de resistir, le dio una palmada.

Ella oyó la voz familiar un momento antes de sentir la mano sobre su trasero. Levantó la cabeza rápidamente y se golpeó con el borde de la mesa.

–¿Qué demonios...? –chilló, y salió gateando de donde estaba, enfurecida–. Qué poca delicadeza.

–Lo siento –dijo él, entre risas pero sin dejar de observar su precioso pelo, la seda ajustándose a las curvas de su cuerpo y la redondez de sus pechos, lo que hizo que su pulso se acelerara un punto más–. Pero tienes un trasero delicioso, Jemma, y no he podido resistirme –le ofreció una mano para ayudarla a ponerse en pie.

Sorprendida por su aparición y consciente de su escrutinio masculino, el corazón se le desbocó. Ignorando su mano, Jemma se levantó sin elegancia alguna.

–Pues ya es hora de que lo intentes. No es muy educado darle palmadas en el trasero a una mujer.

–Jemma, tal vez tu vida sexual hasta ahora haya sido demasiado acomodada –le dijo, burlón, lo que hizo que ella se enfadara aún más.

Lo cierto era que en todas esas noches a solas, con el recuerdo de su encuentro fresco en la memoria, ella había empezado a pensar lo mismo.

–¿Qué estás haciendo aquí? –le dijo, para cambiar de tema–. Se supone que no volvías hasta mañana.

–He acabado antes de lo esperado –y dio un paso hacia ella, ante lo cual, Jemma retrocedió, pero la cómoda la detuvo–. No podía esperar más –le puso las manos sobre la cintura y después le acarició la espalda hasta la nuca–. Para verte... –inclinó la cabeza, y el instinto de Jemma fue zafarse de él–. Y hacer esto...

—le dijo, y empezó a deslizar la lengua entre sus labios separados. El sabor de su lengua le provocó a Jemma un vuelco en el corazón y olvidó toda intención pasada de librarse de aquel placer.

Se fundió contra él, intoxicada con su aroma y el poder de su abrazo, así que cuando se separó, ella gimió en protesta.

Luke murmuró algo que ella no pudo comprender y la colocó sobre la cómoda. Con la boca recorrió su cuello y lamió la suave piel con una intensidad feroz. Cuando le bajó el tirante del vestido y le cubrió el pecho con una mano, el pezón se irguió casi inmediatamente contra su palma.

Apartó la mano y ella gimió, pero él cubrió el pezón con sus labios para volverla loca con la lengua y los dientes. Después le levantó la falda para acariciarle entre las piernas, por encima de la seda de sus bragas. Ella emitió un quejido y el levantó la mirada. Sus ojos se encontraron y no fue necesario preguntar ni responder nada. Él deslizó los dedos bajo la fina tela y volvió a atrapar su pecho con la boca para seguir dándole la dulce tortura que ella deseaba.

Jemma nunca había experimentado nada igual, nunca se había excitado tanto y tan rápido, y separó las piernas por instinto, ya al borde del clímax. En ese momento, él se detuvo, se incorporó y le quitó las bragas con increíble rapidez.

Ella lo miró, deseosa, mientras se bajaba la cremallera. Después, en un frenesí de pasión, le agarró el trasero y lo atrajo hacia sí para penetrarla con fuerza. Ella se agarró a él rodeándolo con las piernas y sus bocas volvieron a encontrarse. A cada penetración, sus cuerpos se elevaban y se elevaban hasta llegar a un clímax simultáneo de fuego y calor líquido.

Cuando se detuvo, Luke maldijo entre dientes. No había tomado a una mujer tan rápidamente desde que era un jovencito, y lo último que quería era asustar a Jemma antes de la boda. Al ver la sorpresa en sus ojos y cómo se colocaba el tirante del vestido, Luke se retiró de su cuerpo. Sujetándola con una mano, él se colocó la ropa y se subió la cremallera. Después la dejó sobre el suelo y le alisó el vestido.

–¿Estás bien?

Ella estaba demasiado sorprendida para decir nada y demasiado avergonzada para mirarlo a la cara. Él estaba completamente vestido, no se había quitado ni la corbata, y ella había estado completamente expuesta, subida a una cómoda, con el vestido arrebujado en torno a la cintura. Nunca en su vida había sentido tanto deseo.

–Estoy bien –dijo cuando por fin pudo articular palabra. Después se echó a reír–. Creo que tienes razón y que soy un poco inocente en cuanto al sexo. Nunca había experimentado una lujuria animal así –le dijo sinceramente–. Supongo que puedo acostumbrarme, pero creo que prefiero la cama.

–¿Es eso una sugerencia? –sonrió él, apartándole unos mechones de la cara.

–No –respondió ella, intentando devolverle una sofisticada sonrisa.

Luke era todo masculinidad, y ella ya sabía de sus proezas sexuales. Lo que le sorprendía era ser capaz de igualarlo y disfrutar con él aún sin tener ningún lazo emocional con la persona con la que estaba teniendo sexo. Tal vez se estuviera convirtiendo en una mujer sofisticada, pero no era momento para pensar eso... Luke volvía a mirarla de ese modo, así que se apartó un poco de él y cuadró los hombros.

–Antes de que llegaras, estaba buscando algo.

–Por eso estabas agachada y vi tu trasero en esa posición tan provocativa –rió él.

–Bueno, mi colgante no está bajo la mesa –repuso ella, que no se lo estaba pasando tan bien–. Debe haber rebotado por aquí, así que ten cuidado con dónde pisas. No quiero que se rompa; me lo regaló Alan cuando cumplí los veintiún años.

Luke se quedó helado ante la revelación de Jemma. Hasta ese momento estaba más que satisfecho; Jemma le respondía sexualmente y había accedido a casarse, pero ya no estaba tan contento. El que ella pudiera cambiar de registro tan rápidamente, de un sexo tan intenso a su marido fallecido en tan poco tiempo, no resultaba halagador para su ego masculino.

–Te ayudaré a buscar –dijo, pero la triste sonrisa de Jemma lo enfadó aún más. Miró a su alrededor y enseguida vio el colgante. Como si nada, dio un paso y lo pisó–. Oh, vaya. Parece que lo he encontrado –se agachó y tomó el estropeado colgante del suelo para dárselo a ella–. Lo siento mucho, Jemma –no estaba orgulloso de sus actos, pero todo valía en la guerra y en el amor. ¿Amor? ¿De dónde demonios había salido esa palabra? Amor no era una palabra que estuviera en su vocabulario... –. Tengo que ducharme y cambiarme –dijo, sintiéndose ahogado de repente–. Te compraré otro colgante.

–No es necesario –respondió ella, mirando el último vínculo físico que la unía a Alan. Bueno, aún tenía la casa y no quiso sentirse culpable por mentir a Luke.

–Como quieras –dijo él, pero no pudo mirarla a los ojos y Jemma sintió que había roto el colgante a propósito–. Me apetece una taza de café, pero no te molestes en preparar nada para comer. Tengo que trabajar un rato y después podemos salir a cenar –dijo empezando a desabotonarse la camisa.

¡Cómo podía irritarla tanto! Ella no había tenido intención de cocinar para él y estuvo a punto de decírselo, pero al final se contuvo. No había pensado en cómo sería el vivir con Luke, pero estaba obligada a ello. En tres días serían marido y mujer, y si no quería que su vida fuera un infierno, tendría que ignorar los motivos de su matrimonio y mantener una relación civilizada. Cerró el puño sobre el colgante... el fin de una era...

–De acuerdo. Iré a prepararte el café –y salió de la habitación. En su frágil estado, no necesitaba verlo desnudo, y se marchó corriendo a la cocina.

Más tarde, en un bonito restaurante, disfrutando de una deliciosa taza de café tras una deliciosa cena, Jemma se permitió una sonrisa.

–¿Qué es lo que te divierte? –preguntó Luke tomando un sorbo de brandy de su copa.

–Estaba pensando que es irónico acabar en este restaurante, donde había pensado traer a mi padre a comer el día de su cumpleaños. Al final, acabé contigo y dentro de unos días estaremos casados, pero ésta es nuestra primera cita. ¿No te molesta no saber nada de mí, Luke?

La cena había sido maravillosa y Jemma había descubierto que Luke era un agradable compañero e ingenioso conversador, cuando no intentaba arrastrarla a la cama...

–En absoluto –dejó su copa sobre la mesa y le cubrió la mano con la suya–. Sé lo que necesito: eres una mujer preciosa y sexy. Sé que somos compatibles en lo sexual; hay una química indudable entre nosotros. Te derrites cuando te toco, y a mí me pasa lo mismo. Eso es un punto a favor en cualquier matrimonio. En cuanto al resto... Tenemos toda una vida para llegar a conocernos.

A Jemma le ardían las mejillas. La tensión sexual volvía a instalarse entre ellos y ella suspiró aliviada cuando él calló, pero pronto retomó la palabra:

–Los dos queremos lo mismo: tener uno o dos niños y formar una familia a la vez que hacemos a nuestras propias familias felices.

–¿Eso te parece bastante?

–Es mucho más de lo que la gente aspira a conseguir en estos días –repuso él–. La gente tiene hijos sin dar más importancia a la decisión que a la de comprarse un abrigo, y por eso se liberan de la responsabilidad con la misma facilidad con que se quitan una prenda –se inclinó hacia delante–. Jemma, aunque ahora viajo mucho, en cuanto tengamos un hijo reajustaré mi agenda para pasar tiempo con él. No seré un padre ausente.

Su comentario la sorprendió, y no supo decir si le resultaba tranquilizador o no. Entonces Luke se levantó, dejó varios billetes sobre la mesa y alargó la mano para tomar la suya y marcharse.

A la mañana siguiente, Jemma se despertó en la cama de Luke, dolorida en zonas de su cuerpo que no sabía ni que tenía hasta ese momento. Luke no estaba por ningún lado, y saltó rápidamente de la cama para meterse en la ducha. Por suerte, el día anterior se había llevado ropa, y cuando salió del baño, se puso un pantalón caqui, una blusa a juego y unos mocasines de ante. Se cepilló el pelo y lo ató con una cinta de colores. Después y con toda su determinación, salió del cuarto.

El piso parecía vacío y Jemma se preparó un café sin saber muy bien qué hacer. Acababa de decidir marcharse cuando apareció Luke, espectacular con su traje gris, y tuvo que luchar para no sonrojarse.

–Venía a despertarte, pero veo que ya estás vestida. Bien. Mi abogado vendrá en un cuarto de hora para que firmemos el acuerdo prematrimonial –fue hacia ella, sonriente, y la besó en la frete–. Todo está listo para la boda. Por cierto, si no has puesto aún tu casa a la venta, mi gente puede ocuparse de ello por ti.

Estaba relajado y contento. Una noche de sexo apasionado no tenía más efecto sobre él que el de ponerle una sonrisa de satisfacción en la cara.

–No, no será necesario. Lo tengo todo controlado –mintió ella, pero no supo qué otra cosa podía decir.

El abogado de Luke era de lo más eficiente y se empeñó en leer todo el contrato prematrimonial. Básicamente, los dos conservaban lo que tenían por separado, pero Jemma no tendría derecho a nada de Luke si se divorciaban en los tres primeros años de matrimonio, cosa normal, puesto que él estaría ingresando dinero en Vanity Flair durante ese tiempo. Después, Luke se marchó con el abogado diciéndole que volvería a las seis, y Jemma pudo irse por fin a casa.


Sin la presencia de Luke a su lado desde hacía horas, Jemma miró a la multitud que la rodeaba, incrédula. Se acababan de casar en los jardines de su casa de Grecia, y si eso era lo que él consideraba una fiesta sencilla, intentaría no estar cerca cuando organizase una grande.

Había cerca de doscientas personas. Ella llevaba un vestido color marfil con corpiño de un famoso diseñador. Luke y ella se habían sentado juntos para presidir el impresionante banquete y después abrieron el baile en el centro de la terraza.

Jemma miró por un momento a su ya marido. Un grupo de hombres lo habían arrastrado al centro de la pista de baile, se habían quitado las chaquetas y estaban bailando una danza tradicional griega. La música y los gritos la ensordecían, pero estaba tan sexy que la cabeza empezó a darle vueltas. Apartó la cabeza y vio el balcón del nivel superior, cuyas columnas de mármol estaban rodeadas por una vieja parra. Fue hacia allí y se recostó contra una de las columnas. El frío del mármol le sentaba bien.

Lo había hecho: estaba casada y todo el mundo era feliz. Theo estaba radiante. Sonrió al recordar la alegría del anciano cuando la recibió el día anterior. El abuelo de Luke, con su gentileza, la había ayudado mucho a calmar los nervios que sentía por casarse con Luke.

La noche anterior y a pesar de las protestas de Luke, le habían dado una habitación para ella sola. Jemma se había alegrado de tener su propio espacio después de haber pasado las dos noches anteriores en la cama con Luke. Adoptar la actitud sofisticada de cara al sexo de Luke era mucho más difícil de lo que había pensado.

Por la mañana y para su sorpresa, Theo le llevó el desayuno a la habitación y le dijo básicamente que Luke era un buen hombre y que estaba seguro de que la quería. Pero también sabía que podía ser demasiado agresivo cuando deseaba algo, y que si Jemma tenía dudas acerca de casarse con él, debería decirlo.

Jemma lo tranquilizó y le pidió disculpas por haberle mentido en Londres; la excusa que le dio era que Luke estaba en esos momentos saliendo con Jan. Theo pareció aceptar la historia, pero ella supo que el hombre veía mucho más allá de lo que Luke creía.

–Disculpe... –un hombre mayor muy atractivo y con una abundante melena blanca estaba frente a ella–. Me preguntaba si podría hablar con usted.

–Por supuesto... Usted es el señor Karadis, ¿verdad? –recordaba su nombre porque cuando lo había visto en la fila de invitados que acudían a felicitar a los novios, él había parecido muy sorprendido al verla. En esos momentos, el hombre estaba acompañado por su esposa y alguien de la edad de Luke, más o menos, en silla de ruedas.

–Usted es... o era... Jemma Sutherland, ¿verdad?

–Sí, ¿por qué? –al ver cómo los ojos del hombre se llenaban de emoción, Jemma se preguntó si debía hablar con un extraño...

–Usted es la... ¿cómo se dice? ¿Sobrina? De mi preciosa Mary, ¿verdad?

Cinco minutos más tarde, Jemma tenía los ojos llenos de lágrimas mientras agarraba las manos del hombre entre las suyas. Él había sido el amante de su tía Mary durante cuarenta años, y si no había dejado a su mujer, había sido por su hijo enfermo. Jemma habló al hombre del testamento de su tía y de la casa de Zante, y los ojos se le llenaron de lágrimas.

–Disculpa a este viejo, pero ahora sé que mantendrás vivo su recuerdo en ti y que guardarás nuestro secreto –se inclinó y la besó en la mejilla–. Si alguna vez necesitas algo, llámame.

¿Dónde demonios se había metido? Luke, que caminaba hacia la casa, se detuvo de inmediato. Su esposa desde hacía pocas horas estaba en el balcón con Karadis, agarrados de las manos mientras él le besaba en la mejilla. Demonios, acababa de conocer a aquel hombre, que probablemente fuera el único en toda Grecia tan rico como Luke. ¿Qué tenía Jemma para los hombres mayores? Theo había caído presa de su embrujo con sólo mirarla y Karadis, un hombre conservador, lo había imitado.

–Así que aquí es donde te escondías –dijo, y Jemma levantó la cabeza al oír la voz de Luke.

Él le dijo algo a Karadis en Griego, Karadis respondió y después echó a reír antes de volverse hacia Jemma.

–Me ha encantado conocerte, Jemma, pero debo marcharme. Espero que volvamos a vernos pronto.

–Lo mismo digo –respondió ella, y lo observó alejarse.

–Conmovedor, pero ¿por qué tienes que esconderte y flirtear con todos los hombres mayores con los que te cruzas? –gruñó Luke.

–No estaba flirteando ni me estaba escondiendo. Sólo pretendía tomar un poco el fresco –pero ver a Luke con el cuello de la camisa abierto no ayudaba en absoluto a refrescarse.

En los últimos días, con Luke, había aprendido a comprender mejor a su tía. Al parecer las dos compartían una misma pasión por los hombres griegos y por las plantas, pensó, sonriendo.

–Si tú lo dices –repuso él, y se encogió de hombros, pero ella supo que aún seguía enfadado–. Podrás tomar todo el aire que quieras en el helicóptero. Es hora de que nos despidamos de los invitados y nos marchemos a Zante –y tomándola de la mano, la llevó con el resto de la gente.

Poco después, Jemma bajó del helicóptero que había aterrizado sobre el tejado de un edificio.

–¿Dónde estamos? –preguntó.

–En nuestro hotel –respondió él.

# Capítulo 9

UN EXTRAÑO cosquilleo en la espalda fue lo que sacó a Jemma de un profundo sueño. Cuando abrió los ojos vio un pecho masculino frente a ella, y suspiró antes de darse la vuelta.

—Por fin te despiertas —dijo él, sonriendo y rodando sobre ella—. Empezaba a pensar que tendría que comenzar sin ti.

Jemma no tenía duda alguna de su excitación, pues podía notar su erección perfectamente contra su muslo.

—Eres insaciable —murmuró ella, sonriendo lánguidamente.

—Tal vez, pero todos los hombres tienen erecciones por las mañanas. Es algo terrible que soportamos como podemos —explicó él, burlón, mientras le acariciaba un pecho.

—¿En serio? No lo sabía —respondió ella, y suspiró ante la deliciosa sensación que empezaba a inundar todo su cuerpo.

—Entonces tienes que haber sido muy poco observadora con los hombres que han pasado por tu vida. Lo cual me recuerda... —se distrajo jugueteando con sus pechos—. Tuve una charla con Liz sobre lo de levantaros a las cinco de la mañana, y los dos estuvimos de acuerdo en que sería mejor para todos que vuestro empleado se ocupase de ese turno.

—¿Que has hecho qué? —Jemma se puso tensa ante

aquella declaración–. No tienes por qué hablar de mi negocio a mis espaldas con nadie. No tengo ningún problema con los turnos tal y como los tenemos establecidos, al igual que Liz hasta que tú dijiste nada.

–Si hubiera creído que las dos estabais contentas con las cosas tal y cómo las llevabais, no habría interferido, pero sé que a Liz no le gustan demasiado. Sólo alterna los turnos contigo porque sois amigas.

–¿Te dijo eso? –Jemma estaba asombrada–. Nunca me ha dicho nada.

–Como te he dicho antes, Jemma, se te da muy bien lo de meter la cabeza en un agujero y ver sólo lo que quieres ver.

–Pero le he preguntado cientos de veces si le importaba, y siempre dijo que no...

–Probablemente porque no quiere aprovecharse de su situación de casada y con un hijo, pero seguro que ha pasado muchas malas noches con el niño y después ha tenido que levantarse al alba para trabajar.

–¡Demonios! –juró Jemma. ¿Por qué no le habría insistido más a Liz? Lo cierto era que a ella tampoco le gustaba ese turno–. Tienes razón –admitió avergonzada.

A Luke se le iluminaron los ojos, y volvió a acariciarle como antes.

–Como casi siempre –bromeó–, pero basta de peleas –le besó suavemente en los labios mientras le acariciaba el pezón con los dedos. Ella se relajó y se dejó vencer por el placer–. Como consolación, te diré que tú también tenías razón en lo de que soy insaciable. Y sé que te encanta –ella vio sus ojos brillar de pasión antes de que la besara lenta y sensualmente.

Media hora después, ella rechazó su oferta de ir a ducharse con él. Con el cuerpo aún trembloso por el tórrido encuentro sexual que acababan de tener, se quedó tumbada en la cama un rato más. Era lunes por la mañana y, desde que llegaron el sábado por la noche, apenas habían salido de la cama.

Luke le había mostrado una nueva dimensión de su sexualidad mostrándole algo que ella desconocía por completo. Ella había amado a Alan, y recordaba haber llorado después de la primera noche que pasaron juntos de la emoción. Hacían el amor con frecuencia, y aunque ella no siempre llegaba al orgasmo, no le importaba porque se sabía amada. Su muerte le había provocado un dolor horrible que casi no pudo superar, y había decidido no volver a pasar nunca por algo así.

Pero Luke no le provocaba esas emociones, y ningún deseo de llorar. La había conducido por todos los caminos del erotismo hasta volverla loca de deseo, pero la única emoción que provocaba en ella era un arrebato carnal de devorarlo entero. ¿En qué la convertía eso?

Jemma se levantó y se cubrió con una toalla para ir hacia la ventana con vistas al mar. Oyó el ruido del agua de la ducha y se imaginó a Luke desnudo bajo el chorro.

Se contestó a sí misma yendo hacia el baño: probablemente fuera la esposa perfecta para Luke, el mujeriego que consideraba el matrimonio como un negocio más. Los dos querían sacar algo de aquella unión, pero el amor no entraba en la ecuación. A Jemma no le parecía mal del todo. Se quitó la toalla que la cubría y fue a la ducha con Luke.


Luke miró los escalones tallados en la roca y volvió a mirar a Jemma.

–¿Es el único modo de bajar?

–Hay un muelle ruinoso para acceder por barco, pero eso es todo –dijo ella, sonriendo–. Espero que estés en forma.

–No, espera –Luke la agarró del brazo–. Deja que baje yo primero para que pueda agarrarte si tropiezas –no tenía intención de perder a su mujer en aquellas rocas.

–Oh, qué caballeroso –bromeó ella.

La casa de la tía Mary en Zante era una construcción típica de la isla, de un solo piso y de unos ocho por dieciséis metros. Estaba situada en una estrecha lengua de tierra un poco más alta que la playa. Había sido reformada hacía una década añadiendo otros quince metros para crear una salita con cristaleras que aprovecharan las maravillosas vistas.

–No está tan mal como pensaba –dijo Luke al ver la original puerta de la casa. Jemma se permitió una sonrisita pensando en la sorpresa que le esperaba–. He quedado con un arquitecto para que venga a verla el miércoles.

Eso le borró la sonrisa a Jemma. No quería que nadie viese la casa de su tía, y mucho menos en su presencia, pensó avergonzada mientras Luke entraba hacia la salita.

Jemma conocía los viejos muebles y la decoración anticuada, pero sabía que el espíritu de su tía estaba allí. Inquieta, fue a mirar por la ventana pensando en si ella hubiera aprobado lo que había hecho.

Luke fue tras ella y le puso un brazo alrededor de la cintura. Ella se apoyó contra él, contenta por una vez de tener su apoyo.

–No sé por qué decías que no era habitable. Es un poco pequeña, pero está bien para pasar las vacaciones. Y ya sé por qué Theo quería volver: la vista es espectacular.

—Sí —asintió Jemma, mirando el acantilado que protegía la pequeña bahía de los elementos. Después miró un caminito de tierra que llevaba al jardín detrás de la casa.

—Vamos, veamos las habitaciones. Theo dijo que había dos, pero seguro que cambiaron esa distribución cuando hicieron la reforma —sugirió él, girándola en sus brazos para besarla.

La ya familiar excitación la pilló casi por sorpresa, y lo rodeó con los brazos, apretándose mucho contra él, deseosa de su contacto. Por un momento, Jemma se abandonó al placer físico que sólo Luke podía producir en ella. Pero sólo por un momento. Enseguida tuvo una idea mejor.

—¿No querías ver la habitación? —dijo, risueña, y echó a correr hacia el pasillo.

Luke la miró asombrado y la siguió. Ella, sonriente, abrió la puerta y encendió la luz.

—¡Ta-chán!

—¡Dios mío! —exclamó Luke.

Su expresión no tenía precio, y Jemma se echó a reír con todas las ganas. Las dos habitaciones originales y el baño se habían convertido en una lujosa suite. Tres de las cuatro paredes aparecían decoradas con murales representando figuras eróticas desnudas de la antigua Grecia en posiciones inexplicables. El techo estaba cubierto de seda salvaje y en el centro había una cama dorada con dosel, con cuatro serpientes talladas en los postes de la cama; el colchón era redondo.

—Ahora comprendo por qué no querías que Theo viniera a visitar la casa —dijo Luke, entrecerrando los ojos—, pero no sé por qué no te parecía apropiada para nosotros dos.

A Jemma se le quedó la boca seca y un súbito ardor se le instaló en el vientre.

–Tal vez porque no te conocía tan bien cuando lo dije –respondió ella, sorprendiéndose a sí misma por su sinceridad, y lo abrazó. La atmósfera del cuarto chispeaba con la tensión sexual acumulada.

–¿Y ahora que me conoces mejor, te apetece que nos quedemos un rato? –sugirió él.

–Oh, sí. Yo... –pero él le tapó los labios con su boca antes de que pudiera decir nada más.

Él la tomó en brazos y la llevó hasta la cama mientras ella se deshacía de las sandalias por el camino.

–Cada vez que te miro me dan ganas de desnudarte –le confesó Luke, y librándose de toda su ropa, fue a reunirse con ella en la cama. Después se echó a reír–. ¡Un dosel con espejo! ¡Esto cada vez se pone más interesante!

–¿Verdad? –ella le pasó la mano por los bíceps y el pecho, y al sentir la dureza de sus músculos, la necesidad la embargó.

–Me encanta que me acaricies, pero tenemos que ir despacio –le dijo él, quitándole el lazo que le ataba el pelo. Después la tumbó en la cama y la desnudó lentamente sin dejar de mirarla.

Jemma se quedó sin aliento al sentir la ferocidad de su erección.

–Es para ti –sonrió él, travieso e increíblemente seductor a la vez–. Pero aún no –le tomó las dos manos y se las puso a los lados del cuerpo–. Quédate así –dijo, mientras bajaba la mirada desde sus pechos rosados hasta el suave vello dorado entre sus piernas.

Jemma se aferró a las sábanas de seda, temblorosa como una hoja al viento, mientras él le tomaba los pechos entre las manos. Después le acarició los duros pezones hasta que ella no pudo contener más un gemido de puro placer.

–Tranquila, Jemma, quiero aprovechar esta fantástica habitación –dijo, y empezó a hacerle cosquillas en la boca con sus labios y su lengua antes de profundizar el beso con una pasión que hizo que su sangre fluyera ardiente y viscosa como la lava de un volcán.

Cuando ella levantó los brazos para abrazarlo, él volvió a colocárselos sobre la cama.

–No me puedes tocar –dijo–. Aún no.

Y empezó a juguetear con sus pechos, esta vez con la boca, succionando con fuerza a la vez que le acariciaba sexualmente todo el cuerpo, hasta que ella gritó su nombre.

–¿Te gusta?

–Sí –susurró ella mientras él empezaba a deslizar las manos bajo los suaves rizos dorados. Sus dedos buscaban los húmedos pliegues para acariciarlos con sabiduría.

–Oh, sí –gimió ella, sintiendo su cuerpo arder. Entonces abrió los ojos, vio su imagen en el espejo y se quedó sin aliento.

Estaba abierta bajo él, prisionera del tormento que le inflingían sus caricias. Vio el sudor correr sobre el cuerpo musculoso de Luke y su potente erección. Temblorosa de deseo, abrió más aún los ojos al ver a Luke retirarse ligeramente para después hundirse en las aterciopeladas profundidades de su cuerpo.

Con las rítmicas penetraciones, ella perdió el control. Le clavó las uñas en la espalda y sus músculos internos se aferraron a él en toda su longitud.

–Jemma... –gimió, retirándose.

–No pares –suplicó ella.

–Ni lo sueñes –la besó–. Pero ahora me toca mirar a mí.

Él se giró para ponerla sobre él, cabalgándolo, con los ojos plateados ardientes como carbones.

Jemma dejó caer la cabeza hacia atrás y se perdió en el balanceo de sus cuerpos unidos. En una mezcla de brazos y piernas, él la volvió en la cama para penetrarla con fuerza en el momento final, cuando un rugido desgarrado surgió de su garganta y todo el mundo explotó alrededor de Jemma en oleadas de éxtasis tan sublime que pensó que iba a morir de placer. Apenas consciente de que estaba sollozando su nombre, vio a Luke sobre ella de nuevo estremeciéndose, y su mente se deslizó a un estado de semiinconsciencia.

Cuando volvió a abrir los ojos, Luke estaba sobre ella y aún dentro de su cuerpo. En el espejo observó su magnífico cuerpo bronceado, su piel perlada de sudor, su trasero prieto, y volvió a cerrar los ojos.

Poco después oyó la voz de Luke en su oído:

–Peso demasiado y no quiero aplastarte –le dijo, apartándose a un lado.

Jemma abrió los ojos y sus miradas se encontraron a través del espejo. A ella le había gustado contemplarlo a él en el espejo, pero se dio cuenta de que ella también estaba desnuda y ya no se sintió tan cómoda. Era normal que dos amantes se vieran desnudos, pero había un punto de voyeurismo en mirarse en un espejo.

–Tu tía debió ser una mujer de lo más especial –dijo Luke–, y con una imaginación erótica de lo más interesante –en ese momento se fijó en una pintura de la pared que estuvo a punto de hacerlo sonrojar... y eso sí que sería una novedad para él–. Aunque tal vez fuera idea de su amante.

–¿Sabes? Tal vez no fue el vino lo que me arrastró a tu yate aquella tarde, sino haber pasado diez días dur-

miendo en este cuarto con mi tía –río ella–. Tal vez
fuera un mensaje subliminal o algo...

A Luke le parecía mucho mejor esa opción que la
de que ella lo hubiera usado como sustituto de su marido muerto. Él sabía apreciar la lujuria en estado puro,
como seguramente también lo hacía el hombre que había pagado aquel nido de amor.

–¿Sabes quién fue el amante de tu tía? –preguntó él
sin mucho interés.

–No, no tengo ni idea.

Luke la miró con el ceño fruncido. Tenía el pelo extendido alrededor de la cabeza y el rostro adorable-
mente sonrojado, pero sus ojos de ámbar se negaron a
mirarlo y él supo que estaba mintiendo.

–¿Y eso? ¿Tu tía no te dio ninguna pista? –insistió él,
dándole una segunda oportunidad para salir con buen
pie de aquello.

–No –respondió ella, y se levantó–. Y ahora que
está muerta, ya no importa –se giró para mirarlo–. ¿Te
das cuenta de que hemos acabado al revés en esta
cama?

–No hay «al derecho» ni «al revés» en una cama redonda –sonrió él, consciente de que ella intentaba
cambiar de tema, y decidió dejarlo correr. Al fin y al cabo, aquello no era asunto suyo, pero le sentaba mal
saber que Jemma lo había mentido y que no le había
confiado el secreto.

¿Qué le importaba? Ella se había casado con él, y la
compatibilidad sexual era increíble. Sólo tenía que tocarla para que respondiera inmediatamente, pero eso
no evitaba que él se preguntara que secretos le escon-
dería.

–Supongo –sonrió ella, y un escalofrío la recorrió.
De repente, la habitación le resultó claustrofóbica y

sintió una terrible urgencia de salir de allí. Recogió su ropa rápidamente y se vistió a toda velocidad.

A Luke le tranquilizó su sonrisa hasta que vio la sombra que cruzó su mirada y la ansiedad con la que se vistió. ¿Se arrepentía de lo que habían hecho en aquella cama o estaría recordando a su marido, deseando haber compartido aquello con él?

No, no podía ser eso. Luke había aprendido en los últimos días que su bella mujer, a pesar de haber estado casada, tenía muy poca experiencia en los asuntos de alcoba, aunque estaba deseosa de ponerse al día. Había visto su mirada de asombro cuando él buscó entre sus rizos con la lengua y la llevó hasta un increíble clímax; después le confesó que nunca antes había experimentado algo así y que no sabía que aquellas sensaciones fueran posibles. Además, no había oído hablar de las erecciones matutinas... tal vez su marido no fuera una fiera en la cama.

La miró colocarse las sandalias, embelesado. Le encantaban sus pies... Le encantaba todo de ella y lo único que deseaba era hacerle el amor una y otra vez.

Jemma había resultado ser una amante increíble... tímida, pero cada vez más segura de sí misma. Al recordar sus risas al mostrarle la habitación y la pasión con la que había acudido a él, volvió a excitarse. Su mirada voló al bello escote de sus tormentos mientras ella se abrochaba los botones de la blusa. No la había visto usar sujetador ni una sola vez, pero no lo necesitaba. Ella era tan natural como las flores que tanto le gustaban y aún más exquisita. Pero había estado con otro hombre.

Otra vez la infantil curiosidad de saber qué tipo de amante había sido su marido. Maldición, ¿por qué le molestaba tanto? Eso no era propio de él. Hasta entonces no se había preocupado nunca por los compañeros anteriores de sus amiguitas, y él nunca hablaba de las mujeres de su pasado. Él ya sabía que era buen amante y que Jemma estaba satisfecha, y eso debía ser lo más importante... ¿no? En ese momento la vio dirigirse a la puerta.

–¿Te vas tan pronto?

–Sí –respondió ella, mirándolo por encima del hombro–. Ya has visto el lugar, así que volveremos pasado mañana con el arquitecto. Tenías razón en lo de que será una bonita casa de vacaciones, pero me parece que Theo no debería vivir aquí; el acceso es demasiado complicado –y sin esperar respuesta, salió al exterior en busca de aire fresco.

Al verla salir, Luke supo que hacer feliz a Jemma en la cama no era lo más importante para él: quería mucho más. Quería que ella fuera incapaz de abandonarlo, quería ser el centro del universo. Luke Devetzi, el hombre que no creía en el amor, había quedado cautivo en sus redes. Había intentado negárselo a sí mismo desde el día que se conocieron, pero sólo porque pensaba que estaba casada. Por eso se había pasado casi un año de celibato, cuando desde su adolescencia no había pasado dos meses seguidos sin tener a una mujer; entonces debió darse cuenta de que algo no iba bien. Había empezado a salir con Davinia por pura desesperación, pero cuando volvió a ver a Jemma y supo que era libre, trazó un plan y gastó una fortuna en hacerla suya.

Sorprendido, miró a su alrededor. Aquél era un lugar ideado por dos amantes, pero no por Luke. En realidad, a él no le importaba nada la casa; era el sueño de Theo, no el suyo, aunque lo había usado junto con la tragedia personal de su padre para obligar a Jemma a casarse con él.

Demonios... ¿Cómo podía esperar que ella se enamorara de él con ese comportamiento? De hecho, si ese terror que le retorcía las tripas era el amor, no estaba seguro de quererlo en su vida.


Jemma respiró más tranquila al llegar al borde del agua.

–¿Se ha acabado ya la fiesta? –dijo Luke tras ella, con expresión divertida.

–Me parece que sí –respondió Jemma–. Ahora lo que quiero es volver a nuestro cómodo hotel y ser mimada de arriba abajo.

Luke le tomó la cara entre las manos; ella tenía el pelo suelto y brillaba con la luz. Ella lo miró y Luke quiso decirle cómo se sentía para ver la melancolía desaparecer de sus ojos y que éstos brillaran de emoción. Pero no lo hizo. En su lugar, la besó tiernamente. Jemma era suya; haría todo lo que pudiera para mantenerla, y eso era todo lo que necesitaba saber...

# Capítulo 10

PERO EL MIÉRCOLES, después de que Luke le enseñara a Paul, el arquitecto la casa mientras Jemma permanecía en el exterior, ya no estaba tan seguro de ello.

Paul era joven y guapo, y al ver la habitación se le iluminaron los ojos, aunque nada comparable a cuando salieron fuera, después de dibujar un plano, y se encontraron a Jemma en biquini tomando el sol.

Luke se dio cuenta de que no le gustaba nada que el resto de los hombres compartieran su aprecio por el cuerpo de su esposa, ni que el arquitecto le comentara en griego si de verdad quería deshacerse de la habitación. Él lo miró de tal manera que le borró la sonrisa de un golpe, y después fue hacia Jemma.

–Creo que ya has tomado bastante el sol por hoy, Jemma–le dijo, y le ofreció la mano para ayudarla a levantarse. Después tomó la toalla y la tapó con ella. En sus ojos vio que estaba sorprendida y se dio cuenta de que había estado muy brusco, pero nunca antes había estado celoso...–. El arquitecto ha hecho un bosquejo, y seguro que te gusta –dijo, rodeándola con el brazo, posesivo–. La casa tendrá forma de «L», con cuatro habitaciones. Además, haremos un cobertizo para barcos y acondicionaremos el muelle. Con eso resolveremos el acceso de Theo a la casa.

–¿Quieres decir que habrá que tapar el jardín y las rocas?

–Sí. Es muy lógico, ¿no te parece? –dijo él, cada vez más entusiasmado–. El sol da a ese lado por la tarde, y podríamos construir un porche a lo largo del edificio para que dé sombra. El resto será un patio enlosado para poder cenar fuera. Podrás tener plantas en tiestos y todo lo que quieras. Así tampoco requerirá mucho mantenimiento.

–No –rechazó ella firmemente, y le dijo a Paul–. Lo siento, pero tendrás que hacer otros planes. Tal vez otro piso en la casa, o restaurar las dos habitaciones que había al principio.

Luke estaba asombrado y algo dolido por su inmediato rechazo del plan.

–Jemma ten en cuenta que ése es el único terreno aprovechable. Además, el jardín no es necesario con la belleza natural de la bahía alrededor.

–Para mí sí lo es –declaró ella, sin mirarlo a los ojos.

Él ya sabía lo mucho que le gustaba a ella la jardinería, pero aquello rozaba el ridículo.

–De acuerdo –le dijo a Paul–. Enséñale el bosquejo y tendrá que admitir lo bueno que es.

Pero para su sorpresa, Jemma tomó el papel y lo hizo trocitos.

–Me temo que mi esposo te ha confundido, Paul. Esta casa es mía y sólo mía, y si se altera de algún modo, tendrá que ser bajo mi consentimiento. ¿Está claro, Luke? –preguntó, mirándolo furiosa–. Por lo que recuerdo, así lo firmamos en el contrato prematrimonial –recordó con toda la intención–. Tú te quedas lo tuyo para ti, y yo hago lo mismo con lo mío. Y ahora, si me disculpáis, me voy a bañar –y se quitó la toalla para dirigirse al agua.

Luke tuvo ganas de estrangularla, pero en su lugar,

acompañó al arquitecto a la entrada de la propiedad. Para cuando bajó del acantilado, Luke había tenido tiempo de pensar y su malhumor se había calmado.

Era un hombre inteligente que había hecho una fortuna interpretando las fluctuaciones de la Bolsa, así que intentó aplicar sus habilidades para comprender a su esposa. Jemma era una mujer sexy como una diablesa, pero también dulce y leal. Todo el mundo la adoraba y ella se sentía a gusto con todo el mundo. Nunca se había compenetrado sexualmente de ese modo con otra mujer, y no se saciaba de ella. De hecho, la fuerza de sus sentimientos casi lo asustaba; lo que tenía con ella no era sólo una conexión física, sino también mental. La amaba y no había sentido nada igual en su vida.

Por eso sabía que no era propio de ella reaccionar como lo había hecho con el arquitecto. ¿Por qué era tan importante el jardín? Se quitó la ropa, se quedó en bañador y fue hacia el agua. Como Afrodita surgiendo de las aguas, ella se puso de pie y se echó el pelo a un lado. Después inclinó la cabeza y se escurrió la melena. Él pudo ver cómo se ponía tensa en cuanto lo vio, pero empezó a caminar lentamente hacia él.

Se encontraron al borde del agua... ¡Dios, era preciosa! Pero se sacudió la cabeza. No era el momento de pensar en aquello. Lo que quería era saber lo que había hecho que se comportara de un modo tan poco propio en ella.

—Paul se ha marchado y no volverá hasta que tú quieras —le colocó la mano en la suya—. Tenemos que hablar.

—Eso suena muy serio —dijo ella, pero él la condujo hasta la toalla extendida sobre la arena, se sentó y la obligó a imitarlo—. Luke, tengo que vestirme. Tenías razón en lo de que ya he tomado mucho el sol.

–No vas a ir a ningún lado hasta que no me digas por qué es tan importante el jardín para no poder solarlo. Estoy seguro de que me ocultas algo.

Jemma se estremeció. Luke estaba casi desnudo y aunque ella había perdido gran parte de su inhibición en la última semana, inhibición que había ignorado poseer hasta que Luke fue su amante, empezaba a costarle respirar, así que pensar en una mentira creíble era inviable.

–Ni lo intentes –le dijo él–. Tus ojos te delatan siempre. Intenta confiar en mí esta vez.

Confiar en Luke... ése sí era un concepto nuevo que no había tenido en cuenta.

–Te prometo que tu secreto estará seguro conmigo.

Por extraño que parezca, ella lo creyó. A pesar de su fama de hombre de negocios despiadado y de mujeriego, Jemma sintió que había una fuerza incorruptible en su interior. Tal vez lo heredara de su abuelo, o tal vez se estuviera equivocando totalmente, pero sentía la necesidad de confiar en él. El peso del secreto de su tía empezaba a ser demasiado para ella.

–Hace veinte años, mi tía se quedó embarazada de su amante. Estaba de cinco meses y salieron a navegar, como tantas veces. Lamentablemente, al bajar del barco, mi tía se resbaló y cayó al suelo. Tuvo un aborto al cabo de una hora. Todo ocurrió muy rápido y no tuvieron tiempo de pedir ayuda, aunque tampoco hubiera servido de mucho. El bebé era una niña, y ellos enterraron el feto al pie del acantilado con unas pocas piedras encima de la tumba para marcar el lugar. La tía me dijo que en esa época no había nada de ilegal en su acción. Para mi tía, esa hija era el símbolo de un vínculo amoroso de por vida con su amante. Como no pudieron poner una lápida, yo arreglé las rocas y planté las flores como recuerdo, y también prometí preservar el lugar de descanso del bebé –a Jemma se le llenaron los ojos de lágrimas al recordar el dolor de su tía al contarle esa misma historia.

Luke no era un sentimental, pero podía comprender por qué la casa le había sido cedida a Jemma para que la traspasase a sus hijos, y éstos a los suyos propios. De lo que no estaba tan seguro era de que aquello fuera justo para Jemma. Al ver la expresión triste de su rostro, le acarició el pelo y la besó en la frente.

–No digas nada más, cariño. Lo comprendo –y la abrazó con fuerza a la vez que le frotaba la espalda para reconfortarla.

Jemma se sintió mucho mejor en los brazos de Luke, y el compartir el peso del secreto fue toda una liberación.

–¿En serio? –murmuró suavemente–. Tú no crees en el amor, y tal vez eso sea lo mejor. Causa demasiado dolor –no notó cómo la mano de Luke se retiraba de su espalda y no vio cómo apretaba los labios–. Mi tía siempre amó a un hombre que no pudo tener y siempre quiso una familia que no consiguió. En su lugar, tuvo que conformarse con unas pocas semanas al año compartidas con su amante. ¿No te parece trágico? –Jemma miró la bahía–. Este lugar parece el paraíso, pero tal vez haya una serpiente por aquí escondida.

–No vayas tan lejos –le dijo él–. Tu tía eligió su estilo de vida y hubiera dado igual el lugar donde estuviera.

–Puedes creer lo que quieras –le dijo, temerosa de haberle contado tantas cosas, y se levantó–. Pero tengo la impresión de que la casa da mala suerte. No le dio suerte a mi tía, y me parece que a Theo tampoco, pues ahora su única familia eres tú.

Luke se levantó y la miró. Ella vio en sus ojos una emoción que no reconoció, y después vio que intentaba relajarse y sonreír.

–Olvídate de la casa. Tú y yo nos vamos a marchar de esta isla para pasar el resto de nuestras vacaciones de crucero en mi yate y trabajando en el proyecto de crear mi pequeña familia.

El ruido del agua corriendo en la ducha fue lo que despertó a Jemma. Se estiró, abrió los ojos y miró el despertador. Eran las seis de la mañana. Entonces recordó que era lunes y que Luke se iba a Nueva York. Tenía que haberse marchado la noche anterior, pero en el último momento cambió de idea, y sus doloridos músculos le recordaron el motivo.

La puerta del baño se abrió y Jemma se volvió a mirar al que era su marido desde hacía cuatro meses. Él estaba desnudo excepto por una toalla alrededor de las caderas y era dos metros de pura perfección masculina, pensó Jemma.

–Conozco esa mirada, Jemma–dijo él–. Pero tengo que estar en Nueva York a mediodía y ya me has retrasado una vez –dijo desapareciendo en el vestidor.

Jemma se estiró y se sentó en la cama. Tenía que alegrarse de que Luke se marchara; una de las razones por las que se había casado con él era porque no esperaba que pasara mucho tiempo en Inglaterra, pero las cosas no habían salido como ella lo había esperado.

Al volver a Londres después de la luna de miel, Jemma encontró un Volvo reluciente esperándola a la puerta como regalo de boda. En los diez días que había pasado en Londres antes de volar a Asia, se hizo amigo de Liz y Peter, y le ofreció a éste un puesto en su empresa. Además, con el apoyo entusiasta de Liz, les aconsejó que contrataran a dos personas más para trabajar en la tienda y que, como propietarias, se distanciaran más de la tienda y trabajaran menos horas. Jemma no había podido pararlo porque él siempre conseguía convencer a todo el mundo de sus planes.

La única vez que Jemma logró sus propósitos fue con la casa de Zante: la casa tendría cuatro habitaciones más pequeñas y sería su casita de vacaciones.

Su casa... Qué palabra tan emotiva. Miró a su alrededor. ¿Acaso consideraba aquel apartamento como su casa? No lo sabía. Lo único que sabía era que Luke no viajaba tanto como ella había creído en un principio.

Su vida sexual era estupenda, pero en el plano personal, no estaban mucho más cerca de conocerse que el día de su boda, cosa que a ella no le importaba. El domingo por la noche Luke la había sorprendido con una pulsera de diamantes para celebrar su cuarto mes de aniversario. Después fueron a cenar y a la ópera, que a ella le gustaba pero a él no, y más tarde sexo, por supuesto.

Siempre le estaba comprando regalos. Tenía más joyas de las que podía ponerse, y lo mismo era aplicable a la ropa. Era un hombre muy generoso y ella empezaba a darse cuenta de lo rico que era en realidad.

A ella no le importaba el dinero mientras tuviera suficiente para vivir, pero empezaba a tener la sospecha de que pronto tendría que preocuparse por alguien más. Aún no se lo había dicho a Luke, pero tenía un retraso en el periodo de tres semanas.

Ahora el plan de tener un hijo para criarlo como quisiera porque él siempre estaría fuera le parecía imposible. Luke se había infiltrado en cada detalle de su vida y sabía que haría lo mismo con todos los hijos que tuvieran.

–¿Estás frunciendo el ceño? Qué halago –dijo Luke saliendo del vestidor y yendo hacia Jemma–. No sé si atreverme a pensar que es porque me vas a echar de menos.

Ella se quedó helada al darse cuenta de que había estado a punto de responder que sí, y se cubrió rápidamente con la sábana, como si aún le diese vergüenza que la viera desnuda.

Él se sentó en la cama y ella observó lo perfectamente que le quedaba el traje azul, la camisa que le cubría el torso musculoso, sus manos... No podía ser... no podía ser que lo fuera a echar de menos. No podía estar enamorándose de él. No dejaría que ocurriera.

–Puedes venir conmigo a Nueva York si quieres –ofreció él–. Sólo tendré que hacer una llamada y puedo esperar media hora para salir y darte tiempo a prepararte.

Jemma lo miró sorprendida. Sabía que Luke siempre viajaba en primera y que ninguna compañía le negaría un billete a Luke Devetzi.

–No puedo. Tengo que ir a trabajar.

–Apenas te necesitan en la tienda ahora que tenéis ayuda –señaló él–. Dame gusto por esta vez. Además, me apetece la idea de lucirte en Nueva York.

El hecho de que le pidiera que viajara con él la tenía sorprendida, pero el problema era que ella se veía seriamente tentada de aceptar, y eso la aterró.

–No, viajar no estaba en nuestro trato.

–Desde luego –en su rostro se dibujó una expresión ilegible–. Qué tonto soy –se inclinó para recoger un maletín y le dio un suave beso en los labios–. Volveré en dos semanas, y procura no echarme mucho de menos –dijo, burlón, y se marchó.

Jemma estaba en la trastienda deprimida: Theo había llamado poco después de que Luke se fuera para felicitarlo por su treinta y ocho cumpleaños. Jemma se despidió enseguida de él diciéndole que llegaba tarde al trabajo.

–¿Qué te pasa? –preguntó Liz, yendo hacia ella–. ¿Echas de menos a Luke?

–Algo así –Jemma decidió confiar en su amiga–. Hoy es su cumpleaños y olvidé felicitarlo antes de que se marchara.

–Vaya... Bueno, puedes llamarlo esta noche, felicitarlo y tener sexo telefónico. Eso será suficiente; él te adora.

–No sabía que tuvieras una mente tan calenturienta...

–No creía que la apreciaras hasta que no te casaste con un tipo como Luke –rió Liz, y Jemma frunció el ceño ante el comentario.

¿Es que estar casada con Alan no daba suficientes puntos para entrar en el club de las esposas sexys? De repente se dio cuenta de que hacía siglos que no pensaba en Alan, y cuando lo hacía era para sonreír por los buenos recuerdos de su matrimonio, no para llorar.

Recordó cómo Luke le había invitado a acompañarlo a Nueva York, arrogante y seguro de sí mismo, y cómo ante su negativa, se había marchado enseguida. Jemma se sintió culpable. ¿Qué esposa no sabía la fecha del cumpleaños de su marido?

Luke se levantó de su despacho, cerró el maletín y suspiró. Para lo que le había cundido el trabajo, podía haberse quedado en casa. Pero, ¿dónde estaba su casa? En cualquier parte donde se encontrase su sexy esposa. Había empezado a desagradarle el apartamento de Londres porque, a pesar de que Jemma estaba allí, no había intentado imponer su propia personalidad al lugar. Ni siquiera había puesto un cuadro o una planta, y el piso era tan frío como Theo le había dicho. Nada parecido con el acogedor hogar que Jemma había compartido con su marido.

Luke suspiró... vaya cumpleaños. Desde que le había dicho a Jemma que lo acompañara y ella se había negado diciendo que no era parte del trato, no había logrado sacudirse el mal humor. Había esperado que Jemma superara las circunstancias de su matrimonio, pero al parecer no había sido así.

Pero lo cierto era que no podía culparla por ceñirse al trato: si alguien seis meses antes le hubiera dicho que se casaría y se enamoraría de su esposa hasta el punto de abandonar su trabajo, se habría reído en su cara.

El problema lo tenía él: había intentado complacerla con regalos caros, pero ella no quería nada de él, excepto sexo.

La mayoría de los hombres serían felices con una esposa siempre dispuesta, pero incluso eso empezaba a desesperarlo. En lo físico, se lo daba todo, pero él había llegado a comprender que había una parte de ella muy íntima que le ocultaba.

Al amarla se había hecho más débil. Había descuidado su trabajo; normalmente no hubiera pasado más de dos semanas en Londres en los últimos cuatro meses, pero lo cierto era que ya pasaba allí la mayor parte del tiempo, con Jemma...

El sexo era adictivo, pero empezaba a comprender

que el amor lo era aún más, y ya era hora de que tomara una decisión. Tenía que seguir como estaba, pero reorganizaría su trabajo para que la central estuviera en Londres. Tal vez comprar una casa más grande y conformarse con lo que tenían... o cortar por lo sano y echar a correr. Dios... ¿cómo podía ponerse de tan mal humor sólo porque su mujer hubiera olvidado su cumpleaños?

No, no lo había olvidado. Jemma no sabía cuándo era su cumpleaños porque no se había molestado en preguntar, pero él podía habérselo dicho... sólo que su orgullo no le había dejado. Qué niñería.

Alguien llamó a la puerta y lo sacó de sus ensoñaciones. ¿Quién sería? Todos se habían marchado ya a casa...

–¡Sorpresa! –Davinia Lovejoy apareció en la puerta con una botella de champán en la mano–. ¡Felicidades, querido!

–Gracias –respondió él. Estaba tan guapa como de costumbre, pero el saber que era todo artificial le repelía un poco. De todos modos, ella sí sabía cuándo era su cumpleaños.

–Abre esto –le dijo, sonriendo–. Haremos un brindis como viejos amigos y te desearé feliz cumpleaños como mandan los cánones.

No había nada «como mandan los cánones» en la proposición que ella acababa de hacerle. Él ignoró la invitación, pero era demasiado caballeroso como para rechazar el brindis. Abrió la botella y fue a buscar dos copas al mueble bar.

En ese momento sonó el teléfono de su despacho:

–¿Contesto yo?–y Davinia no esperó respuesta–. Oficina de Luke Devetzi, Davinia al habla. ¿Puedo ayudarla?... ¿Quién ha dicho que es?... ¿La esposa de Luke?...

–¡Jemma! –Luke le quitó el auricular a Davinia. Ella no lo había llamado nunca antes; tenía que haber pasado algo–. ¿Ha ocurrido algo?

–No, nada –fue la respuesta, y él se sintió eufórico cuando oyó:–. Siento molestarte, Luke, sólo llamo para desearte feliz cumpleaños. No sabía que era hoy, pero Theo llamó esta mañana para felicitarte y me sentí fatal por no haberte comprado nada. Tal vez pueda comprártelo para cuando vuelvas... un maletín nuevo, o lo que quieras. Puedes decidirlo tú.

Luke nunca había oído a Jemma hablar atropelladamente como en ese momento, pero escuchar su voz era todo un placer y sus preocupaciones anteriores se desvanecieron como el humo.

–A lo mejor quieres que te sorprenda... ¿prefieres eso? Mira, voy a colgar. Seguro que estás ocupado en este momento –dijo a toda velocidad.

–No, en absoluto. Mi secretaria me acaba de sorprender con una botella de champán –miró a Davinia y le hizo un gesto para que se marchara–, pero ya se ha ido –Luke se sentó en su silla y vio a Davinia salir y dar un portazo tras de sí–. Estaba a punto de marcharme.

–Oh, bueno, no te entretendré.

–Claro que sí. Ni se te ocurra colgar ahora –ordenó él–. Estoy encantado de que me hayas llamado para preguntarme qué quiero por mi cumpleaños –oyó cómo ella contenía el aliento y dejó volar su imaginación mientras le contaba exactamente qué quería.

Jemma llevaba toda la tarde pensando en llamar a Luke, pero no se decidió a hacerlo hasta medianoche. Sabía que los nervios habían hecho que balbuceara como una colegiala, pero al oírlo murmurar cosas de lo más sensuales por teléfono, se quedó de lo más sorprendida.

–Luke... no deberías decir eso por teléfono –dijo,
pero empezaba a notar que le subía la temperatura–. Es
tarde y me tengo que ir a la cama.

–A pensar en mí, supongo –saltó él, y ella oyó la
sonrisa en su voz.

–Sí, dalo por seguro después de la explicación que
me has dado de tus fantasías... –respondió ella, y lo
oyó reír con ganas.

–Bien, porque creo que yo me voy a pasar la noche
bajo el chorro de agua fría. Intentaré volver lo antes
posible. Mientras, a lo mejor podías empezar a buscar
una casa... Sé que no te gusta el apartamento, y me
gustaría que empezaras a buscar algo más grande y
fuera de la ciudad, con jardín, que encajara más con tu
personalidad.

Por un momento, Jemma se quedó helada ante la
dimensión de lo que le estaba diciendo. Quería que se
fueran a vivir al campo, y la idea le encantó.

–De acuerdo –dijo ella, llevándose una mano al estómago–. Buenas noches –y colgó.

Al otro lado del Atlántico, Luke se sirvió una copa
de champán y sonrió. Con el sonido de la voz de
Jemma aún resonando en sus oídos, su cumpleaños había mejorado un cien por cien.

# Capítulo 11

EL JUEVES por la tarde, Jemma volvió a su casa de Bayswater con una caja de cartón en las manos. Allí olía a cerrado y a vacío, como huelen las casas donde no vive nadie. El martes por la mañana, después de una noche entera dando vueltas y pensando en Luke, había tomado la decisión. Se había mirado a sí misma y no le había gustado lo que había visto; aceptó casarse con la esperanza de tener un hijo y con el sexo como base de su relación. Estaba tan decidida a no implicarse en su relación con Luke más allá de un nivel superficial, que no había sabido cuándo era su cumpleaños, ni se había preocupado de preguntárselo.

¿Cuándo había empezado a tener miedo a implicarse emocionalmente con la gente? Se dio cuenta de que había sido tras la muerte de su madre. No había intentado acercarse a su madrastra ni a su hermanastra, y prefirió aferrarse a su tía y a Alan. Al perder a Alan había quedado destrozada, y el perder a su tía, fue la gota que colmó el vaso.

Desde entonces no había dejado que nadie intentara romper la barrera de protección que se había construido a su alrededor, como había hecho Luke. Había temido dejar que se acercara a ella demasiado, había temido el dolor que seguiría si lo perdía a él también.

Esa madrugada, se había dado cuenta de que no podía seguir mirando al pasado y negándose un futuro maravilloso con Luke. Tal vez estuviera embarazada, y su hijo se merecía una madre que no fuera tan débil emocionalmente.

El día anterior había descubierto con tristeza que no estaba embarazada, pero eso no cambió su decisión. Ya había preguntado en una inmobiliaria sobre la casa que compraría con Luke, y también para vender, por fin, su casa. El tasador iría al día siguiente y ella había acudido a recoger algunas cosas a las que tenía cariño: fotos de familia y de Alan para algún día mostrarle a su hijo su familia para que viera de dónde venía.

Dejó la caja sobre la mesa del salón y empezó a hacer lo que sabía que tenía que haber hecho hacía mucho tiempo. Recogió unas cuantas cosas, miró a su alrededor y se dio cuenta de que no había mucho más que quisiera conservar, aparte de algunas cosas que conservaba en un cajón en su habitación. Después limpiaría un poco el polvo y pasaría el aspirador, y habría acabado.

Jemma no oyó que la puerta de la entrada se había abierto, ni los pasos de alguien que subía las escaleras. Estaba sentada sobre la cama, llorando por una caja que había encontrado llena de recuerdos de su infancia: una colección de caracolas que había recogido en las últimas vacaciones que pasó con su madre, y algunas cosas similares.

Secándose los ojos, cerró la caja y se puso en pie. Ya no le quedaba tristeza, sino bonitos recuerdos. Fue hacia la puerta y se quedó helada.

Luke estaba allí, vestido con ropa informal, y el corazón le dio un vuelco de sorpresa y placer.

–¿Qué estás haciendo aquí? ¡No te esperaba hasta dentro de diez días! –dijo ella, sonriente.

Sus ojos grises la miraron enigmáticos, pero algo en su lenta sonrisa la puso muy nerviosa.

–Pensé en darte una sorpresa, y al no encontrarte en el piso, llamé a la floristería. Patty me dijo que habías ido a tu casa de Bayswater –dijo suavemente–. Pensé que la habías vendido hacía mucho tiempo, pero debí suponer que no tenías intención de deshacerte de este mausoleo de tu marido.

–No, te equivocas –intentó corregirlo ella.

–¿En serio? –preguntó él, dando unos paso hacia ella y mirándola con insolencia–. Seguro que duermes aquí siempre que yo no estoy.

–No –repuso ella, perpleja al verlo tan enfadado–. He venido hoy a recoger algunos recuerdos porque el tasador vendrá mañana.

Él levantó una ceja en un gesto muy sarcástico.

–Vaya, creía recordar que ya quedaste con un tasador el año pasado.

–Sí, bueno –Jemma se sonrojó–. Fue un error. Nunca llegué a decidirme.

–No te molestes en mentir, Jemma. Ya me sé la historia –la agarró por la muñeca y la obligó a acercarse a él.

–No era una mentira, pero no parabas de presionarme –trato de explicar ella, sintiendo placer al estar tan cerca de su cuerpo.

–¿Que yo te presioné? Creo recordar que te metiste en mi cama en cuanto pusiste los ojos sobre mí, y la segunda vez tampoco necesitaste mucha insistencia –dijo amargamente–. ¿Te crees que soy un idiota? Yo no soy segundo plato de nadie.

Jemma lo miró asombrada al ver lo furioso que estaba sin poder comprender... ¿Estaría celoso?

–Yo nunca...

–¡Calla! –le gritó–. No puedo seguir soportando tus mentiras. Te agarras a tu pasado como un cojo a sus muletas, pero tu cuerpo no siente esas limitaciones, ¿o sí, mujercita mía? –y la levantó en brazos–. Podría tomarte en esa cama en un segundo.

Luke le sujetó la cabeza de modo que estaba totalmente inmóvil.

–Luke, por favor... –gimió ella.

Antes de decir nada más, su boca capturó la de ella y la besó con brutalidad. Cuando se retiró, ella intentó apartarse, temblando de pies a cabeza, pero al tomarla por sorpresa, él la empujó sobre la cama.

Ella se quedó sin aliento y empezó a enfurecerse: no sabía qué había hecho para enfurecerlo tanto, pero, celoso o no, no iba a dejar que la tratara de ese modo. Quiso levantarse, pero él se puso sobre ella, inmovilizándola.

–¡Luke!

–Sí, di mi nombre –su sonrisa era heladora–. Quiero que sepas quién te va a poseer en la cama de tus queridos recuerdos. No podrás volver a dormir aquí sin acordarte de mí.

Ella intentó apartarlo, pero su pecho era una muralla sólida. Él le arrancó la blusa y le quitó el pantalón sin miramientos. Después empezó a tocarla febrilmente, mientras ella le pedía que parara a la vez que la familiar sensación de excitación le corría por las venas.

Luke se colocó entre sus piernas y le devoró los labios y la boca, a lo que ella correspondió con igual deseo. Jemma empezó a gemir y a sacudir la cabeza, frenética de placer. Lo buscó con las manos, su pelo y su pecho. Era consciente de la erección que se movía contra ella, del calor de sus cuerpos acercándose a la incandescencia, cuando de repente él se detuvo.

Por un momento se quedó sobre ella, intentando recuperar el aliento y mirándola.

—¿Qué estoy haciendo?

Ebria de pasión y excitación, no pudo soportar verlo retirarse y arreglarse los pantalones y el jersey.

—Y pensar que llegué a creer que podía que... —Luke se detuvo y sacudió la cabeza—. Menos mal que me he enterado a tiempo. No eres más que una mujer que se vende al mejor postor.

—¿Cómo puedes decir eso? —gritó ella, sentándose de un salto, y él no la miró a los ojos—. ¿Qué te ocurre? —le dijo, con cierto tono de súplica en la voz.

—¿Es que no te lo imaginas? Te encuentro aquí, en la cama de tu marido fallecido, llorando.

—No estaba llorando... —dijo ella, pero él no la escuchaba.

—Me has decepcionado —le espetó, y Jemma sintió un escalofrío—. Quiero la separación —la miró despectivamente—. Fui un tonto al pensar que las cosas podrían funcionar. Haré que te envíen tus cosas del piso. Mantendrás tu pensión y puedes hacer lo que quieras con ese dinero. No quiero volverte a ver.

Ella lo miró y vio un profundo desagrado en sus ojos grises, en la fina línea de sus labios, los mismos labios que la habían vuelto loca hacían unos segundos... Jemma se giró y empezó a ponerse los pantalones. Había deseado a Luke en ese momento con un ansia que la avergonzaba, y por fin se admitió a sí misma lo que sabía desde el primer día.

Alan nunca la había hecho sentir de ese modo. Su amor había surgido de la amistad y el cariño, pero Luke dominaba sus pensamientos y su cuerpo con ex-

clusividad. Había gastado todas sus energías en mantener una barrera entre los dos y ahora, cuando era demasiado tarde, se daba cuenta de que amaba a Luke.

El dolor la hirió profundamente, pero Jemma no
quiso que él viera el daño que le había hecho. Se colocó lo que le quedaba de blusa sobre los hombros y se
puso en pie. Le llevó toda su decisión el lograr decir:

—Como quieras –e incluso logró encogerse de hombros–.

—Tu padre y la empresa seguirán teniendo mi apoyo
financiero tal y cómo acordamos –se le torció el
gesto–. Y si hay alguna posibilidad de que estés embarazada, tendremos que seguir manteniendo una relación amistosa.

—No, no estoy embarazada. Y Theo no tiene de qué
preocuparse: puede quedarse en la casa de Zante siempre que quiera –era irónico, pero ella era la única que
no conseguía lo que quería.

—Gracias, pero te pagaré un alquiler por el tiempo
que él esté allí. Él no tiene por qué enterarse.

Ella lo miro, irritada de que pudiera sugerir eso,
pero antes de poder replicar, él ya se había marchado.

Jemma volvió a sentarse en la cama, con los ojos
vidriosos, intentando comprender qué había pasado.
Luke se había marchado a Nueva York sin dar ningún
indicio de que algo iba mal, y la noche que lo había
llamado...

Contuvo el aliento. Una mujer había contestado al
teléfono: Davinia, y ése era el nombre de la chica con
la que había estado saliendo antes de casarse con ella.
Entonces Jemma lo vio claro. Luke debía haber vuelto
con ella y todo lo que le dijo por teléfono había sido
una broma pesada. Jemma se tomó lo de que buscara
casa como si ésta fuera para los dos, pero seguro que

lo que él quería era echarla de su apartamento para poder estar con la otra mujer.

Cómo podía haber estado tan ciega. Luke tenía otra mujer y, para ser sincera, lo había esperado desde el principio. Aún tenía que considerarse afortunada de que su matrimonio hubiera durando cuatro meses, pero la verdad es que no se alegraba en absoluto. Parpadeó con fuerza, pero fue incapaz de contener las lágrimas.

Luke subió a su coche y cerró la puerta de un portazo. Tenía que alejarse de allí cuanto antes. Estaba sorprendido por su propio comportamiento; había estado a punto de tomar a Jemma sin pensar si ella quería o no. Nunca había sentido una rabia como aquélla en toda su vida. Ella lo obsesionaba hasta el punto de la locura.

Le había dado todo, se moría por su amor y, después de tres frustrantes días en Estados Unidos, se había dado cuenta de que lo único que le faltaba por hacer era decirle que la amaba. Por eso había vuelto inmediatamente a Londres, esperando que ella cayera inmediatamente en sus brazos.

Lo supo en cuanto Patty le había dicho que estaba en Bayswater, pero no quiso creerlo. Al entrar en su cuarto y verla llorando en la cama por su marido muerto, había perdido los nervios. El amor lo había convertido en un idiota enfurecido. Siempre había tenido éxito en su vida, pero con Jemma había fallado. Sólo le quedaba acabar con aquello, antes de que la pasión por ella lo destrozara.

Una semana más tarde, Jemma comía con Liz pretendiendo que disfrutaba.

–Anímate, Jemma. Luke volverá el sábado –le sonrió Liz–. Seguro que tenéis planes para después de cenar...

–No, no volverá –declaró, sin fuerzas para seguir manteniendo las apariencias–. Se acabó.

–No, no me lo creo. Luke te adora.

–Ya sabes lo de su reputación... lo mujeriego que es. Estoy segura de que está con otra.

–No te haría algo así. Tiene que ser un error –protestó su amiga.

–No me equivoco. Lo vi el jueves; había venido a Londres para decirme en persona que habíamos terminado. Está harto de mí y no quiere volver a verme.

–¡No me lo puedo creer! –y Liz se explayó con los playboys súper ricos y mujeriegos.

–Eso mismo pienso yo –dijo Jemma, y se levantó–. ¿Nos vamos a otro sitio?


Jemma temía el momento de decírselo a su padre, pero descubrió que no iba a hacer falta. El fin de semana siguiente, cuando esperaba a una pareja para enseñarles la casa, su padre apareció en la puerta.

–Jemma, ¿estás bien? –para su sorpresa, él la abrazó–. Lo siento mucho. De verdad creía que Luke podía hacerte feliz, no dejarte de este modo.

Ella se retiró de sus brazos. El que Luke le dijera a su padre que la había dejado había sido la humillación final.

–No te preocupes, papá. Tu posición en la empresa y el dinero de Luke están garantizados –dijo, con un cinismo que sólo podía ser una defensa instintiva.

–Lo sé, Luke me lo dijo, pero estaba preocupado por ti. Debes estar muy disgustada...

–No, no tanto –dijo ella, negando que tenía partido el corazón–. Siempre supe que Luke era un mujeriego y pronto se fijaría en otra –Luke no era el único que podía dar una versión de los hechos–. Estuvo bien mientras duró, pero no pasa nada más. Papá, me gustaría seguir charlando contigo, pero va a venir una pareja a ver la casa.

–¿La vas a vender? Me parece muy bien. Puedes encontrar algo más lujoso. Luke podrá seguramente pagar un poco más por su libertad.

Y tras ese comentario, su padre se marchó. Jemma no pudo evitar echarse a reír.

Pero las semanas siguientes no estuvieron marcadas precisamente por la risa. No podía comer, no podía dormir y era todo culpa de Luke Devetzi. Había intentado evitar el dolor de amarlo, pero había ocurrido de todos modos.

El primer día de primavera, Jemma salió de la consulta del médico en estado de shock. Había acudido a visitarlo porque se había desmayado en el trabajo y Liz había insistido en que tenía que verla un médico.

Era un milagro... ¡estaba embarazada! No sabía ni qué pensar. El médico le había dicho que era frecuente que se manchara en los primeros meses, y ella había pensado que era el periodo... En cualquier caso, estaba embarazada de tres meses y el momento no podía ser mejor. Jemma casi fue bailando hasta el coche. Había vendido su casa y se había mudado la semana anterior a una preciosa casita de campo en Sussex con un gran jardín. Si antes había tenido alguna duda sobre su decisión de vivir fuera de Londres e ir a trabajar tres días a la semana, ya no le quedaba ninguna.

–¿Qué te ha dicho el médico? –le preguntó Liz nada más entrar en la tienda.

–Ven a la parte de atrás y te lo contaré.


–¿Qué vas a hacer con Luke? –le preguntó Liz nada más enterarse de su estado–. Tienes que decírselo.

–¡No! –exclamó Jemma inmediatamente, y no quiso escuchar los argumentos de Liz para que hiciera lo contrario–. Vamos, Liz. Vi una de tus revistas hace poco, aunque trataste de ocultármela, con la foto de Luke y Davinia agarrados del brazo. No tiene ninguna gana de volver a verme; incluso me mandó mis cosas a casa por correo.

Liz sacudió la cabeza.

–No lo sabía. ¡Qué idiota! Pero sigo pensando que tendrías que decírselo; tiene derecho a saber que va a ser padre.

–Si te hace sentir mejor, se lo diré si lo veo –dijo Jemma, y pensó «cuando las vacas vuelen».


Pocas semanas después, Jemma recibió una carta de Theo. En ella le contaba que las reparaciones de la casa de Zante habían finalizado y que esperaba que el que su nieto y ella se hubieran separado, no rompiera su amistad. Ella le respondió y le dijo que podía usar la casa cuando quisiera. Se sintió culpable por no decirle nada, pero aún era demasiado pronto y sus emociones estaban aún muy frescas.

A mediados de abril Jemma tuvo una desagradable sorpresa mientras comía con Liz.

–Peter y yo cenamos ayer con Luke y más gente de la empresa. Vino solo, y tenía un aspecto lamentable.

–No me sorprende, con la vida que lleva... –dijo Jemma secamente.

–Preguntó por ti...

–Dime que no le dijiste nada –pidió ella.

–No, sólo le dije que te estabas recuperando –respondió Liz con sequedad.

Jemma empezó la baja por maternidad al fin de semana siguiente diciéndose a sí misma que lo hacía para asegurarse de que el niño estaba bien. Pero lo cierto era que le preocupaba encontrarse a Luke en Londres. Desde que se habían separado, no había vuelto a verlo ni a tener noticias de él, y así era como ella quería que siguieran las cosas. Él seguía pagándole religiosamente su pensión, y ella la dejaba intacta en su cuenta. Estaba embarazada de cuatro meses, pero todavía no se le notaba. Sólo Liz lo sabía, y ella quería que siguiera de ese modo todo el tiempo posible.

Le encantaba su casita, su jardín y el milagro de tener una vida creciendo en su interior. Consiguió encerrar su amor por Luke en un rincón de su mente, y sólo se escapaba a veces por las noches. Jemma era una experta en esconder sus sentimientos. Tenía mucha práctica.

Oyó el teléfono y buscó las llaves en su bolso, pero para cuando abrió la puerta, ya había dejado de sonar. Bueno, si era importante, ya volverían a llamar. Fue directamente a la cocina y dejó una lata de pintura que acababa de comprar sobre la mesa. Había decidido pintar el cuarto del bebé de amarillo.

Aquella mañana había estado en el médico haciéndose un examen rutinario por los seis meses de embarazo, y después había ido a la compra. La casa estaba a un par de kilómetros de la ciudad más cercana, con un caminito bordeado de árboles que llevaba casi hasta la puerta. La había construido el anterior propietario cuando se casó hacía cincuenta años. Tenía cinco habitaciones, la habitación principal, y tres baños. Era demasiado grande para Jemma, pero se había enamorado perdidamente del lugar nada más verlo.

Jemma salió a por el resto de cosas al coche; oyó el teléfono de nuevo y tampoco esta vez llegó a tiempo, pero no le importó.

Recogió la compra, se preparó una manzanilla y salió al jardín. Observó los preciosos parterres, la verde hierba, y no pudo contener un suspiro de satisfacción. Se acostó en una tumbona frente a la fuente, feliz con la vida, y cerró los ojos.

Luke reconoció el coche de Jemma y aparcó el suyo detrás. Estaba rojo de furia según se acercaba a la casita. Al llegar a la puerta, llamó al timbre. Después dio unos pasos atrás y miró la casa. Los arbustos de la entrada estaban floridos y la casa tenía un aspecto de cuento. Era muy del estilo de Jemma, y si no hubiera estado tan enfadado, habría sonreído.

Volvió a llamar sin respuesta. El canto de los pájaros llenaba la cálida mañana de junio, y él, impaciente, rodeó la casa y descubrió que se componía de dos alas con un patio intermedio con una fuente en el centro.

Estaba embarazada. Aun desde la distancia podía ver su vientre hinchado y la rabia se incrementó.

Ella estaba en una tumbona, pero no se movió cuando él se acercó. Luke se detuvo para mirarla; estaba tan guapa que se quedó sin respiración y sintió

una fría náusea en el estómago: los síntomas de ena-
moramiento que no había logrado dejar atrás.

Jemma llevaba un leve vestido de muselina de tirantes que dejaba entrever la curva de sus pechos. Tenía una mano colocada a modo de protección sobre la
barriga. Estaba embarazada de él y no se lo había dicho.

–Entonces es verdad, Jemma.

Ella abrió los ojos y creyó estar soñando.

–Luke... –murmuró soñolienta. Llevaba unos chi-
nos y un polo y estaba... –. ¡Luke! –no era un sueño. El
pulso se le aceleró y él siguió mirándola con ojos fu-
riosos.

–¿Cómo has podido pensar que podrías ocultarme
tu embarazo? –preguntó él con dureza.

–No sé de qué me hablas. Mi embarazo no es ningún secreto –dijo ella, poniéndose de pie y volviendo
a sentir el dolor de su separación–. Pero puesto que
dijiste que no querías volver a ver nunca más, no es
raro que no te enteraras de mi embarazo –le espetó
ella.

¿Es que Jemma no tenía ni idea de lo que había pasado aquellos meses? Enfermo de amor por ella,
echándola de menos, sin poder dormir por las noches...
había trabajado incesantemente para apartarla de su
mente. Había hecho mucho dinero en el proceso que
no necesitaba, pero nada le curaba de su necesidad de
Jemma. Por desesperación había invitado a Davinia,
sólo a cenar, una noche, pero fue un desastre antes de
empezar. Ahora Jemma estaba frente a él, mirándolo
desafiante y él ya había sufrido bastante.

–No tientes mi paciencia –le dijo–. Sabes muy bien
a qué me refiero. No pensabas decirme que estabas
embarazada. Te pregunté si había alguna posibilidad

cuando nos separamos, y me mentiste diciendo que no, pero no vas a poder volver a decirme eso.

Jemma sentía un terremoto en su interior. Su presencia le había sacudido las entrañas y no pudo obviar su magnífico cuerpo junto a ella, su aroma y la intensidad de su presencia. ¡Y ella que había pensado que en ciertas etapas del embarazo disminuía el deseo sexual!

–Nunca te mentí. En ese momento creía tener el periodo. Después supe que es frecuente que las mujeres manchen en las primeras etapas del embarazo –le explicó, a pesar de que no creía deberle ninguna explicación. ¡No le debía nada!

Ella dio un paso atrás y tropezó con la tumbona. Ágil de reflejos, Luke la agarró por la cintura con las dos manos.

–Estoy bien –dijo ella, y sintió cómo el niño daba una patadita en ese momento contra su mano.

Los rasgos de Luke se suavizaron y la ira de sus ojos se tornó en sorpresa al mirarla.

–El niño acaba de dar una patada... ¿Te hace daño? –le preguntó en voz baja.

–No, estoy bien –logró decir ella. Al menos había estado bien hasta la llegada de Luke. Ahora estaba cualquier cosa menos bien–. Ya puedes soltarme y contarme cómo me has encontrado y por qué estás aquí.

Él la soltó y le sonrió sarcásticamente.

–Me sorprende que Liz no te llamara para avisarte; ella parece ser la única persona que dejas que se acerque a ti.

–¿Liz te lo dijo? ¡No puedo creerlo! –en ese momento recordó las dos llamadas que no había llegado a tiempo de responder.

–No te preocupes. Liz no te ha traicionado. Ha sido Peter. Lo vi en una fiesta de la empresa ayer y me dijo que como padre creía que era importante que yo lo supiera.

–Pues ya lo sabes –dijo ella encogiéndose de hombros, pero por dentro estaba como un flan. Después de casi cinco meses creía haber logrado convencerse de que no quería a Luke y de que no lo necesitaba. Tenía que ocuparse de su nueva casa y de su bebé, pero ahora que lo volvía a ver, sentía la misma atracción hacia él.

Estaba más delgado y tenía más arrugas, pero su magnetismo sexual era tan poderoso como siempre.

–¿Qué quieres, Luke? –preguntó ella lentamente. Aún era su esposa, y podía ponerle las cosas difíciles si quería ejercer sus derechos sobre el niño.

–Eres mi mujer y llevas a mi hijo en tu vientre –dijo Luke con precisión, y la tomó en sus brazos antes de que ella pudiera adivinar sus intenciones.

–¿Estás loco? ¡Déjame en el suelo! –chilló ella, pero tuvo que agarrarse a él mientras la llevaba hacia la casa.

–No. Lo que quiero es protegerte a ti y a mi hijo –entró a la cocina y la dejó en el suelo. Miró a su alrededor con interés–. Es muy agradable.

–No me interesa tu opinión –le espetó Jemma, furiosa–. Y no sé a qué juegas, pero estás perdiendo el tiempo. No te quiero aquí –y le dio la espalda para ir por un vaso de agua.

Él la agarró por el hombro y la obligó a girarse.

–No tienes opción –¿dónde había oído eso ella antes?, se preguntó, resentida–. Me voy a quedar aquí todo el tiempo que haga falta. Para siempre, si es necesario. Te quiero y no pienso volver a dejarte marchar.

Jemma lo miró asombrada. No podía haberlo entendido bien.

–Di eso otra vez.

–Te quiero, Jemma. Siempre te he querido –dijo él con voz profunda y llena de emoción.

Ella escuchó sus palabras y por un momento lo creyó. Hasta que sintió al bebé moverse en su interior.

–No, no te creo –¿cómo podía haber olvidado que Luke era un maestro de la manipulación y que siempre conseguía lo que quería? Y lo que quería era al niño–. Me estás mintiendo para quedarte con mi bebé.

Entonces se dio cuenta de que Luke debía haberse dado cuenta de que ella lo amaba y por eso le ofrecía precisamente eso.

–No tengo motivos para mentir, Jemma. Soy el padre de tu hijo, y él será mío pase lo que pase entre nosotros. Es a ti a quien quiero –insistió, y alargó la mano hacia ella–. Es a ti a quien necesito en mi vida, y desesperadamente. He tratado de vivir sin ti y era como estar en el infierno.

La emoción de su voz le llegó al corazón y empezó a ablandarse. Cielos, deseaba tanto que la amara...

–Tienes que creerme, porque no voy a dejarte marchar de nuevo.

Su comentario fue como una ducha fría justo cuando empezaba a creerlo.

–Tú nunca me dejaste ir, Luke. Lo que hiciste fue dejarme a secas declarando que no querías volver a verme. Y yo sé por qué –le espetó–. ¿Es que crees que soy idiota? Vienes aquí y me declaras tu amor incondicional esperando que caiga rendida a tus pies. ¿Es que crees que no sé lo de Davinia? Sé que salías con ella antes de que nos casáramos, y fue ella quien respondió al teléfono cuando te llamé el día de tu cumpleaños, aunque tú dijiste que era tu secretaria. Pero era la misma Davinia con la que apareces en las fotos de una revista reciente.

Él la soltó y se sonrojó levemente.

–No te molestes en negarlo. Seguro que a los dos os parecía muy divertido que tú hablaras conmigo por teléfono cuando ella era el objeto de tu conversación erótica. Me pones enferma. Y en vez de decirme que buscara una casa porque el apartamento no era de mi estilo, me podías haber dicho que me fuera de casa. Y pensar que yo ya había decidido dejar atrás el pasado y hacer que nuestro matrimonio funcionase... Qué ironía de la vida –lo miró y se rió sin ninguna alegría–. Lárgate, Luke. Voy a descansar –y quiso marcharse de la cocina temblando por la fuerza de su descarga emocional.

–Ni se te ocurra, Jemma –le dijo él, atrayéndola de nuevo a sus brazos–. No te vas a escapar tan pronto. Estás celosa de Davinia, y no sabes lo feliz que me hace eso, el saber que tú has sentido una pizca de la angustia que me tiene ahogado desde que te conozco –Jemma abrió la boca para protestar–. ¿Tienes idea de lo que me ha costado romper tu frialdad? ¿La de veces que, saciado de sexo en la cama, sabía que una muralla se interponía entre los dos? No sabes lo que me has hecho, a mí, Luke Devetzi, el que nunca había creído en el amor –sacudió la cabeza–. Y me he enamorado perdidamente de una mujer que está encerrada en la memoria de un amor de su pasado.

Jemma lo miró a los ojos y lo vio vulnerable. Nunca había visto a Luke como entonces, y lo miró con una incertidumbre que se parecía mucho a la esperanza. Ella quería creerlo, pero tenía miedo de volver a sufrir.

–¿Cuándo te diste cuenta? –preguntó sarcástica, para proteger sus sentimientos.

–El día que visitamos la casa de Zante –respondió él con una sonrisa–. Mientras estábamos tumbados en la cama de tu tía. Después me dijiste que yo no creía en el amor, y decidí esperar para decírtelo porque me pareció pronto –le apretó con fuerza los brazos y la miró fijamente–. Me mentiste cuando me dijiste que no sabías quién era el amante de tu tía, y eso me dolió porque no confiaste en mí.

–¿Cómo puedes saberlo?

–Cariño, eres como un libro abierto para mí, pero olvídalo. No me lo tienes que decir ahora. Haré todo lo que esté en mi mano para hacer que confíes en mí.

–También dijiste que te había decepcionado...

–Creo que dije demasiado –murmuró él–. ¿Cómo puedo hacer que entiendas? En cuanto te vi, se me rompieron los esquemas sobre el amor. Eres la mujer de mis sueños, pero aquello se convirtió en una pesadilla cuando dijiste que estabas casada. Me pasé un año intentando olvidarte, un año de abstinencia. Desesperado, empecé a salir con Davinia, pero juro que no la he vuelto a tocar desde entonces. Vino por sorpresa a mi oficina para desearme feliz cumpleaños, pero la eché de allí antes de hablar contigo. ¿Crees que puedo hablar así y hacerle el amor a otra mujer como lo hago contigo? –preguntó con dureza–. Tú eres mi amor, mi pasión y mi vida.

Ella recordó esa pasión, la ternura y cómo le hacía el amor, y se le encogió el corazón. ¿Estaría diciendo la verdad?

–Cuando te obligué a casarte conmigo, no me importaba que siguieras enamorada de Alan. Te deseaba. Sabía que éramos compatibles y pensé que podría basar nuestro matrimonio en eso, pero pronto me di cuenta de mi error. Te amo y quiero mucho más que eso de ti –le dijo, acariciándole la barbilla–. Mírame, Jemma. Soy un hombre muy posesivo y tenía unos celos insanos de tu marido fallecido.

–Rompiste mi colgante a propósito.

–Le habría roto el cuello si hubiera estado vivo. Así de despreciable soy, Jemma –respondió él inmediatamente.

Jemma abrió mucho los ojos y miró a Luke a la cara; parecía estar sufriendo una tortura.

–No lo dices en serio...

–Tal vez no, pero volví de Nueva York decidido a hacerte saber lo que sentía, porque descubrí después de nuestra conversación que estaba llegando a algo contigo. Especialmente cuando accediste a buscar una casa.

–Creía que sería para nosotros, pero después pensé que era tu modo de decirme que me marchara –apuntó Jemma.

–Acertaste la primera vez –Luke sonrió–. Pero cuando llegué y te vi llorando en tu antigua casa, algo saltó dentro de mí –cerró los ojos angustiado y después los abrió de nuevo–. Jemma estuve a punto de tomarte sin tu permiso. ¿Podrás perdonarme?

–¡No! –gritó ella. No podía soportar ver ese tormento en sus ojos–. No lo hiciste. Estabas enfadado al principio, pero yo te deseaba –dijo ella, poniéndose roja y sintiendo crecer la esperanza en su corazón a cada segundo.

–Gracias, pero me he dado cuenta de que no me puedo fiar de mí mismo cuando estás cerca. Cada vez estaba más desesperado deseando que me amaras. Soy tan egoísta que quería ser el centro de tu universo. Hice todo lo que pude para que me amaras, sin resultado. Ya no me quedaba esperanza y supuse que tendría que marcharme antes de destrozar los pocos sentimientos que tenías por mí –le retiró la mano de la barbilla–. No me sorprende que no me dijeras lo del embarazo. Probablemente tuvieras miedo de mí.

Jemma no podía soportar oír a su orgulloso e indómito Luke hablar tan humildemente.

–Miedo de ti... nunca –dijo ella con una sonrisa.

–Espero que lo digas en serio, Jemma –le dijo él–, porque voy a estar mucho tiempo contigo y con el niño.

No le había durado mucho tiempo la humildad, se dijo ella. Le pasó las manos por el pecho y después le rodeó el cuello. Se acercó a él tanto como la barriga le permitía y dijo:

–Me parece bien. Me gusta que el hombre al que amo esté cerca de mí y de nuestro hijo –Jemma vio la sorpresa en sus ojos, y entonces la besó con ansia y a la vez ternura.

–Dime que esto es real –pidió él, acariciándole el pelo–. Dime otra vez que me quieres.

Ella se apartó ligeramente.

–Te quiero, Luke –sus labios se abrieron en una sonrisa de enorme satisfacción.

Él la besó con un deseo ardiente de llegarle al alma. Sus manos se deslizaron desde la nuca para acariciarle los pechos, y después el vientre.

–No deberíamos estar haciendo esto –gruñó él–. Estás embarazada.

–Claro que debemos –dijo ella, sintiendo cómo sus pechos se hinchaban bajo la fina tela del vestido–. Pero no aquí, sino arriba –murmuró, y él la tomó en sus brazos para llevarla donde ella le indicó.

Una vez allí, la dejó en el suelo y la miró como si fuera la primera vez que la veía, haciendo que Jemma se pusiera nerviosa.

–¿Te gusta mi cuarto? –preguntó ella.

–Tú llenas mis ojos, mi corazón, llenas mi mente y no dejas lugar para nada más –le puso las manos sobre los hombros y bajo los finos tirantes del vestido, que cayó inmediatamente a los pies de Jemma–. ¡Dios mío! –exclamó al ver su figura–. Antes pensaba que eras perfecta, pero ahora, eres como una fruta madura, eres... exquisita.

–Luke... –dijo ella con emoción.

–Jemma, no te merezco –dijo, ocultando la cara en su hombro–, pero te quiero locamente y siempre lo haré.

Ella sintió que se le hinchaba el corazón en el pecho. Todas sus dudas y temores se habían desvanecido al ver el amor que brillaba en sus ojos de plata.

–Luke –repitió, temblorosa, mientras él le besaba la frente.

Él la tumbó sobre la cama como si fuera del más fin cristal, se quitó la ropa y se echó junto a ella.

Le acarició los pechos hasta que ella gritó suavemente de placer. Se inclinó sobre ella y volvió a besarla mientras recorría todo su cuerpo con la mano. Jemma lo buscó al sentir la pasión incendiarse en su interior.

–Jemma, mi amor –murmuró él contra su piel, acariciándola cada vez con más urgencia.

Ella le clavó las uñas en la piel y él gruñó de placer al poseerla por fin.

No tuvo nada que ver con lo que habían conocido hasta entonces; fue una unión total, de cuerpo y alma, que les hizo conocer el placer y la gloria de ser uno en realidad.

Más tarde, Luke le besaba el pelo mientras le acariciaba el vientre.

–Bueno, Theo estará por fin contento; su bisnieto se quedará con su casa.

–¿Cómo? ¿Tú no estás contento?

–Contento no es suficiente para describir la profundidad de mi amor por ti. Te amo más de lo que pueda decir con palabras.

–Entonces, muéstramelo de nuevo –ella sonrió, y él obedeció.

# Epílogo

ERA SEPTIEMBRE y el sol aún brillaba con fuerza en el Mediterráneo. Jemma se asomó al balcón de su cuarto y vio a Theo, Milo y a su hijo Alex jugando en la piscina.

En todos los meses que había pasado sola, nunca imaginó una felicidad tan completa.

—Jemma, son más de las nueve y tu maleta está lista —dijo Luke, llegando tras ella y abrazándola por la cintura—. Es nuestro segundo aniversario y tenemos que empezar a celebrarlo...

—Creo que ya lo empezamos a celebrar a medianoche —sonrió ella, traviesa.

—Pues tenemos que seguir haciéndolo —prometió él—, pero el helicóptero está esperando y quiero que lleguemos antes de medianoche. Tengo una sorpresa para ti.

—¿Estás seguro de que Alex estará bien solo?

—¿Solo? —rió él—. Solo no va a estar ni un segundo. Tiene a todo el servicio, a Theo y a Milo a sus pies.

—Tienes razón —dijo ella, y lo besó en la mejilla—. Iré a ducharme. Sola —informó al ver brillar sus ojos—. Tenemos prisa, ¿recuerdas?

Jemma no había dejado de sonreír cuando salió de la ducha. Los últimos catorce meses habían sido de pura felicidad. Habían pasado el tiempo entre la casita de Sussex, Atenas y la casa de Zante. Alex había nacido en la casita para desmayo de su padre, con la ayuda de la mujer de un granjero, el día antes de su primer aniversario de boda. Era la viva imagen de su padre.

El día anterior había sido su cumpleaños, y en medio de la fiesta, el niño había decidido dar sus primeros pasos.

–Vamos, Jemma... nos están esperando –Luke estaba tan atractivo y atento como siempre, aunque se impacientara un poco a veces.

Una hora después y tras muchos achuchones al niño, subieron al helicóptero que había aterrizado en el jardín.

–Sólo vamos a estar una noche fuera, tampoco es para tanto –murmuraba él, pero Jemma sonrió porque él había pasado tanto tiempo despidiéndose de Alex como ella.


Jemma quedó sorprendida cuando el helicóptero aterrizó en el tejado del hotel de Zante donde pasaron su noche de bodas. Miró a Luke sin comprender muy bien aquello... iban allí a menudo; no era una sorpresa muy original.

–Sé lo que estás pensando –dijo él, pasándole un brazo por los hombros–, pero esto no es la sorpresa.

–¿Entonces dónde vamos?

–Paciencia...

Pero su paciencia empezaba a agotarse cuando el taxi les dejó al pie de las escaleras que llevaban a su casa. Luke se detuvo al llegar al final de los escalones.

–Ahora es cuando empieza la sorpresa: tengo que vendarte los ojos.

Ella lo miró con ojos brillantes. Estaba guapísimo.

Luke le vendó los ojos y la condujo por la cintura hasta que se detuvo.

–Ya hemos llegado –y le quitó la venda–. Esto es.

Ella estaba junto al jardín que había ideado para su tía, donde estaba la tumba de la niña que no llegó a nacer, y en el acantilado, a dos metros de altura, había un nicho de mosaico con una escultura de una virgen con el niño. Los ojos se le llenaron de lágrimas que derramó sin vergüenza.

–Sé que a tu tía le hubiera gustado más una lápida, pero esto me pareció un buen sustituto y que tal vez te gustara –le dijo él, abrazándola por la cintura–. Lo siento si me he equivocado. No llores, por favor. No soporto verte llorar.

Jemma levantó la cara con una gran sonrisa. Sus lágrimas eran de alegría y un toque de tristeza por lo que aquella virgen representaba. Sabía que Luke la amaba, pero la sensibilidad de ese regalo le llegó muy dentro.

–No te has equivocado, Luke. Me encanta. Y te quiero –dijo ella–. A mí no se me hubiera ocurrido, pero seguro que a la tía Mary le habría gustado. Es una sorpresa preciosa.

Él la besó tiernamente y cuando por fin levantó la cabeza, fue para hacer otra confesión.

–He de decir que tengo otro motivo para traerte aquí.

–¿En serio? –entre sus brazos como estaba, a Jemma no le era difícil notar su erección, y ella empezó a excitarse también. Creía imaginar lo que él estaba pensando.

Y no estaba equivocada del todo.

–Sí, es una tradición que quiero retomar –dijo, besándole el cuello y acariciándole los pechos–. Theo fue concebido en esta playa, y mi madre también. Si estás de acuerdo, me gustaría que nuestro siguiente hijo siguiera la tradición familiar...

Y nueve meses después, nació Lucy Marie...

# AMOR COMPRADO

## KAY THORPE
### Comprada por un millonario

# Capítulo 1

AL MENOS no se había negado a verla, aunque debía de estar preguntándose por qué estaba ella allí. Consciente de las miradas de curiosidad del personal de los alrededores, Leonie mantuvo el rostro sin expresión alguna. La llegada de Vidal, junto con la ausencia de su propio padre, habría dado lugar a algunas especulaciones, pero Leonie dudaba que se supieran aún todos los hechos.

El hombre que salió de lo que antes había sido el despacho de su padre no parecía feliz en absoluto. Leonie no podía culparlo por querer evitar su mirada. Sólo albergaba la esperanza de que no hubiera perdido su trabajo por no haberse dado cuenta de lo que sucedía.

Ella esperó a que la llamaran para entrar, temiendo el momento de la confrontación. Hacía dos años que no veía al hombre al que estaba a punto de rogar perdón en nombre de su padre. Dos años desde que le había dicho que era el último hombre en la tierra con el que pensaría en casarse. Si seguía guardándole rencor por aquello, entonces no habría posibilidad alguna de que escuchara su plegaria, aunque tenía que intentarlo.

La mujer sentada al escritorio que normalmente ocupaba la secretaria de su padre era nueva para ella; recordaba haberle oído decir que había hecho un cambio hacía un mes.

—Ya puede pasar —dijo la mujer.

Leonie se puso en pie preparándose para lo que estaba a punto de suceder. Estaba escrito que volvería a salir del despacho en dos minutos, después de que Vidal le hubiese dado la patada, si no física, al menos metafóricamente. Aunque estaba en su derecho de mandarla a paseo.

Hacía tiempo que no visitaba a su padre en el trabajo. Su despacho era espacioso y bien iluminado, aparte de dar al río. Apoyado contra el alféizar y vestido con un traje gris plateado de corte impecable, Vidal Parella Dos Santos la observó en silencio durante lo que pareció una eternidad sin mover un solo músculo.

–Has cambiado poco –dijo él con un acento inglés perfecto–. Pero claro, un aspecto como el tuyo es raro que se deteriore. Por favor, siéntate.

–Me levantaría enseguida –contestó ella mirando directamente a sus ojos oscuros–. Supongo que no necesito decirte cómo me siento por lo que ha hecho mi padre. Abusó de tu confianza en él y merece pagar un precio por ello.

–¿Pero? –preguntó Vidal al ver que ella vacilaba.

–Pero la cárcel lo mataría –dijo ella.

–¿Y qué estás sugiriendo? –preguntó él arqueando una ceja–. ¿Qué le permita salir impune por la malversación?

Leonie trató por todos los medios de mantener la cabeza serena.

–Sólo estoy pidiendo tiempo para que pueda arreglar las cosas. Puede pagar lo que debe pidiendo otra hipoteca sobre la casa.

–¿Y cómo iba a conseguir una hipoteca sin trabajo? –preguntó él, y sonrió al ver que ella era incapaz de contestar–. ¿También espera que lo readmita?

–No creo que pueda conseguir otro trabajo si tú lo llevas a juicio –señaló Leonie–. Lo que significa que nunca podrá devolver el dinero. Obviamente, tendría que ser readmitido en un puesto inferior.

–¿Te refieres a un puesto en el que le sea imposible acceder a las cuentas?

–Tiene más sentido que meterlo en la cárcel.

Vidal observó su adorable rostro, rodeado por su melena rojiza, y recorrió su cuerpo con la mirada, regresando finalmente a su cara. Ella levantó la barbilla al tiempo que sus ojos verdes brillaban desafiantes mientras lo observaba. Seguía allí, la codicia que tanto la había alienado en el pasado. Aquel hombre estaba acostumbrado a conseguir lo que quería. Al negarse a casarse con él, Vidal había reaccionado con incredulidad al principio, pero había entrado en cólera cuando ella lo había insultado diciendo aquello. No había necesidad de haber ido tan lejos, tenía que reconocer eso. Decía mucho de él que no la hubiera tomado contra su padre ya entonces.

Más de lo que podía decirse de su propio padre.

–¿Te ha enviado para que supliques por él? –preguntó Vidal.

–Esto ha sido idea mía. No apruebo lo que ha hecho, pero no soportaría verlo en una cárcel. Supongo que se da por sentado que no volverá a las andadas con el juego.

Hubo una pausa interminable. Leonie deseó poder adivinar lo que estaba pasando en aquella cabeza de cabello oscuro.

–¿Lo crees preparado para seguir aquí dadas las circunstancias? –preguntó Vidal finalmente–. Hasta ahora, sólo otra persona conoce la verdad del asunto, pero aunque jurara guardar el secreto, habría especulaciones.

–Algo con lo que él tendría que vivir. Es parte del precio que hay que pagar.

Vidal se apartó de la ventana, dejando ver en todo su esplendor su metro ochenta de masculinidad portuguesa.

–Necesito tiempo para considerarlo –dijo–. Te daré una respuesta esta noche. En mi suite –negó con la cabeza cuando ella abrió la boca para protestar–. A las ocho en punto. A no ser que quieras zanjar el asunto aquí y ahora.

Ella sabía exactamente lo que quería decir. Lo zanjaría de igual manera que lo haría a las ocho, si es que iba. No tenía mucho sentido suplicarle. Si quería tener éxito, entonces ella también tendría que pagar el precio.

–Supongo que debería haber anticipado esto.

–Creo que me merezco una recompensa –dijo él–, pero la elección es tuya.

Leonie se dio la vuelta sin decir nada más y abandonó el despacho. Llegó al ascensor sin mirar a izquierda ni derecha y pulsó el botón para bajar. Por suerte la cabina estaba vacía cuando llegó. Tener que enfrentarse a un mar de caras la habría puesto al límite.

Una cosa era segura, no habría renovación de la propuesta de matrimonio esa noche. Vidal buscaría humillarla del mismo modo en que ella lo había humillado dos años atrás. Había una buena manera de conseguirlo: haciendo que ella sucumbiera a él. Sólo de pensarlo se estremecía, pero si eso significaba mantener a su padre fuera de la cárcel, entonces tendría que vivir con ello.

Cuando salió a la calle estaba lloviendo. No llevaba paraguas y no estaba dispuesta a dejar que su traje color beige se echase a perder, así que buscó refugio en la cafetería más cercana. Más gente había hecho lo mismo, limitando el espacio en las mesas, pero encontró un asiento en la barra junto a la ventana, donde pudo contemplar a las hordas de gente que corrían por la calle mientras pensaba en el hombre con el que acababa de estar.

Siendo uno de los mejores industriales de Europa, a

sus treinta y cinco años, Vidal Parella Dos Santos era considerado como un fenómeno. Nacido en la aristocracia portuguesa, podría haber llevado una vida de holgazán si hubiera querido. Leonie lo había conocido algunas semanas después de que su padre se hubiera convertido en el jefe de cuentas de la compañía en Londres. Se había sentido atraída hacia él desde el primer momento, tenía que admitirlo. Lo que la había echado para atrás era su asunción prepotente de que podía tener a la mujer que quisiera sólo con pedirlo. Se había sorprendido al ver que su negativa a acostarse con él desembocaba en una proposición de matrimonio, pero ella no se había hecho ilusiones. Lo único que él veía, lo que codiciaba, era la superficie. No sabía nada de la persona que había debajo, ni quería saberlo. Una vez se hubiera cansado de ella, la habría rechazado, como a las demás mujeres.

Su padre no sabía nada de su proposición. Desde la pérdida de su madre, cuatro años antes, él había mostrado poco interés en nada que no fuera el trabajo, o eso creía ella. No estaba segura de cuándo había comenzado su adicción al juego exactamente. El tiempo suficiente para gastarse más de ochenta mil libras del dinero de la compañía. Como en la mayoría de los jugadores, sus pérdidas habían superado con creces sus ganancias.

Se prometió a sí misma que no iría a la cárcel. Vidal tendría su ración de carne, si eso era lo que supondría. Siempre estaba la opción de que renegara del trato, claro, pero ella lo dudaba. Por muchas cosas que fuera o dejara de ser, su reputación como hombre de palabra era más que evidente.

Eran más de las cuatro cuando llegó a la casa de Northwood Hills que aún compartía con su padre. A sus veintiséis años y ganando un salario decente, podía permitirse una casa propia, aunque fuera de alquiler, pero se negaba a mudarse a un sitio más pequeño, y no podía dejarlo allí solo dando vueltas por la casa. Claro que su padre no tendría más opción que vender si al final las cosas salían mal.

Stuart Baxter estaba sentado al escritorio en su estudio jugando apáticamente con el juguete de ejecutivo que Leonie le había regalado como broma las pasadas navidades. Levantó la vista cuando ella entró. Su expresión era lacónica y abatida. Más o menos igual que la noche anterior, cuando le había contado la verdad del asunto.

—Aún no sé nada —dijo él—. Sigo esperando a encontrarme a la policía en la puerta en cualquier momento.

—Puede que no pase eso —dijo Leonie—. He ido a ver a Vidal. Obviamente no está muy feliz con la idea, pero existe la posibilidad de que no te lleve a juicio. Incluso puede que sigas en nómina, si consigues pagar el dinero que te has llevado.

Stuart la miró en silencio durante un momento mientras una infinidad de expresiones atravesaban su rostro.

—¿Cómo diablos has conseguido eso? —preguntó finalmente—. ¡Apenas lo conoces!

—He apelado a su buena naturaleza.

—No parecía tener una buena naturaleza cuando lo vi ayer —dijo Stuart, e hizo otra pausa—. ¿Qué le has dicho exactamente?

—Le he dado mi palabra de que te cortarás los dedos antes que arriesgarte a jugar de nuevo —dijo ella—. Es cierto, ¿verdad?

—He aprendido la lección, créeme. Es más de lo que podría esperar. ¡Más de lo que nadie podría esperar! —vaciló un instante antes de seguir hablando—. Supongo que a estas alturas todo el mundo lo sabe.

—Sólo una persona, al parecer, aunque seguramente haya cotilleos entre el personal. En cualquier caso, hacer frente a las habladurías siempre es mejor que ir a la cárcel, ¿verdad?

–Sí, por supuesto. ¡No creas que no estoy agradecido! –exclamó él sacudiendo la cabeza–. Aún me cuesta creer que vaya a considerar la idea de no llevarme a juicio, y mucho menos que no me despida. ¿Te ha dicho cuándo me haría saber su decisión?

–Lo sabrás mañana –dijo ella tratando de no pensar en la posibilidad de que, aun así, pudiera salir todo mal.

Dejó a su padre para que reflexionara y se dirigió escaleras arriba, a su dormitorio. Fue un alivio poder estar sola un rato. A las ocho tendría que estar completamente despejada, concentrada en una cosa: sacar a su padre del lío en el que él mismo se había metido. Era más fácil decirlo que hacerlo, pero no había otra opción. El orgullo de Vidal había de quedar curado.

Por mucho que lo despreciara, no tenía sentido negar la atracción física que sentía hacia él. Lo había sentido nada más volver a verlo. Había habido noticias en los medios de comunicación que lo relacionaban con diferentes mujeres durante los últimos dos años, pero no había durado mucho con ninguna. Si ella hubiera sido lo suficientemente tonta para casarse con él, hacía ya tiempo que habría pasado a formar parte de esa lista de mujeres, con la única diferencia de que eso le habría supuesto un estilo de vida confortable el resto de sus días. Algunos la llamarían tonta por no haber aprovechado la oportunidad.

La única tontería que había cometido en realidad era relacionarse con él. Claro que ella había estado al corriente desde el principio de su reputación con las mujeres.

No se esforzó a la hora de elegir la ropa para la velada, optando por una falda gris y una blusa blanca, junto con su ropa interior menos glamurosa. No iba a dejar que sus emociones entraran en aquel juego. Era la única manera de salir ilesa de aquello.

Había llamado a un taxi para que la llevase de vuelta a la ciudad. Era caro, pero no se encontraba con fuerzas de soportar otro viaje en tren. Le dijo a su padre que había quedado con una amiga del trabajo y que probablemente pasaría la noche en su piso.

Vidal tenía suites de hotel permanentes en varias ciudades. Al encontrarse frente al edificio Mayfair, al que él honraba con su presencia cuando estaba en Londres, Leonie se sintió como una prostituta de lujo.

Sabiendo de antemano el número de la suite, al menos pudo evitar tener que preguntar en recepción. La suite estaba en el último piso. Se enderezó antes de llamar a la puerta.

Vidal abrió y se quedó observándola durante un instante. Iba vestido con unos pantalones y camisa informal, pero a ella le parecía igual de atractivo que antes.

–Qué puntual –dijo él–. Adelante.

El pasillo era ancho. Aun así, Vidal parecía estar demasiado cerca cuando ella pasó por delante para acceder al salón. El lugar había sido redecorado desde su última visita. Los tonos que imperaban eran los grises y azules, con algún toque escarlata. La alfombra se extendía bajo sus pies como un mar de color gris hasta las ventanas. Un ramo de flores frescas colocado en una mesita dotaba al lugar de una delicada fragancia.

–Agradable –comentó ella, decidida a aparentar estar tranquila–. Te cuidan bien.

–Para lo que cuesta, más les vale –contestó él secamente–. Pero no estás aquí para hablar de la decoración.

–Cierto –dijo ella girándose para mirarlo–. Pero quiero que me asegures lo de mi padre antes de que suceda nada entre nosotros.

–¿Te creerías mi palabra?

–Es extraño, pero sí –dijo ella.

–Entonces tienes mi palabra, por supuesto. ¿Quieres beber algo antes de cenar?

–¿Cenar? –preguntó ella totalmente desconcertada–. Pensé que...

–Pensabas que sólo tenía una cosa en mente –concluyó él–. Tengo muchos pecados, pero nunca he sido grosero.

–¿Y de qué otra manera llamarías a todo este... arreglo? –preguntó Leonie.

–Un beneficio mutuo –contestó él imperturbablemente–. Tú me rascas la espalda y yo te rasco la tuya. ¿No es así como se dice? Muy apropiado dadas las circunstancias, ¿no te parece? –no esperó una respuesta–. ¿Qué quieres beber?

–Tomaré un gin tonic.

–Ponte cómoda –dijo él señalando hacia el sofá más cercano.

Leonie ya se había sentado para cuando él sirvió las bebidas. No intentó sentarse a su lado, sino que eligió una silla y se sentó con las piernas cruzadas. Aquel movimiento hizo que se le levantara la pernera del pantalón lo suficiente como para dejar ver una pequeña porción de piel bronceada. Seguramente todo su cuerpo sería del mismo color.

–¿De qué te apetece hablar mientras esperamos la cena? –preguntó él–. O quizá debería ser yo, como anfitrión, el que iniciase la conversación.

–La verdad es que no me importa –dijo ella.

–Dime qué tal te lo pasaste en tu viaje a París el mes pasado.

–¿Cómo sabes que estuve en París el mes pasado? –preguntó ella sorprendida.

–Me he dedicado a seguir todos tus movimientos durante los últimos dos años –contestó él sin inmutarse–. Sé, por ejemplo, que no tienes ni has tenido ninguna relación seria con ningún hombre.

–¿Has estado espiándome? –se encontraba demasiado sorprendida en ese momento como para enfadarse.

–Prefiero decir que me he tomado interés. Si hubieras tenido algo con alguien, habría sido algo pasajero.

–Oh, ya entiendo –dijo ella sintiendo cómo la rabia la invadía–. Habiendo osado rechazarte, de ninguna manera podría permitirme encontrar a nadie más, ¿verdad?

–Correcto –contestó él–. ¿Realmente pensabas que olvidaría sin más las cosas que me dijiste? ¿Tengo que recordarte lo que dijiste?

Leonie se mordió el labio al recordarlo. Se había pasado de la raya en un intento por controlar cualquier tentación de decir que sí. Decirle que era el último hombre con el que pensaría en casarse había sido lo menos importante. Incluso ahora, las acusaciones que había utilizado para dejarle claras las cosas hacían que se le pusiera la piel de gallina.

–De acuerdo, me pasé un poco –dijo ella–. Lo admito. Pero no es excusa para lo que has estado haciendo. La gente va a la cárcel en este país por acosar a alguien.

–Teniendo en cuenta que nunca fuiste consciente de que estabas siendo vigilada, dudo que semejante acusación fuese tomada en serio. En cualquier caso, el tema ya no importa. He encontrado otra manera de conseguir compensación.

–La palabra que buscas es «venganza» –contestó ella–. ¡No me parece una meta muy honrada!

–Pero sí satisfactoria –dijo Vidal, y se enderezó al oír cómo llamaban a la puerta–. La cena está aquí.

El camarero que entró empujando un carrito fue discreto en sus movimientos mientras traspasaba sus contenidos a la mesa del comedor sin decir palabra. Aunque pareció muy contento con la propina que Vidal le entregó.

–Ven a cenar –dijo Vidal cuando la puerta se cerró de nuevo–. Te encanta el marisco, si no recuerdo mal.

Lo último que a Leonie le apetecía en ese momento era comer, pero no ganaría nada negándose. Se levantó y se acercó a la mesa, pasando en el camino frente a la puerta que conducía al dormitorio. En una hora estarían ahí haciendo eso para lo que ella había ido.

Como era de esperar, la comida estaba excelente, aunque para Leonie era como estar comiendo serrín. Vidal sólo le permitió beber una copa de vino, declarando su deseo de tenerla en plenas facultades, que no se quedase dormida encima de él.

–¿Realmente piensas que una mujer podría quedarse dormida encima de ti? –preguntó Leonie deliberadamente, provocándole una sonrisa.

–Sólo bajo los efectos de mucho alcohol.

–Debe de ser genial –murmuró ella–. Tener tanta confianza en las habilidades de uno.

–Al contrario que una mujer, un hombre que no tenga confianza en esa habilidad en particular podría encontrarse a sí mismo desprovisto de ella completamente. Una diferencia fisiológica muy injusta.

–¿Quieres decir que una mujer puede fingir que está excitada?

–Eso es –dijo él–. Aunque no espero que haya ningún problema en ese sentido.

–Siendo como eres todo un experto.

–Si pretendes molestarme, olvídalo. Pienso disfrutar de todo el tiempo que pasemos juntos. Eso significa que tú también disfrutarás.

Leonie tuvo que aguantarse una respuesta cáustica. Podía jurarse a sí misma que permanecería impasible a él, pero el modo en que su cuerpo reaccionaba con su sola presencia hacía que fuese imposible. Lo único que podría hacer era mantener esas respuestas bajo mínimos.

La cena terminó con una mousse de chocolate que se derretía en la boca. Leonie se tomó su tiempo saboreándola y Vidal la observó sin decir palabra, sin dar señales de impaciencia, con la actitud de un hombre totalmente a gusto consigo mismo. Ella ansiaba poder acabar con aquella fachada, pero no se le ocurrían más que insultos. Con el destino de su padre aún en la balanza, no podía permitirse correr riesgos.

Cuando finalmente terminó, dejó su cuchara y observó a Vidal, odiando pensar en lo que vendría a continuación, pero, a la vez, excitada por ello.

—Acabemos con esto –dijo ella–. Cuanto antes salga de aquí, mejor.

Vidal se juntó las manos detrás de la cabeza y se echó hacia atrás sobre la silla para contemplarla con ironía.

—El tiempo no importa. Tenemos toda la noche por delante.

—Si lo único que buscas es mi humillación, no tienes que llegar tan lejos –dijo ella–. De hecho, ya lo has conseguido.

—¿Sugieres que debería darme por satisfecho con eso? –preguntó él, y negó con la cabeza–. He esperado demasiado este momento. También debo decirte que, si pretendes disuadirme vistiéndote como una secretaria, has fracasado. Encuentro la sobriedad de tu ropa como un estimulante contraste con lo que sé que hay debajo.

—¡No tienes ni idea de lo que hay debajo! –Leonie sabía que su indignación era ridícula en tales circunstancias, pero estaba demasiado ofendida como para que le importara–. ¡Nunca permití que las cosas llegaran hasta ese punto entre nosotros!

—No necesito que mis ojos me digan lo que mis manos ya han descubierto –dijo él con una sonrisa–. Tu piel es suave como la seda, tus pechos firmes y turgentes, tu cintura esbelta, tu...

–¡Para! –exclamó ella sintiendo cómo le ardían las mejillas–. ¡No quiero escuchar más!

–Escucharás muchas más cosas antes de que termine la noche –dijo él–. Haciendo el amor las palabras pueden ser tan importantes como las acciones.

–¿Llamas «hacer el amor» a lo que tienes en mente? –preguntó ella.

–Si hubiese sido capaz de hacer eso que aparentemente tú tienes en mente, lo habría hecho hace dos años. Como ya te he dicho, pretendo que disfrutes de nuestro tiempo juntos tanto como disfrutaré yo. Pero no todavía –añadió–. Primero un brandy, creo, y un poco de música para calentar el ambiente. Quizá incluso podamos bailar.

Leonie tuvo que contenerse para no ponerse más en ridículo. Fueran cuales fueran las intenciones de Vidal, no le quedaba más remedio que acceder.

Mientras encendía la cadena de música de camino a servir las bebidas, Vidal observó cómo se sentaba en el sofá en el que había estado antes. Una música suave inundó la habitación. No era nada que Leonie pudiera reconocer, pero tenía que admitir que era relajante.

En esa ocasión, Vidal sí se sentó a su lado, golpeando suavemente su copa contra la de ella para brindar.

–¡Dulces sueños!

–Espero que tengas pesadillas –dijo ella.

–Te lo haré saber por la mañana.

–¿Se supone que tengo que quedarme toda la noche? –preguntó ella, a pesar de saber la respuesta.

–Por supuesto. Espero poder desayunar juntos en la terraza, si el tiempo lo permite. Si ahora estuviéramos en Portugal, no habría duda de ello. Junio es una época del año maravillosa, con el aire caliente, los campos llenos de flores.

Leonie ya había advertido en el pasado que había veces en que su acento se hacía más pronunciado. Veces en que parecía y sonaba como una persona diferente. Observó de reojo su perfil, deteniéndose levemente en su boca antes de devolver la atención a la copa que tenía en la mano.

No quería el brandy, pero se lo llevó a la boca y se bebió la mitad de un trago. El efecto fue inmediato, extendiéndose por sus venas como dedos de fuego. Se apuró lo que quedaba y Vidal le quitó la copa, dejándola en la mesa junto con la suya.

—El brandy está hecho para saborearlo, no para bebérselo de un trago —dijo él—. ¿O es que estabas buscando el coraje necesario?

—¿Coraje para qué? —preguntó ella—. No te tengo miedo.

—Creo que tienes miedo de ti misma —contestó Vidal—. Me deseas, siempre me has deseado, pero no puedes reconocerlo. De este modo, puedes culpar al alcohol —añadió, y le colocó un dedo en los labios al ver que se disponía a hablar—. Nada de protestas. Te dejaré decir las palabras antes de que hayamos acabado.

—¡Antes me cortaría la lengua! —dijo ella apretando los dientes. Su tacto le alteraba los sentidos, no podía negarlo. Sentía la inminente necesidad de meterse ese dedo en la boca y probar su sabor masculino.

Vidal alejó la tentación apartando el dedo, deslizándolo suavemente por su mandíbula hasta detrás de su oreja, acariciándola y haciéndole sentir un escalofrío por todo el cuerpo. Leonie tuvo que hacer un gran esfuerzo por quedarse quieta, sentada aguantándole la mirada.

—Una mujer con cierta voluntad —observó él—, pero desde luego no invencible —añadió, apartó el dedo de su cuello y se puso en pie—. Vamos.

Ella se puso en pie y se quedó de piedra cuando Vidal la agarró por detrás, presionándola contra su cuerpo, para alejarla del sofá y la mesa. La música se había vuelto todavía más suave. Vidal volvió a darle la vuelta, colocándola entre sus brazos y deslizando las manos por su espalda. Gracias a los tacones, Leonie tenía los ojos a la altura de su boca. Su aliento era cálido y su sutil fragancia masculina inundó su nariz cuando él comenzó a moverla lentamente al ritmo de la música. Leonie sintió cómo se le endurecían los pezones al roce con su pecho. Él habría notado la reacción, y ella no podía hacer nada para evitarlo.

–Me gusta –murmuró él.

Vidal deslizó las manos más abajo, haciendo que las partes centrales de sus cuerpos entraran en contacto. Él ya estaba excitado, si no plenamente, sí en camino. Por mucho que ella se resistiera, Leonie también estaba en camino. Y él lo sabía.

–Creo que ha llegado el momento –dijo él.

Leonie no opuso resistencia mientras la conducía al dormitorio. Las luces de las mesillas de noche estaban encendidas, emitiendo un leve brillo a lo largo y ancho de la inmensa cama y dejando el resto de la habitación casi en penumbra.

Vidal le tomó la cara entre las manos, acariciando sus rasgos como para memorizarlos. El primer roce de sus labios fue inesperadamente tierno, y abrió un camino en la barrera que ella pretendía mantener. Su lengua era como la seda, explorando su boca con una sensibilidad infinita. Leonie sintió cómo se le alteraban los sentidos y su fuerza de voluntad iba desapareciendo. Si iba a ejercer algún tipo de resistencia, tendría que ser en ese momento, antes de perderse por completo.

Dejando una mano en su nuca, Vidal llevó la otra a uno de sus pechos, deteniéndose en uno de sus pezones erectos antes de dirigirse a desabrocharle los botones de la camisa y deslizar la mano por debajo. Su tacto fue como el fuego sobre su piel, sus dedos penetraban bajo el sujetador cerrándose con firmeza sobre su pecho. Leonie suspiró al sentir la excitación y se aferró a los últimos retazos de su fuerza de voluntad como un hombre que se ahogaba se aferraría a un salvavidas.

Se quedó totalmente sorprendida cuando él retiró la mano y la apartó bruscamente de su cuerpo.

—Tápate —dijo él.

Ella obedeció, abrochándose los botones con dedos torpes y temblorosos. Si su propósito era excitarla y luego rechazarla como ella lo había rechazado a él, había actuado un poco prematuramente para conseguir la humillación total. A no ser que hubiera cambiado de opinión con respecto a todo el asunto.

—¿Es ésta tu manera de decirme que se ha roto el trato? —preguntó Leonie.

—Un cambio de planes. No me quedaré satisfecho con una sola noche. Cuando regrese a Portugal, tú vendrás conmigo.

—¿Realmente crees que voy a aceptar ser tu amante?

—¿Así que el sacrificio que estás dispuesta a hacer por tu padre tiene un límite?

—¿Por cuánto tiempo?

—No quiero una amante —dijo él—. Hace dos años te pedí que te casaras conmigo. Ahora te lo exijo.

# Capítulo 2

**L**EONIE lo miró estupefacta. Cuando finalmente encontró la voz para hablar, parecía que provenía del fondo de un pozo.

–¡No puedes hablar en serio!

–Nunca he hablado tan en serio –le aseguró Vidal–. Durante dos años he tratado de apartarte de mi cabeza, de decirme a mí mismo que ninguna mujer se merece quitarme el sueño. Pero me ha servido de poco. Te hice una oferta que no le había hecho a ninguna otra mujer, y tú me la devolviste como si fuera un insulto. Ahora tengo la oportunidad de hacer que te comas tus palabras. Aunque la elección final sigue siendo tuya.

–¡Eso es chantaje emocional! –exclamó ella–. ¡Estás pidiendo demasiado!

–No más que tú pidiéndome que siga manteniendo en nómina a un hombre que me ha robado –contestó él–. Por supuesto, siempre puedes permitir que tome él las decisiones.

Su padre quedaría destrozado si supiera a lo que se enfrentaba. La cuestión de si Vidal llamaría realmente a la policía si se devolvía el dinero era debatible, pero desde luego no estaría dispuesto a reintegrar a su padre ni a darle referencias, lo cual pondría fin a su carrera.

–Te dejaré para que pienses en ello.

Leonie se sentó al borde de la cama cuando la puerta se cerró tras él. Apelar a su buena naturaleza sería una pérdida de tiempo. No tenía buena naturaleza. ¡Pero casarse! ¿Cómo podría hacer una cosa así? Sobre todo cuando era algo surgido de la venganza por sus ofensas pasadas.

Leonie se miró en un espejo que había a unos metros de distancia. Tenía la camisa aún parcialmente desabrochada y el pelo revuelto. Aún podía sentir los labios de Vidal sobre los suyos, la dureza de su cuerpo contra ella. En una cosa tenía razón: ella lo deseaba hacía dos años y seguía deseándolo. Despreciarlo como persona no disminuía su atracción hacia él.

Había sentido ese mismo impacto la primera vez. Había ido a la oficina para invitar a su padre a comer, pero la secretaria le había dicho que estaba reunido con el presidente de la compañía. Nada más decir aquello, la puerta del despacho se había abierto, mostrando a un hombre cuya expresión fue de total apreciación al verla.

—Llevo media hora mirando la fotografía que tu padre tiene sobre la mesa —dijo él—. No te hace justicia —añadió acercándose a ella y estirando la mano con una sonrisa devastadora—. Soy Vidal Parella Dos Santos.

Leonie le estrechó la mano, murmurando una respuesta, sintiendo algo parecido a una leve descarga eléctrica cuando sus dedos se tocaron. Después de todo lo que había oído y leído sobre el hombre que tenía enfrente, era difícil no sentir aquel magnetismo animal. Mujeres a lo largo y ancho de Europa habían sido víctimas de ese magnetismo.

Entonces centró su atención en el hombre que tenía detrás.

—Esperaba que pudiéramos comer juntos, papá.

—Lo siento, cariño. Voy a estar liado al menos una hora más —contestó Stuart.

—En ese caso, quizá me permitas llevarte a comer en lugar de tu padre —se ofreció Vidal—. Sería un gran placer para mí.

El instinto de Leonie le sugirió que se negara, pero había una fuerza mayor detrás de aquello. Al fin y al cabo sólo se trataba de una comida.

–Muy amable –dijo ella.

Él sonrió de nuevo y dijo:

–No requiere mucho esfuerzo ser amable con una mujer hermosa.

Leonie miró a su padre e interpretó su expresión al instante. Estaba tan al tanto de la reputación de Vidal como ella. Claro que ella no tenía intención de convertirse en una de sus conquistas.

–Entonces te veré luego –dijo ella–. No trabajes mucho.

Fueron a un restaurante en el que ella nunca había estado, pero donde Vidal fue recibido por su nombre y conducido a la mesa por el maître. El lugar casi lleno y la elegancia en el vestir quedaban patentes. Leonie se sintió aliviada por llevar un traje nuevo color limón. Aunque no era de diseño, podía pasar por uno.

–Doy por hecho que eres cliente habitual –dijo ella una vez sentados.

–Cada vez que vengo a Londres –convino Vidal–. Conocen mis gustos.

En mujeres también, seguro, pensó Leonie cínicamente. Ella no sería la primera a la que llevaba allí. Lo observó mientras estudiaba la carta, deteniéndose en cada detalle de su rostro, en sus hombros anchos, en sus dedos largos. En cuanto a apariencia lo tenía todo. Incluso sin su posición ni su riqueza, jamás tendría que esforzarse por conseguir compañía femenina.

Como si advirtiera su escrutinio, Vidal levantó la mirada y la pilló antes de que pudiera apartar la vista.

–¿Cuento con tu aprobación? –preguntó sonriendo.

–Eres un hombre guapo –contestó ella–. Debes de estar acostumbrado a que te presten atención.

–Hecho que les debo a mis antepasados. Los hombres de la familia Dos Santos siempre han sido afortunados.

—¿Las mujeres Dos Santos comparten la misma herencia?

—Algunas. No todas —se detuvo y la observó—. Tú tienes muy poco de tu padre. Tú madre debe de haber sido una mujer muy hermosa.

Incluso después de cuatro años, mencionarla seguía produciéndole cierto dolor.

—¿Cómo sabías que había muerto? —preguntó ella.

—Me preocupo por conocer el pasado de mis empleados —dijo él—. Supongo que aún vives con tu padre.

—Eso es —dijo Leonie. No veía razón para dar explicaciones. Él podría averiguarlas solo. Ella observó la carta que tenía enfrente—. Tomaré el arenque blanco seguido de la trucha, por favor.

—¡Una mujer decidida! —exclamó él—. Creo que tomaré lo mismo. ¿Me dejas elegir el vino?

—Por supuesto. ¡Los hombres saben más de vino!

—¿Me tomas el pelo? —preguntó él con una sonrisa—. Puede que yo haga lo mismo.

Flirtear con un hombre como Vidal era poco recomendable, pero era un pasatiempo demasiado divertido como para dejarlo pasar.

—Lo tendré en cuenta —dijo ella.

Leonie tenía pensado atender otros compromisos después de comer, pero cuando llegó la hora se encontró a sí misma aceptando la sugerencia de Vidal de ir a dar un paseo por el río.

—Puede que no lo creas, pero es la primera vez que hago esto —dijo ella cuando estuvieron a bordo.

—La verdad es que me resulta fácil creerlo —contestó Vidal—. Poca gente aprecia lo que tiene. Hay partes de Lisboa que no he visitado jamás.

—Sé que la central de los Dos Santos está en Lisboa, ¿pero vives allí también? —preguntó Leonie.

–No en la ciudad. Vivo en Sintra, a unos treinta kilómetros hacia el noroeste.

–¿Tienes tu propia casa?

–Por supuesto. Reconstruida a partir de las ruinas de un monasterio del siglo XIV.

–¿De verdad? –preguntó ella interesada.

–De verdad de la buena –bromeó él–. No es que se encuentren fantasmas del pasado allí. Todos fueron expulsados por el ruido de la maquinaria moderna.

–¿Planeaste tú la restauración?

–Con la inestimable ayuda de un amigo arquitecto que me dijo lo que era y lo que no era posible. Se terminó hace tres años, así que las obras de sillería se han ido curtiendo con el clima. Contraté a una empresa para que diseñara los jardines que la rodean.

–¿Tu familia vive en la misma zona?

–Las fincas de los Dos Santos están en el valle del Duero. Es hermoso, pero demasiado aislado para mi gusto. Hay más de una rama de la familia que sobrevive –añadió anticipándose a su próxima pregunta. El primo de mi padre también tiene tierras. También tenemos parientes en la isla de Madeira. Tienen varios hoteles allí.

–¿Así que no eres el único que eligió dedicarse a los negocios en vez de sentarse a disfrutar de los frutos de la herencia? –preguntó Leonie.

–Una manera muy poética de decirlo –dijo él con una sonrisa–, aunque es correcto en realidad. Ese estilo de vida se lo dejo a mis primos.

A Leonie le hubiera gustado saber más, pero tenía las señales de alarma encendidas. No se estaría haciendo a sí misma ningún favor profundizando en la vida de un hombre al que probablemente no volvería a ver.

Pensar en eso le produjo cierta tristeza. Aquel hombre no resultaba ser en absoluto como ella había imaginado gracias a los artículos en los medios de comunicación. Se sentía atraída por él en más de un sentido.

Dejaron el barco en Greenwich y tomaron un taxi de vuelta al lugar donde habían dejado el coche. Para entonces, Leonie no quería separarse de él. Estaba acostumbrada a que los hombres le prestaran atención, pero ninguno de los hombres que había conocido tenía el mismo encanto que él. Vidal hacía que se sintiera como la única persona en el mundo con la que quería estar. En el fondo sabía que era parte de su técnica, pero hizo oídos sordos a las voces de alarma en su cabeza.

Unas copas en el bar del Mayfair seguidas de una invitación para cenar en su suite dejaron claras sus intenciones, pero ella eligió seguir por el mismo camino, arrastrada por una irresistible necesidad. La vida era para vivirla. Con un hombre como Vidal, la experiencia sólo podía ser buena.

La suite era increíble, la comida estaba estupendamente preparada, la conversación fue apasionante. Cenaron en la terraza y terminaron con un brandy.

Sintiéndose eufórica, Leonie se puso en pie y se acercó a la barandilla para contemplar el panorama.

–«Cuando un hombre se cansa de Londres, es que se ha cansado de la vida» –citó suavemente.

–Creo que Samuel Johnson conocía un Londres muy diferente –observó Vidal. Estaba a su espalda, deslizando las manos por su cintura para acercarla a su cuerpo, dándole un beso en la cabeza–. Hace una noche preciosa, pero tú la superas –murmuró–. *Eu quero, meu querido!*

Leonie ya se había quitado antes la chaqueta. La fina blusa que llevaba debajo ofrecía poca defensa contra esas manos que en ese instante se dirigían hacia sus pechos. Sintió cómo se le endurecían los pezones bajo el tacto de sus pulgares y cómo un escalofrío recorría todo su cuerpo.

Vidal la giró hacia él y se inclinó para besarla. El beso fue una revelación y despertó en ella una respuesta inmediata. Él también se había quitado la chaqueta y la seda de su camisa se amoldaba a sus músculos a la perfección.

–Vamos –dijo él suavemente.

Fue entonces, en el momento en que él le tomó la mano para meterla dentro, cuando ella volvió en sí. Aquello no era nuevo para él. Nada especial, al contrario que para ella. Ella era sólo otra aventura más.

–¿Ocurre algo? –preguntó él sorprendido al ver cómo Leonie se apartaba de él.

–¡No soy el rollo de una noche! –exclamó ella.

–¿Es así como crees que te veo?

–Bueno, ¿no es así? –preguntó ella–. Tenías esto en mente desde el principio, ¿verdad?

–Tenía la impresión de que ambos sabíamos hacia dónde nos dirigíamos –contestó él–. No me has dado razón para pensar de otro modo hasta ahora.

–Has dado demasiadas cosas por hechas. He aceptado una invitación a cenar. No me di cuenta de que tendría que pagar por ello.

–Me disculpo por el error –dijo él tras un largo silencio–. Pensé que eras una mujer de mundo.

Tenía que admitir que ella había hecho todo lo posible por dar esa impresión. De pronto la rabia fue sustituida por la vergüenza. La culpa era más de ella que de él.

–Lo siento –dijo Leonie–. Me he dejado llevar. Créeme que no estoy acostumbrada.

–Tenías razón –añadió él adoptando una expresión difícil de interpretar–. Doy demasiadas cosas por hecho. Quizá debiéramos comenzar de nuevo.

Leonie negó con la cabeza tratando de esquivar la tentación.

–Realmente no le veo sentido. Venimos de mundos diferentes. Yo estoy condenada a mí misma de por vida.

–Ésa es tu elección, claro –dijo Vidal señalando las puertas de cristal abiertas–. Te pediré un taxi.

Leonie se adelantó a él y entró de nuevo en la habitación, observando cómo Vidal descolgaba el teléfono.

–Estará esperándote –dijo él tras colgar–. Lo cargaré a mi cuenta.

–Puedo pagar mi propio transporte –declaró ella con rigidez.

–Obviamente debes hacer lo que prefieras.

Vidal se dio la vuelta para recoger la chaqueta que ella había dejado en el respaldo de la silla antes de la cena y se la ofreció para que metiera los brazos. Ella obedeció y se puso la chaqueta suavemente, siendo plenamente consciente de su cercanía. Tuvo que hacer todo lo posible por contener la necesidad que la invadía.

Vidal la acompañó a la puerta, y sus ojos oscuros seguían sin revelar nada cuando Leonie los miró para despedirse.

–Ha sido un día divertido –dijo él.

–Pero una noche decepcionante –respondió ella.

–No importa. Duerme bien.

Una vez en el vestíbulo, fue consciente de que los recepcionistas estarían siguiendo cada uno de sus movimientos. El taxi la estaba esperando fuera, como había quedado dicho. Ella le proporcionó la dirección y subió al vehículo, sintiéndose agradecida por la pantalla de cristal que ejercía de separación y que impedía cualquier intento de conversación. Iba a costarle mucho dinero llegar hasta Northwood, pero se negaba a dejar que se lo pagaran.

Era casi medianoche cuando llegó a casa. Como era de esperar, el conductor no rechazó el dinero cuando se lo entregó. Al entrar en casa, su padre salió del estudio. Su expresión era demasiado fácil de adivinar.

–No regresaste a tu oficina esta tarde –dijo él.

–No. A Vidal le apeteció dar una vuelta por el río. También hemos cenado juntos.

–¿Sólo cenado?

–Sólo cenado –le aseguró ella–. Ha sido un perfecto caballero.

–Bien –contestó Stuart aliviado–. No es que no confíe en ti para mantener la cabeza fría. Sólo estaba un poco preocupado porque pudiera aprovecharse de ti. Eso es todo.

–Bueno, pues no lo ha hecho –lo decía en serio, teniendo en cuenta el modo en que él se había tomado su rechazo–. Me voy directamente arriba.

–Yo subiré en un momento –contestó Stuart.

Leonie le dio un beso en la mejilla y subió las escaleras sintiéndose de cualquier manera menos feliz. Probablemente hubiera rechazado la mejor experiencia de su vida, ¿y para qué? Esperar al hombre perfecto estaba bien en la teoría, ¿pero y si nunca aparecía?

Pasó la noche sin dormir y cuando se levantó, no se sentía de mejor humor. Cuanto más pensaba en la noche anterior, peor se sentía. Había actuado como una adolescente ingenua más que como una mujer adulta. Vidal debía de considerarla una inmadura.

Se preguntaba si sería demasiado tarde para contactar con él y disculparse por dar una impresión equivocada. No tenía ni idea de cuál sería su itinerario, pero aún estaría en su suite a esa hora. Deseaba desesperadamente verlo de nuevo. No se parecía a ningún hombre que hubiese conocido. ¿Qué más daba si tenía una mala reputación con las mujeres? A los treinta y tres años y soltero, no iba a vivir como un monje. Los dos habían conectado bien, hasta que a ella le había dado el ataque de moral. Dada la oportunidad, la relación podría haberse convertido en algo interesante.

Aún seguía dándole vueltas a la idea cuando bajó a

desayunar. Su padre estaba leyendo el periódico de la mañana.

—Creo que deberías ver esto —dijo él entregándole una página mientras se sentaba a la mesa—. Por si acaso te queda alguna duda.

La fotografía la sorprendió. Vidal, con traje de noche, junto con una joven y atractiva mujer que le parecía vagamente familiar. De acuerdo con el texto que había junto a la foto, Vidal se había negado a aceptar cualquier responsabilidad sobre el hijo al que ella acababa de dar a luz, dejándola con una carrera de modelo arruinada. Ella clamaba desesperadamente no creer en el aborto. Lo único que le había pedido a Vidal era ayuda.

—No pensaba volver a verlo —dijo ella tragándose el nudo que sentía en la garganta.

—Bien —contestó Stuart—. En cualquier caso, se marchará dentro de un par de días. Nunca se queda mucho tiempo en un mismo lugar.

No volvió a pronunciarse su nombre.

Leonie hizo todo lo posible por quitárselo de la cabeza, pero fracasó porque su cuerpo se negaba a participar. Aún podía sentir sus labios, el roce de sus manos sobre su piel.

El día transcurrió lentamente. Salir de la oficina a las cinco y media y ver a Vidal apoyado sobre un Mercedes fue una sorpresa que la dejó momentáneamente sin palabras.

—Recuerdo que mencionaste el nombre de tu compañía —dijo él—. Necesito hablar contigo.

—¿Sobre qué? —preguntó ella tras recobrar la voz.

Vidal debía de ser consciente de que todos los miraban, pero en ningún momento dejó de mirarla a la cara.

—Aquí no.

—Realmente no le veo sentido.

—Concédeme ese placer —dijo él.

Leonie dudó por un momento. No quería causar más especulaciones en los mirones si se alejaban caminando como le decían sus instintos. Todos sabrían quién era, por supuesto. Su cara había aparecido en demasiados periódicos y televisiones como para no saberlo. En cualquier caso iba a tener que enfrentarse a infinidad de preguntas al día siguiente, pero tendría que dar menos explicaciones si se marchaba con él sin más.

Vidal se tomó la vacilación como una aceptación, así que se dio la vuelta y abrió la puerta del copiloto del coche. Leonie se montó y se colocó inmediatamente el cinturón mientras él rodeaba el coche para sentarse al volante.

–Estás aparcado en líneas amarillas –dijo ella.

–Lo sé –contestó Vidal–. Hay veces en las que hay que infringir la ley.

Vidal se incorporó al tráfico ignorando el sonido de los claxon y Leonie lo miró re reojo, sintiéndose incapaz de controlar el impacto que eso provocó en ella. Era injusto que un solo hombre pudiera ser tan guapo.

–¿Adónde vamos? –preguntó Leonie cuando él se metió por Park Lane.

–A mi suite –dijo él.

–Si piensas que...

–No pienso volver a cometer el mismo error de enjuiciamiento que cometí anoche –declaró él–. Lo que necesito decirte requiere privacidad –la miró cuando ella abrió la boca para hablar–. Éste no es ni el lugar ni el momento para discutirlo.

En eso tenía razón, tenía que admitirlo. El tráfico de la tarde era poco fluido y los conductores debían prestar mucha atención a la carretera.

Finalmente llegaron a la plaza. Vidal metió el coche directamente en el aparcamiento del hotel. Otra pareja se unió a ellos en el ascensor, y Leonie pudo ver el modo en que la mujer miraba a Vidal y luego a su propio acompañante, como si los estuviera comparando. No es que hubiera comparación posible.

La otra pareja se bajó en la cuarta planta, dejándolos solos y en un silencio que Leonie no tenía intención de romper. Escucharía lo que fuera que tuviera que decirle, pero eso no iba a cambiar su opinión de él. Desde luego no después de lo que había descubierto aquella mañana.

Eran más de las seis y media por su reloj cuando llegaron a la suite. Le había dicho a su padre que iría directamente a casa esa noche, aunque rara vez llegaba antes de las siete. Se prometió a sí misma llamarlo nada más salir de allí.

Vidal la invitó a tomar asiento y se encogió de hombros cuando ella se negó. Vestido con unos pantalones y un fino jersey de algodón blanco, estaba increíblemente atractivo. Leonie tuvo que aceptar el hecho de que seguía excitándola.

–¿Y bien? –preguntó ella.

–Me recuerdas a un ciervo acorralado –dijo él con una sonrisa–. Dispuesta a hacerme daño si hago algún falso movimiento. No tienes por qué tener miedo. Estoy dispuesto a esperar.

–¡Estás perdiendo el tiempo! –exclamó ella, con sus ojos verdes más brillantes que nunca.

–Es mío y lo pierdo si quiero –contestó él–. No es que pretenda mantener un compromiso duradero.

–¿De qué estás hablando?

–De nuestro matrimonio –dijo él–. Quiero que seas mi esposa.

Leonie sintió una súbita necesidad de reírse. Por pura histeria. Era un salto demasiado grande desde la noche anterior hasta ese momento como para que su mente pudiera asimilarlo.

–¿A qué tipo de juego estás jugando ahora? –consiguió preguntar.

–No estoy acostumbrado a los juegos –dijo Vidal–.
Al menos no a este tipo de juegos. Llevo mucho tiempo
esperando conocer a la mujer con la que esté dispuesto
a pasar mi vida. Una mujer que se valore lo suficiente
como para vencer a sus necesidades más primarias.
Anoche me deseabas tanto como yo a ti, pero te negaste
a dejarte llevar. Nunca te has dejado llevar, ¿verdad?

–¡Eso no es asunto tuyo!

–Claro que es asunto mío. Mi mujer no debería haber estado con ningún otro hombre. Es una tradición
de la familia Dos Santos a la que no pienso renunciar.
Yo preferiría una boda discreta, y tan pronto como sea
posible. La noche anterior ya me pareció lo suficientemente frustrante.

Leonie encontró su voz y se sorprendió ante su estabilidad.

–¿La palabra «amor» figura en tu vocabulario?

–Por supuesto –dijo él–. Pero quizá no eso de «a
primera vista» que escriben en los libros. El amor de
verdad requiere tiempo y conocimiento.

Hizo una pausa y arqueó las cejas como esperando
una respuesta de ella.

–¿Es que no tienes nada que decir?

–Tengo muchas cosas que decir –dijo ella finalmente–. ¡No me casaría contigo ni aunque fueras el último hombre sobre la faz de la tierra!

La sorpresa que se reflejó en el rostro de Vidal habría sido hilarante si a ella le hubiese apetecido reírse.
La posibilidad de ser rechazado obviamente no se le
había pasado por la cabeza. No era de extrañar, teniendo en cuenta que era considerado uno de los solte-
ros más deseados de Europa, pero eso no excusaba su
completa arrogancia.

La rabia que recorría su cuerpo era tanto una defensa
contra posibles dudas como una expresión de repulsión.
Leonie se enderezó y apretó los puños antes de decir:

–Si quieres saber la verdad, antes me casaría con un gusano que con un mujeriego «abandonaniños» como tú. Debo de haber estado loca para dejar que te acercaras a mí. Hablando de segundos platos.

Se detuvo ahí al ver la mirada en su rostro. El peligro se hizo patente entre ellos.

Vidal se giró bruscamente y se acercó al mueble-bar, de donde sacó un vaso y una botella. El whisky que se sirvió era por lo menos uno doble. Se lo bebió de un trago y se quedó de pie dándole la espalda.

–Creo que será mejor que te marches –dijo el.

Por un momento Leonie vaciló, avergonzada por la crueldad de su ataque. Sólo le hizo falta recordar el artículo en el periódico para dejar de sentirse mal. En alguna parte había una mujer cuidando de su hijo. Quizá no sólo una. Vidal no merecía disculpa alguna.

Él seguía de pie dándole la espalda cuando Leonie cerró la puerta tras ella.

Regresando al presente, Leonie pensó dolorosamente que no había sido cierto. Esa parte no. Aquella mujer sólo había intentado probar suerte y había perdido, pues un test de paternidad había demostrado que el bebé no podía ser de Vidal. Aunque eso no hacía que fuese menos libertino.

El ultimátum que le había ofrecido seguía siendo difícil de asimilar. Ningún matrimonio bajo esas circunstancias podía llegar a ser algo significativo. Él estaría condenándolos a ambos a una unión sin amor sólo para salvar su orgullo. Tenía que darse cuenta de lo infructuoso que sería.

Vidal estaba sentado en uno de los sofás con una copa en la mano cuando Leonie finalmente se decidió a continuar. Él la observó sin expresión alguna mientras ella se acercaba.

–Tiene que haber otra manera de llevar todo esto –dijo ella–. ¿Por qué querrías una esposa que te odia?

–Tú no me odias –declaró él sin mucho énfasis–. Sientes por mí lo que siempre has sentido. Y yo me siento igual con respecto a ti. Estamos destinados a estar juntos. Si éste es el único modo de conseguirlo, que así sea.

–¿Ignorando a los demás? –preguntó Leonie–. ¿Se supone que las esposas de los Dos Santos tienen que hacerse las tontas?

–Es cuestión de aprender a confiar.

–¿Confiar en ti? ¡No llegará el día!

–El tiempo lo dirá –dijo él encogiéndose de hombros–. ¿Interpreto que tenemos un acuerdo?

–¿Es que tengo elección?

–No, si quieres que tu padre mantenga su trabajo.

Leonie se sentó en una silla cercana mientras consideraba las implicaciones de todo aquello.

–¿Qué se supone que debo decirle?

–Eso depende de ti –respondió él–. La verdad, si quieres. Dudo que eso cambie nada.

–¡Claro que cambiaría algo! ¡Él nunca lo permitiría!

–Entonces tendrás que convencerlo de que es lo que deseas. Podrías decir, por ejemplo, que hace dos años te pedí que te casaras conmigo pero que entonces no estabas lista para dar el paso. Has pasado dos años arrepintiéndote de tu decisión y te alegras de tener una segunda oportunidad.

–¡Nunca se lo creería!

–¿Por qué no? Él fue consciente de la atracción que había entre nosotros desde el principio.

–¡No creo que eso le bastara para apreciar una proposición de matrimonio por tu parte!

–¿Cómo podría saber él cuál sería mi reacción? Venimos de culturas distintas.

Aquello era cierto. Se trataba de una causa perdida. Vidal no tenía puntos débiles. Muchas mujeres saltarían de alegría si tuvieran la oportunidad que ella tenía. Para ser sincera, la atracción física que sentía hacia él hacía que la decisión fuese un poco menos dura. En cualquier caso, no era seguro que el matrimonio fuese a durar mucho tiempo.

–Tú ganas –dijo ella finalmente.

–Comenzaré a prepararlo todo mañana. Tengo que estar en Munich pasado mañana, pero haré que mi visita sea lo más corta posible. Podremos casarnos de aquí a tres semanas e irnos a Lisboa después.

Leonie sintió un vuelco en el corazón, y su expresión despertó en él una sonrisa irónica.

–¿No esperarías que me contentaría con quedarme a vivir aquí?

–No puede ser tan rápido –declaró ella buscando desesperadamente cualquier táctica–. Por un lado está mi trabajo.

–Diles que lo dejas –fue la respuesta–. Si te sancionan económicamente, yo me ocuparé de ello. No te esperaré más de tres semanas. La tensión me está destrozando.

–Dudo que tengas problemas a la hora de relajarte.

–No habrá ninguna otra –dijo él.

«¡Y los cerdos vuelan!», pensó ella. Una mujer nunca sería suficiente para él, ni siquiera por un limitado espacio de tiempo. Sobre todo una cuya experiencia sexual era nula.

–Si vamos a esperar hasta después de casarnos, deduzco que puedo irme –dijo ella.

–Por ahora. Puedes darle a tu padre la noticia esta noche, si quieres, o puedes esperar hasta mañana y decírselo los dos juntos.

–¿Te refieres a venir a casa?

–Creo que tu padre y yo tenemos que discutir algunos asuntos antes de que vuelva al trabajo –dijo él con una sonrisa–. Te pediré un taxi.

Se puso en pie y se dirigió al teléfono. Leonie lo observó con una sensación de *déjà vu*. No tenía ni idea de qué le diría a su padre. ¿Cómo iba a convencerlo de que su decisión de casarse con un hombre al que no había visto en dos años no tenía nada que ver con su problema?

Cuando llegó a su casa se sintió por un momento aliviada al comprobar que su padre ya se había ido a dormir, aunque el problema no sería menor por la mañana. De un modo u otro tendría que encontrar las palabras adecuadas antes de la llegada de Vidal.

A la mañana siguiente se levantó a las siete sin haber dormido apenas y sin tener aún muy claro cómo darle a su padre la noticia. Él ya estaba desayunando cuando Leonie bajó.

—Creía que ibas a pasar la noche fuera —dijo él—. Debes de haber vuelto tarde.

—Sí —dijo Leonie, y decidió que la única manera de decirlo era directamente—. Anoche no te dije la verdad sobre adónde iba. Fui a ver a Vidal otra vez. Va a venir esta mañana para hablar contigo.

—¿Para decirme el qué? —preguntó Stuart evidentemente sorprendido ante las declaraciones.

—Que puedes seguir en tu trabajo —dijo ella antes de tomar aliento—. Y para decirte que nos vamos a casar.

—¿Que qué? —dijo su padre totalmente desencajado.

—Sé que es toda una sorpresa —dijo ella tratando de mantener la compostura—, aunque no es tan inesperado como pueda parecer. La verdad es que me lo pidió hace dos años. En aquel momento lo rechacé, pero siempre me arrepentí.

—¿Hace dos años? —Stuart Baxter parecía aún más sorprendido—. ¡Pero si sólo lo viste una vez!

—Dos veces —dijo Leonie—. Se declaró al día siguiente de conocernos. Yo me sentí como tú te sientes ahora. Me era imposible tomar una decisión tan rápido. Sobre todo con un hombre como Vidal. En aquel momento no tuve valor para seguir adelante con lo que sentía por él. Lo que sigo sintiendo por él.

Su padre la observó en silencio durante lo que pareció una eternidad, y la confusión dio paso a la perturbación.

–¿Me estás diciendo que estás enamorada de él?

–Sí.

Hubo otra pausa y otro cambio de expresión, pero en esa ocasión fue sospecha lo que apareció en el rostro de su padre.

–¿Estás haciendo esto por mí?

La risotada de Leonie sonó vacía incluso a sus propios oídos.

–Papá, por mucho que te quiera, no podría contemplar la idea de atarme a un hombre por el que no sintiera nada. Lo que tú hiciste ha hecho que nos juntemos de nuevo, nada más. Deseo casarme con él más que nada.

–¡No es bueno para ti, cariño! –exclamó su padre–. ¡Ya sabes qué tipo de hombre es!

–Sé el tipo de hombre que ha pretendido ser –dijo ella–. Como soltero, ha tenido que jugar su papel. Eso no significa que vaya a seguir así después de casarnos.

–Los leopardos no cambian sus manchas. Sé que es un tópico, pero se basa en un hecho. ¡No puedo creerme que hables en serio de esto!

–Hablo en serio –le aseguró ella–. Muy en serio. Quiero que te alegres por mí, papá. Que te alegres por los dos.

–Lo intento –dijo él–. De verdad que lo intento. Es sólo que lo encuentro... –se detuvo y negó con la cabeza–. ¿En cuándo estáis pensando?

–En tres semanas. Queremos algo discreto. Vidal no quiere publicidad.

–¡Tres semanas!

–Viviremos en Portugal, por supuesto. La residencia de Vidal está en Sintra, cerca de Lisboa. No pensamos tener luna de miel. Nos iremos allí directamente después de la boda.

–¿Planeasteis todo esto anoche?

–Eso es –dijo Leonie sintiéndose relajada por un momento. Lo peor había pasado–. Vidal no se anda con rodeos.

–En ningún sentido, aparentemente. ¿A qué hora llegará?

–No estoy segura –dijo ella–. Por la mañana.

–¿Y tú trabajo?

–Lo dejaré, claro.

–¿Así, sin más?

–Me temo que así ha de ser –contestó ella encogiéndose de hombros.

–¿Porque Vidal lo ha dicho? –Stuart la observó perplejo–. ¿Vas a dejar que controle toda tu vida?

–Sería un poco difícil trabajar desde Lisboa –señaló Leonie tratando de hacer un chiste–. En cualquier caso, no creo que necesite un trabajo. Voy a casarme con un multimillonario.

–No eres tú la que habla –protestó su padre.

–Soy yo la que habla, pero digo tonterías –respondió ella–. ¡Me casaría con Vidal aunque no tuviera un penique! Me dará mucha pena dejarte solo –añadió–, pero tenía que ocurrir algún día. En cualquier caso, Portugal no está tan lejos. Podremos visitarnos el uno al otro.

–Por supuesto –dijo Stuart con resignación aparente.

–Sé que es toda una sorpresa, papá –dijo ella tomándole la mano a través de la mesa–, pero sé lo que estoy haciendo.

–Eso espero –dijo él–. Realmente lo espero –añadió y se puso en pie–. Estaré en mi estudio.

Las dos horas siguientes transcurrieron lentamente. Cuando pasaron las diez de la mañana, Leonie comenzó a preguntarse si habría cambiado de opinión. El sonido de un coche aparcando enfrente acabó con aquella idea. De nuevo un Mercedes, advirtió desde la ventana. El último modelo, sin duda.

Se dirigió a abrir la puerta antes de que él pudiera llamar al timbre incapaz de negar los nervios que sentía en el estómago.

–Mi padre te está esperando en el estudio –dijo sin preámbulos–. Le dije lo que debía esperar.

–Dejando poco que discutir –respondió Vidal secamente–. Con cinco minutos debería bastarme para decir lo que tengo que decir.

–Supongo que vas a leerle la cartilla –dijo ella cerrando la puerta.

–Pretendo hacer que comprenda que nuestro matrimonio no significa que vaya a tener inmunidad en el futuro –dijo él.

–Estoy segura de que eso ya lo sabe –dijo Leonie tratando de mantener un tono civilizado–. Está pasando por unos duros momentos. Te agradecería que no fueras excesivamente brusco con él.

Vidal no contestó a aquello, y Leonie simplemente golpeó suavemente a la puerta del estudio antes de abrirla.

–Vidal está aquí, papá.

Los dejó solos y se fue a la cocina a preparar café. Cuando regresó por el pasillo con la bandeja, no se oía nada en el estudio. Vidal había dicho cinco minutos y ya habían pasado quince. No tenía ni idea de lo que podrían estar hablando.

Pasaron otros cinco minutos antes de que los dos salieran del estudio. Stuart parecía manso, Vidal impasible.

–Ya lo he preparado todo para dentro de tres semanas –dijo Vidal–. Me marcho para Munich esta tarde para terminar con los negocios para entonces.

–Yo pensaba que el registro civil estaría hasta arriba en esta época –dijo ella.

–Ha habido una cancelación –dijo él sonriendo–. ¿Se lo has dicho a tus jefes?

–Todavía no –admitió ella–. No puedo hacerlo por teléfono. Iré esta tarde.

–Va a ser muy poco tiempo para tu familia –le dijo Stuart a Vidal–. ¿Alguno de ellos asistirá a la boda?

–Lo dudo –contestó Vidal–. Viajan poco. Iremos a visitarlos a la primera oportunidad, claro. La ceremonia será a las diez en punto. Tengo reservas para un vuelo desde Heathrow a las cuatro.

–¿Tan pronto?

–No veo razón para retrasarnos –dijo él encogiéndose de hombros–. Naturalmente podrás ir a visitarnos cuando quieras.

–Gracias –dijo Stuart tratando de no sonar sarcástico.

Vidal se apuró el café y se levantó.

–Tengo que irme. ¿Me acompañas a la puerta, Leonie?

–¿Era necesario que te comportaras tan caballerosamente? –preguntó ella irónicamente cuando estuvieron solos.

–¿Crees que he sido desconsiderado con tu padre?

–Tu consideración tiene un precio.

–Cierto –contestó él–. ¿Te parece un precio demasiado alto?

Leonie lo miró a los ojos y dijo:

–Mucha gente no lo consideraría precio en absoluto, teniendo en cuenta lo que voy a ganar.

–Supongo que sí –convino él–. He utilizado la situación para mis propios fines. Simplemente no intentes fingir que no sientes nada en absoluto por mí. Puede que ahora no sea más que una reacción física, pero aún tienes que conocerme en profundidad.

La acercó a él para besarla con una pasión que, inevitablemente, despertó en ella una reacción involuntaria. Leonie tuvo que hacer un esfuerzo por no aferrarse a él cuando finalmente Vidal apartó la cabeza.

–Ya ves que tiene sus compensaciones –murmuró él.

# Capítulo 3

VISTO desde el aire, el paisaje era un montón de colinas y montañas atravesadas por numerosos ríos. Un paisaje bañado por la luz del sol en su mayoría. El pilotó anunció que aterrizarían en veinte minutos.

Volar en primera clase era una experiencia nueva. Leonie tenía que admitir que se trataba de una experiencia excelente. Miró de reojo al hombre que estaba a su lado, observando su cabellera oscura apoyada contra el cojín. Tenía los ojos cerrados y la cara relajada.

Las pasadas semanas habían sido como una montaña rusa. Rápidas y sin parar.

Su compañía no había puesto muchos impedimentos al presentar su dimisión, aunque todo el mundo había mostrado curiosidad.

Vidal había regresado de Munich como había anunciado. Habían pasado la mañana del sábado comprando anillos, tanto los de boda como el de compromiso.

Leonie se miró la mano izquierda, donde un hermoso diamante descansaba incrustado sobre un anillo de oro. Habrían costado una fortuna, pero seguían siéndole ajenos a ella, a la señora Parella Dos Santos, que era su nuevo apellido. Se preguntaba si alguna vez llegaría a verlo con familiaridad.

La ceremonia había sido algo frío y cínico, aunque menos de lo que había anticipado. Había sido un alivio salir del registro civil y no encontrarse con los fotógrafos. Vidal había reservado una mesa para tres para comer, pero su padre había declinado la invitación. Parecía haber aceptado la situación, pero Leonie dudaba que fuese del todo cierto. Ella había prometido mantenerse en contacto, empezando por una llamada telefónica nada más llegar a su nueva casa.

Esa noche Vidal la iniciaría en los ritos de cama. Habría sido una mentirosa de hacer parecer que lo veía como algo odioso. Los sentimientos que despertaba en ella eran los que la habían mantenido en marcha durante esas semanas.

–¿Has completado el análisis? –preguntó él asustándola, pues pensaba que estaba dormido.

–No me siento capaz de sondear tus profundidades –contestó ella.

–¿Entonces crees que tengo profundidades que sondear?

–Todo el mundo las tiene –dijo ella–. De un tipo u otro. No naciste despreciando a las mujeres.

–¿Crees que es eso lo que hago? –preguntó él arqueando las cejas.

–Básicamente sí –dijo ella. Habiendo empezado con aquello, no iba a echarse atrás–. Estamos ahí para que nos uses. Tu reputación lo demuestra.

–Las reputaciones –dijo él– a veces son ilusorias.

–¿Quieres decir que los medios de comunicación se lo inventan todo?

–Adornar los hechos es una técnica periodística que se aprende muy pronto. Siempre te he considerado lo suficientemente inteligente como para no creerte todo lo que lees en los periódicos a pies juntillas.

–¡Si fuese tan inteligente, me habría mantenido alejada de ti hace dos años! –exclamó ella.

–Si lo hubieras hecho, puede que tu padre se encontrara en otra posición hoy en día –contestó Vidal observándola fijamente y haciendo que se le acelerase el corazón–. Me ha llevado tiempo, pero al final me he salido con la mía. Ahora espero tener una vida larga y feliz contigo.

–¿Puede ser feliz un matrimonio surgido en estas circunstancias? –preguntó ella.

–Si hay voluntad, no hay razón para dudarlo –dijo él–. Pasaremos el resto de la semana en la casa de campo para poder conocernos mejor el uno al otro.

–¿Te refieres en más de un sentido?

–En más de un sentido –convino él ignorando la sátira–. Descubrimos que teníamos muchas cosas en común el día que navegamos por el río. Estuviste a gusto conmigo entonces.

Recordando cómo se había sentido aquel día, «a gusto» no era exactamente el modo en que lo describiría, pero sabía a lo que se refería. Había compatibilidad de gustos. Gusto por la música clásica, por el teatro, por los libros de contendidos interesantes. Mirando hacia atrás, era increíble lo mucho que habían avanzado en aquellas pocas horas.

–¿Qué ocurre la semana que viene? –preguntó ella–. ¿Es que te vas a viajar por Europa?

–La semana que viene viajaremos al Duero –dijo él–. Tengo que presentarte a mi familia.

–Supongo que ellos saben que te has casado –dijo ella.

–Todavía no –admitió Vidal–. Y no creo que lo aprueben.

–¿Quieres decir que puede que no me consideren lo suficientemente buena para unirme a su familia? –preguntó ella con orgullo.

–El esnobismo no es cosa sólo de unos pocos. Tienen ideas fijas con respecto a la línea de sangre. Pero teniendo en cuenta que se enfrentan a algo que ya ha sucedido, no les quedará más remedio que aceptar mi elección.

–No tienes derecho a soltarme esto ahora –dijo ella–. ¿Cómo se supone que debo actuar?

–Como eres tú –respondió él–. Tu espíritu hará que salgas airosa.

En ese momento su espíritu estaba por los suelos. Leonie miró por la ventana y observó el paisaje con una sensación de acorralamiento. Enfrentarse a un matrimonio sin amor ya era suficientemente malo, pero enfrentarse a una familia indignada era aun peor.

El aterrizaje fue suave. Vidal no llevaba más equipaje que su ordenador portátil, de modo que ella supuso que tendría un armario lleno de ropa en cada una de sus casas. En el aeropuerto los esperaba un Mercedes Roadster blanco descapotable.

Bordearon la ciudad y se dirigieron hacia las colinas, atravesando pueblos de cal blanca e impresionantes mansiones de camino a la sierra de Sintra. Había un pueblo justo en la base de la montaña, pero Vidal continuó conduciendo por una carretera llena de curvas que ascendía por una montaña cubierta de árboles frondosos. Llegaron a un pequeño municipio dominado por un enorme palacio medieval en el centro.

–Sintra –dijo él–. No queda mucho.

La casa de campo estaba como a medio kilómetro del pueblo, y se accedía a ella mediante una carretera llena de curvas a través de los árboles. Completamente blanca, estaba construida para encajar con la pendiente del terreno y descendía por la colina en escalones. La torre, que ocupaba una posición prominente en el piso de arriba, era una clara reminiscencia del monasterio que una vez se había levantado allí.

–¡Es increíble! –exclamó ella–. Es alucinante que soportes marcharte de aquí.

–Encontraría mi vida un poco aburrida si me quedara siempre en el mismo sitio –respondió Vidal. Sacó las maletas de Leonie del maletero junto con su portá-

til y señaló hacia unos escalones de piedra que llevaban a una sólida puerta de madera de roble–. Ve delante.

Leonie obedeció, y la puerta se abrió antes de que
pudiera llegar a ella, mostrando a una mujer con aspecto maternal que la miró de arriba abajo antes de
desviar la atención a Vidal y preguntarle algo en portugués.

Vidal contestó en el mismo idioma, haciendo que la
mujer adoptara expresión de sorpresa.

–Ésta es mi ama de llaves. Ilena –le dijo a Leonie–.
No habla inglés.

–Dado que yo no hablo portugués –contestó Leonie
con una sonrisa a modo de saludo–, podrías haberme
preparado. Y a ella también.

Ilena se apartó mientras Vidal conducía a Leonie a
través de la puerta. La expresión de la mujer podía in-
terpretarse en cualquier idioma. Era evidente que acababa de enterarse del matrimonio de su jefe. Otra
muestra más de la arrogancia de Vidal.

El hall de entrada era luminoso y espacioso. El
suelo era de baldosas de piedra y dos arcos daban acceso a sendas salas a cada lado. Una escalera conducía
al siguiente nivel.

Vidal le entregó a Ilena las maletas y el portátil y le
mencionó algo que Leonie no pudo entender, aunque
seguramente no le habría servido de mucho enten-
derlo.

–Por aquí –dijo él mientras Ilena se dirigía hacia las
escaleras–. Primero beberemos algo y luego cenare-
mos.

Quedaban horas para comer, pero la comida era lo
último en lo que Leonie podía pensar.

Con la misma luminosidad que el hall y con una
enorme chimenea de piedra en un extremo, la sala in-
vitaba a sentarse y relajarse en los cómodos sofás. El

suelo estaba cubierto por una enorme alfombra y los cuadros que colgaban de las paredes eran evidentemente originales.

Vidal se quitó la chaqueta y la colgó en el respaldo de una silla.

–¿Qué te apetece? –preguntó.

–¿Por qué no champán? –contestó ella decidida a no dejar que la nostalgia de su hogar la embriagara–. Si tienes.

Sin aparente reacción, Vidal pulsó un botón que había en el brazo de uno de los sillones y dijo:

–Tardará unos minutos. ¿Por qué no te sientas?

Ella se hundió en el sillón más cercano. Claro que tendría champán. Tendría cualquier cosa que le pidiera.

El joven que apareció en la puerta iba vestido con pantalones oscuros y camisa blanca como si de un criado se tratara, aunque no había nada de servilismo en su expresión alegre. Recibió la orden y desapareció, regresando minutos después con una botella de Krug y dos copas de champán sobre una bandeja de plata.

Leonie tomó la copa que Vidal le ofreció y el anillo que llevaba en el dedo adquirió distintas tonalidades al captar uno de los rayos del sol.

–*Para melhorar o conhecimento!* –dijo él alzando la copa para brindar.

–¿Qué significa eso exactamente? –preguntó ella.

–Para conocernos mejor –dijo él.

–De un modo muy limitado.

–Pero de un modo fundamental –añadió él–. La esencia de cualquier relación al principio.

–Sólo un hombre lo vería de ese modo.

–¿Consideras que la amistad es una base mejor? –preguntó él riéndose.

–Lo considero igual de vital. Aparte de un par de gustos que compartimos, estamos tan alejados como puede ser posible. No tienes ni idea del tipo de persona que realmente soy. Lo único que ves es... lo que ves. Si no tuviera el aspecto que tengo, nunca me habrías dado una segunda oportunidad.

–Probablemente eso sea cierto –convino él–. ¿Te hubieras sentido atraída por mí el primer día si hubiera estado calvo y gordo?

–Puede –contestó Leonie levantando la barbilla.

–Eres una mentirosa adorable, pero una mentirosa al fin y al cabo. En cuanto a que no sé qué tipo de persona eres bajo la superficie, como ya he dicho, vendrá con el tiempo. Al igual que tú aprenderás cosas sobre mí.

–En cuanto a lo de esa visita a tu familia –dijo ella tras darse cuenta de que era inútil tratar de hacerlo entrar en razón–. Dudo que yo tenga el vestuario adecuado para impresionar a la aristocracia.

–La aristocracia, como tú lo llamas, dejó de existir hace más de treinta años –contestó él–. La ropa es cuestión de gustos, y yo encuentro el tuyo impecable. Sin embargo, Lisboa es una importante ciudad de la moda, por si acaso tienes dudas. Yo me encargaré del dinero.

«De ninguna forma estoy dispuesta a permitirte comprarme ropa», estuvo a punto de decir ella. Pero se contuvo al darse cuenta de lo ridícula que sonaría. No es que pretendiera aprovecharse. Lo que quisiera, lo tendría.

Le hizo un rápido recorrido por la casa antes de cenar. Había cuatro alturas en total. Habían entrado en la segunda. El nivel inferior parecía ser el de la cocina y las dependencias del servicio, el tercero albergaba más salones y comedores, y el cuarto los dormitorios. La suite que iban a ocupar ellos daba a las montañas y a un lado podía verse el mar. Una enorme cama con dosel ocupaba el lugar central. A un lado de la habitación había una sala de estar hermosamente amueblada, y al otro un baño con un jacuzzi semihundido en el suelo.

Tomaron una cena ligera a base de ensalada y pescado en una de las terrazas, que daba hacia la misma dirección que su dormitorio. El sol fue poniéndose lentamente, dejándolos en semioscuridad, momento en el cual se encendió una suave luz.

Con las mangas remangadas y la camisa abierta a la altura del cuello, Vidal parecía como en casa, lo cual era lógico. Leonie se preguntaba a cuántas mujeres habría llevado allí. Ilena lo sabría, pero aunque hablara el idioma, no creía que se lo preguntara.

–¿Hace cuánto que trabaja Ilena para ti? –preguntó.

–Desde que terminé la casa –contestó Vidal–. Antes de eso, tenía un apartamento en la ciudad.

–Se te considera un portento en el mundo empresarial –observó Leonie–. ¿Qué se siente al haber conseguido tantas cosas en relativamente poco tiempo?

–Satisfacción –admitió él–. Aunque heredé una fortuna de mi abuelo paterno, y otra por la parte de los Parella. Cuando muera mi padre, yo seré el heredero de todo –añadió sonriente–. Espero que eso tarde mucho en pasar.

–¿Porque te verías obligado a regresar y vivir allí?

–Eso se esperaría de mí. Como hijo único, se espera que haga muchas cosas que no deseo hacer. Desgraciadamente mi madre fue incapaz de concebir más niños.

–¿Por qué culpas a tu madre? –preguntó ella–. Podría ser culpa de tu padre.

–Yo no albergaría dudas sobre su virilidad. Mi madre desarrolló una enfermedad que hizo que fuera arriesgado volver a quedarse embarazada.

–Siento haber dicho eso. Debe de haber sido duro para ambos.

–Especialmente con los cuatro hijos del primo Bernardo en comparación.

Era ya casi de noche, las estrellas comenzaban a titilar en el cielo. Leonie observó a Vidal a través de la mesa y sintió cómo se le aceleraba el pulso. Iluminado por las suaves luces de la pared, su cara parecía hecha de bronce, su cuello una columna rígida. Podía imaginarse perfectamente qué aspecto tendría sin ropa.

—¿Se supone que sus reacciones también serán desfavorables? —preguntó ella—. Me refiero a tus primos.

—En algunos aspectos —dijo él relajadamente, aunque algo en su expresión le hizo ver que no debía seguir con el tema—. Creo que nos vendría bien un brandy para terminar la cena.

Vidal se dirigió a por las bebidas, regresando con dos copas y un decantador. Leonie lo observó servir la bebida y recordó la última vez que habían bebido brandy juntos, hacía unas semanas. Aún no le parecía posible que hubieran podido ocurrir tantas cosas en tan poco tiempo.

—¿Qué harías si descubrieras que no soy virgen? —preguntó ella de pronto.

—Como ya te dije, si hubiera habido cualquier relación seria con un hombre, lo sabría.

—¿Estás dando por hecho que no he disfrutado de ninguna relación no seria?

—Lo doy por hecho —convino él—. No te pegan los encuentros de una noche.

—Yo estaba preparada para pasar la noche contigo —le recordó.

—Sólo porque no te quedaba otra opción. No me enorgullezco de mi comportamiento aquel día. Dejé que mi deseo de venganza superara a todo lo demás. Por fortuna, volví en mí a tiempo para no hacer algo de lo que luego me habría arrepentido.

—¿Y no te arrepientes de nada de lo que sí has hecho? —preguntó Leonie aguantándole la mirada.

—¿Me habrías aceptado de otra manera? —contestó

él, y sonrió al ver que ella no contestaba–. Estuviera bien o mal, era una oportunidad que no podía dejar pasar. Ahora eres mía.

–¡No te pertenezco! –exclamó ella.

–Una frase muy feminista. ¿Qué es eso que decís en tu país? La posesión lo es todo.

Leonie sabía que le estaba tomando el pelo, dio un trago al brandy y sintió cómo le bajaba por la garganta. Era lo mejor, claro. Algo a lo que no le costaría acostumbrarse, tenía que admitirlo. Vidal había aprovechado la posición de su padre para salirse con la suya, pero ya había pasado. A partir de ese momento, trataría de sacarle el mejor partido mientras durase. Podría haber sido mucho peor. Podría haberlo encontrado físicamente repulsivo.

Vidal dejó su copa en la mesa y le quitó a Leonie la suya.

–No puedo esperar más –dijo–. Ven, *meu querida*.

Con el corazón latiéndole con fuerza, Leonie se puso en pie. Deseaba aquello tanto como él.

No había nadie alrededor mientras la conducía a través de la casa. Todo el lugar estaba en silencio. El dormitorio estaba ligeramente iluminado y habían descorrido las sábanas de seda. El camisón blanco que Leonie había llevado consigo estaba allí preparado. Gracias a Ilena, claro.

Vidal no se entretuvo en rituales. La giró en sus brazos y la besó. Leonie respondió instintivamente rodeándole el cuello con los brazos y presionando su cuerpo contra el de él, buscando la dureza que tan bien recordaba. Ningún hombre había conseguido excitarla tanto como Vidal. Quería conocerlo todo, todo lo que se había perdido en esos años.

Unos dedos diestros comenzaron a desabrocharle los botones del vestido que llevaba, pasándole la prenda sobre los hombros y dejándola caer al suelo.

Leonie se agarró a él mientras la llevaba a la cama. La tumbó encima y observó su cuerpo vestido sólo con la ropa interior.

–*Sem igual!* –murmuró–. *Você é meu!*

Sintiendo cómo el pulso le latía en los oídos, Leonie vio cómo él se quitaba la ropa. Su piel parecía de seda a la luz de las lamparitas, y la estructura de sus hombros y sus antebrazos estaba perfectamente definida. Tenía el estómago plano, las caderas estrechas y fuertes y todo su cuerpo suave y sin apenas pelo, salvo por los rizos oscuros que acariciaban su sexo.

Cada fibra de su cuerpo estaba viva mientras él se tumbaba a su lado, envolviéndola con su aroma. Era todo músculo y fuerza, sus manos parecían posesivas mientras le quitaban el resto de la ropa y comenzaban a recorrer los contornos de su cuerpo.

Su tacto era como las alas de una mariposa contra la piel de su abdomen. Comenzó a respirar entrecortadamente cuando alcanzó aquel punto al que a ningún hombre había permitido acceso, tensando los músculos instintivamente ante aquella intrusión tan íntima antes de relajarse de nuevo. Comenzó a mover su cuerpo al ritmo que él marcaba, sintiendo la necesidad de estallar de placer ante aquel delicioso tormento. Un estallido que llegó con un intenso grito.

–Eso sólo ha sido el principio –prometió Vidal suavemente.

Se colocó sobre ella soportando el peso con los brazos doblados mientras observaba su cara. El brillo en sus ojos oscuros era hipnótico. Cuando la besó, ella respondió ciega y apasionadamente, separando los labios para recibir el roce de su lengua.

Se retorció bajo su cuerpo cuando Vidal abandonó su boca y se dirigió hacia sus pechos, recorriendo la lengua sobre cada uno, jugueteando con sus pezones hasta hacerle pensar que no podría aguantar más, y sin embargo no quería que parase. Leonie le pasó las manos por el pelo, arqueando la espalda involuntariamente. Separó los muslos al sentir su peso sobre ella y levantó las caderas un poco para facilitarle la entrada, emitiendo un leve gemido al primer contacto.

La penetró lentamente, abriendo camino poco a poco hasta estar completamente dentro de ella. Sentirlo así era algo delicioso. Quería quedarse así para siempre. Un deseo que se anuló cuando Vidal comenzó a moverse lentamente. La excitación que recorrió su cuerpo hizo que gritara sin poder contenerse. Vidal llegó también al clímax casi inmediatamente, deteniéndose por un instante sobre ella antes de dejarse caer en sus brazos.

–Desde la primera vez que te vi, supe cómo iban a ser las cosas entre nosotros –dijo él cuando fue capaz de hablar de nuevo–. Estábamos hechos el uno para el otro.

En ese momento, Leonie no podía encontrar objeción alguna. Nunca se había sentido tan bien en su vida. Había valido la pena esperar. Eso fue lo último que pensó antes de quedarse dormida.

El hueco de la cama a su lado estaba vacío cuando se despertó. Las ventanas estaban abiertas y el sol de la mañana se colaba por ellas junto con la fragancia de las miles de flores que poblaban la colina.

Leonie pasó un rato recordando la noche anterior. Había sido todo lo que podía esperar, más de lo que había imaginado. Sería producto de la experiencia de Vidal en el terreno, pero ni siquiera saber eso hizo que se desanimara. Vidal había dicho que no habría otras. Si se mantenía fiel a su palabra, podría existir la posibilidad de llegar a un compromiso más profundo.

El camisón, que no había llegado a ponerse, yacía

en el suelo. Se levantó para recogerlo siendo consciente de su desnudez. Si Vidal entrara en ese momento, ella se moriría de vergüenza, sin importar lo que hubiese pasado entre ellos. Algo que, con el tiempo, acabaría superando.

Tras darse una ducha, se vistió con unos pantalones de algodón y una camiseta sin mangas. Desde la ventana vio que había un par de jardineros trabajando abajo. Aún no sabía si algún miembro del personal hablaba inglés, lo cual hacía que fuese imperativo aprender algo de portugués tan pronto como fuera posible.

Se dio cuenta entonces de que había olvidado por completo llamar a su padre a su llegada. Corrió al teléfono que había en la sala de estar contigua al dormitorio y marcó el número mientras se sentaba en uno de los cómodos sillones.

—Esperé toda la noche tu llamada —dijo él cuando contestó.

—Lo siento —se disculpó Leonie—. Me sentía un poco superada por los acontecimientos. ¿Cómo van las cosas por allí?

—Volviendo a la normalidad —dijo su padre—, aunque no estoy seguro de poder confiar en que Simon no abra la boca. ¿Tú estás bien?

—Estoy bien —le aseguró ella—. Estoy aquí sentada, en la casa más maravillosa situada en el lugar más maravilloso y aún no puedo creerme que sea mi casa.

—Yo tampoco puedo creérmelo —dijo él—. Ha ocurrido todo tan rápido. La verdad es que suenas feliz.

—Lo estoy —dijo ella—. La verdad es que sí.

—¿Está Vidal contigo? —preguntó su padre.

—No, me ha dejado dormir para recuperar el sueño perdido —dijo, y pensó en cómo sonaría aquello dadas las circunstancias—. Ayer fue un día muy largo, con el viaje y todo eso.

Stuart emitió una leve carcajada.

–Estoy seguro. ¿Qué tienes pensado hacer hoy?

–No estoy segura –contestó Leonie–. Tengo muchas cosas que explorar. Toda la zona es patrimonio natural. Es absolutamente maravilloso. Tienes que venir a visitarnos.

–Algún día, quizá –dijo su padre, e hizo una pausa–. Me lo dirías si las cosas no fueran bien, ¿verdad?

–¿Qué podría ir mal? Te llamaré en un par de días o así. Cuídate, papá. Te quiero.

Dejó el auricular en su sitio antes de que su padre pudiera decir nada más. Puede que él tuviese sospechas de que no todo andaba como debería, pero mientras ella siguiera tranquilizándolo, él lo aceptaría.

Un sonido proveniente de la puerta hizo que girara la cabeza en esa dirección esperando ver a Vidal y descubriendo a Ilena en su lugar. El ama de llaves llevaba una bandeja y dijo algo en portugués. Leonie sólo entendió la palabra *mestre*, pero la bandeja contenía los ingredientes típicos de un desayuno continental. Si *mestre* significaba «señor» o quizá «maestro», entonces sería porque Vidal la habría enviado con la bandeja. Aunque ella habría preferido que fuese él mismo quien la llevase, pero quizá eso fuera pedir demasiado.

–*Obrigado* –dijo Leonie, una de las pocas palabras que sabía decir en portugués–. Muchas gracias, Ilena. Te estoy muy agradecida.

Si esas palabras no se entendieron, probablemente la sonrisa que las acompañó sirviera de algo. Ilena dejó la bandeja sobre una mesita, sirvió una taza de café y desapareció.

El café estaba excelente, acompañado de unos croissants y una mermelada más que aceptables. Eran casi las diez y media cuando terminó, y seguía sin saber nada de Vidal. Se llevó la bandeja con ella cuando bajó. La dejó sobre una mesa que había en el hall, sin atreverse a entrar en las dependencias del servicio, y se preguntó cuántas personas trabajarían allí. Probablemente Ilena viviera allí, y el resto iría y vendría. De momento había visto a dos jardineros junto con el joven que les había servido el champán la noche anterior. Vidal lo había llamado Paulo.

En ese mismo momento, el joven apareció.

–*Bom dia, senhora* –la saludó, y siguió hablando en inglés–. ¿Desea algo?

–¿Dónde está el señor Dos Santos? –preguntó ella pronunciando las palabras claramente.

–Ha ido a la ciudad –contestó el joven.

–¿A la ciudad? –preguntó Leonie–. ¿Te refieres a Lisboa?

–La ciudad, sí –confirmó él–. A su... –buscó la palabra que necesitaba–. A su oficina. *Negócio*.

Leonie se sintió completamente decepcionada. Su primera impresión era cierta. Vidal no estaba interesado en ella más que físicamente, como había demostrado la pasada noche. Cualquier ternura que hubiera mostrado sería solamente producto de la técnica.

De pronto la casa le pareció increíblemente opresiva. Salió al exterior y se dirigió hacia una de las terrazas, lejos de los hombres que estaban trabajando allí. El sol de la mañana calentaba bastante y fue un alivio encontrar la sombra de un árbol. Se sentó en un banco de piedra y miró a su alrededor.

Se preguntó a sí misma qué esperaba realmente. Puede que Vidal pareciera tener un lado tierno a veces, pero era todo fachada. Lo había demostrado esa mañana. No podía imaginar lo que pensarían los empleados.

No había cláusula de escape en el contrato, al menos para ella. Tal como ella lo veía, tenía dos opciones. Podía aceptar la situación como lo que era y disfrutar al menos de una cosa, o podía mostrarse totalmente frígida con él. Puede que la última fuese la opción más dura, teniendo en cuenta cómo le hacía sentir. Pero la única arma de que disponía.

El sonido de un motor hizo que volviera a la realidad. Se enderezó y vio un coche descapotable acercándose por el camino. La conductora era una mujer más o menos de su edad. Tenía el pelo negro y era guapa y con buena figura. Tras parar el coche, observó a Leonie claramente desconcertada.

–*Quem sao você?* –preguntó la recién llegada.

–Lo siento –dijo Leonie–. No hablo portugués.

–¿Eres inglesa? ¿Qué estás haciendo aquí?

–Soy la mujer del propietario. Vivo aquí.

–¿Mujer? Creo que me tomas el pelo.

–No es broma –dijo Leonie–. ¿Quién eres tú?

–Soy Sancha Baretto Caldeira. ¿Dónde está Vidal?

–Ha salido.

–¿Cuándo regresará?

–No tengo ni idea –dijo ella–. Quizá pueda darle el mensaje.

–¡Yo no dejo mensajes! –exclamó la mujer. Puso el coche en marcha y se alejó.

Parecía tratarse de una mujer de naturaleza inestable. Una que no se tomaba bien el rechazo. Si, como parecía ser, era más que amiga de Vidal, su actitud molesta estaba justificada. Y eso no la hacía sentirse mejor con respecto a Vidal.

Seguía sentada en el mismo lugar cuando él regresó veinte minutos después, deteniendo el Mercedes delante de ella.

–*Bom dia* –la saludó con una sonrisa–. ¿Estás descansada?

–Completamente –contestó ella, decidida a no mostrar sus emociones.

–Hace un rato vino alguien a verte –añadió ella cuando Vidal hubo salido del coche.

–¿Ah, sí? –preguntó él–. ¿Ha dejado algún nombre?

–Sancha algo –dijo Leonie, buscando señales de perturbación en sus ojos, pero su expresión se mantuvo impasible–. Parecía un poco molesta de encontrarme aquí.

–¿Sólo un poco?

–¿Quieres decir que tiene razón para estarlo más?

–Es una cuestión de opinión –dijo él–. Como muchas mujeres, Sancha ve cosas donde no las hay.

–¿Quieres decir que para ti irte a la cama con una mujer no le garantiza ningún derecho?

–Quiero decir que no le debo nada más de lo que ella me debe a mí.

–De hecho no más de lo que me debes a mí.

–¿Qué es lo que echas de menos en nuestra relación?

–Emoción –contestó ella–. Lo que ocurrió entre nosotros anoche fue sólo lujuria, nada más. No fingiré que lo pasé mal, pero eso no cambia el hecho de que no tenemos sentimientos el uno por el otro.

–¿Todo esto es porque te he dejado sola esta mañana? –preguntó Vidal suavemente.

–En absoluto –mintió Leonie–. Me siento bien por haber tenido tiempo para ver las cosas con perspectiva.

–¿Y a qué conclusión has llegado?

–A que puede que esté atada a este matrimonio, pero no tengo por qué hacer el papel de esposa dócil.

–Vamos a ver si lo he entendido –dijo él tras una pausa–. ¿Me estás diciendo que no vas a volver a permitirme disfrutar de esa lujuria de la que hablas?

–Eso es –contestó ella levantando la barbilla.

Vidal emitió una carcajada de mofa.

–A juzgar por tu comportamiento de anoche, no creo que puedas soportar eso, al igual que yo –dijo él apartándose del coche–. Te dejaré que pienses en ello.

Volvió a meterse en el coche y se alejó hacia el garaje. Leonie se tragó el nudo que sentía en la garganta.

No había pretendido decir aquello. Las palabras habían salido de su boca sin querer. No volver a acostarse con él no era una opción. Puede que no fuese a utilizar la fuerza física, pero el futuro de su padre aún dependía de él. Lo único que podría hacer sería esforzarse por controlar sus instintos más básicos. Vidal no disfrutaría haciendo el amor con un objeto inanimado.

# Capítulo 4

LA COMIDA se sirvió en la misma terraza donde habían cenado la noche anterior. Leonie había contemplado la posibilidad de no cenar, pero decidió que sería un gesto inútil. Esperaba encontrar a Vidal poco menos que desagradable después de lo que le había dicho, pero sin embargo se comportó como si nada hubiera ocurrido.

–Cambio de planes –anunció él–. Tengo que ir a Zurich. Desde allí podemos ir al Duero.

–¿Qué se supone que voy a hacer yo en Zurich mientras tú hablas de negocios? –preguntó Leonie.

–Lo que hacen los turistas. Es una ciudad con mucha historia. Te presentaré a Helen Bouche, la mujer de uno de los directores de mis bancos. Estará encantada de enseñarte la ciudad. Nos marcharemos por la mañana, así que podrás renovar tu armario allí, en vez de en Lisboa. Zurich también es una excelente ciudad de la moda. ¿Qué quieres hacer el resto del día? Estoy a tu disposición.

Sintiéndose como se había sentido esa mañana, a Leonie no le había resultado difícil elegir la manera de pasar el tiempo. En ese momento, lo único que quería era hacer las maletas y volver a casa. Sólo que no podía. Estaba atrapada.

Pasaron la tarde visitando Sintra. Lleno de buganvillas, gardenias y eucaliptos, y con cinco siglos de historia. El lugar era algo mágico. Las chimeneas cónicas del palacio nacional dominaban el perfil del pueblo y daban la sensación de ser dos enormes botellas de champán.

En esa época del año, las calles laberínticas estaban lejos de mostrarse vacías. Vidal alquiló un coche tirado por caballos para recorrer las cuestas de piedra donde estaba situada la parte antigua del pueblo. Leonie se quedó maravillada ante la diversidad arquitectónica, las vistas y el ambiente que allí se respiraba.

–Había oído hablar de ello, claro –dijo ella–. Es un lugar que quería visitar algún día.

–Te acostumbrarás –dijo Vidal–. Al igual que te acostumbrarás a un estilo de vida diferente. La casa será nuestra base, claro, pero espero que me acompañes cuando me vaya de viaje.

Habían dejado el carruaje para contemplar la vista desde un punto privilegiado. Leonie le dirigió una mirad de reojo y dijo:

–¿No te resultará eso un poco agobiante?

–Si quieres decir lo que creo que quieres decir, ya te dije que no habría nadie más. Nuestro matrimonio tuvo un comienzo desafortunado, pero...

–¿Llamas al chantaje algo desafortunado? Yo lo llamaría algo criminal.

–Sea lo que sea, la boda se produjo –dijo él observándola con expresión enigmática–. ¿Habría cambiado algo de tus sentimientos si te hubiera dicho que te quería?

–Tú no crees en el amor –contestó Leonie–. Me lo dijiste hace dos años.

–Lo que quería decir era que no creía en la durabilidad del tipo de amor basado sólo en la atracción física. No puedo recordar las palabras exactas que utilicé la primera vez que te pedí que te casaras conmigo, pero pensé que había dejado claro que mis sentimientos hacia ti implicaban más cosas. Evidentemente mi inglés no es, o no era, tan bueno como pensaba.

–No me *pediste* que me casara contigo –contestó ella–. Me *dijiste* que me iba a casar contigo.

–Fui un arrogante –admitió Vidal–. Tu respuesta me

lo dejó claro. No es que crea que me mereciera ese nivel de desprecio.

–Había visto el artículo en el periódico sobre aquella mujer que decía que la habías abandonado a ella y a su hijo –se defendió Leonie–. Ahora sé que no era cierto, pero...

–Pero pensabas que yo era un tipo capaz de eso entonces –concluyó él–. ¿Aún lo piensas?

–No.

–¿Por qué no? –preguntó él–. En esencia no me conoces mejor de lo que me conocías hace dos años.

–Simplemente lo sé –dijo ella incapaz de dar una respuesta mejor–. ¿Podemos regresar? Tengo que preparar algunas cosas para mañana.

Vidal no puso objeciones. Tenía el carruaje esperando. Sentada a su lado de camino al punto de partida, Leonie repasó todas las cosas que Vidal había dicho en los últimos minutos. Realmente creía que no habría ninguna otra mientras su relación fuese algo nuevo, pero dudaba que la idea de que lo acompañase en los viajes fuese algo a largo plazo. Aunque, por otra parte, era poco probable que el matrimonio durase mucho.

Durase lo que durase, hacerse la frígida con él no iba a servir para nada. Sería mejor disfrutarlo y sacar el máximo partido a la situación.

Al contrario que la noche anterior, Vidal no tenía intención de retirarse pronto. Pasaron la noche conversando tranquilamente. El vino que Leonie había tomado durante la cena, junto con el brandy con el que habían concluido, hizo que estuviera tensa en vez de relajada. Mientras observaba a Vidal recostado en la tumbona junto a ella, se dio cuenta de que, aunque no hubiera decidido dejar a un lado su plan inicial de venganza, le habría resultado imposible seguir adelante con él.

–¿A qué hora nos marcharemos mañana? –preguntó.

–Nada más desayunar –contestó Vidal–. Tengo una reunión a las tres. Quizá tengas que ir tú sola al hotel mientras tanto. Los suizos consideran la puntualidad como algo muy importante.

–¿Sabrán quien soy? –preguntó ella.

–Por supuesto. ¿Es que pensaba que iba a mantener este matrimonio en secreto?

–Teniendo en cuenta que todavía no se lo has dicho a tu familia, no me parecería tan descabellado –contestó ella–. Porque doy por hecho que aún no lo has hecho, ¿verdad?

Vidal negó con la cabeza y dijo:

–Prevenir es curar.

–Cualquiera diría que te da miedo –dijo ella.

–Eso es algo que deberás juzgar tú misma cuando llegue el momento –contestó él riéndose.

–Si nos vamos a marchar pronto –dijo Leonie tras decidir que alguien tenía que dar el siguiente paso–, creo que me voy a retirar.

–Una idea sensata –convino él, y alcanzó su copa de brandy mientras ella se levantaba–. Primero me acabaré esto.

La diferencia de actitud entre esa noche y la noche anterior fue como una bofetada en la cara. Probablemente las mujeres a las que estaba acostumbrada fuesen más experimentadas que ella. Pero si ya se había cansado de su compañía en la cama...

Lo dejó sentado ahí y subió a la suite. Vidal aún no había regresado cuando estuvo lista para irse a la cama. Pasaron otros veinte minutos hasta que hizo su aparición.

Leonie se quedó tumbada fingiendo estar dormida mientras él se desnudaba. Pasaron otros diez minutos mientras Vidal se duchaba. Tumbada a su lado, Leonie contuvo la respiración mientras él se deslizaba bajo las sábanas, sintiendo cómo todo su cuerpo se ponía alerta esperando el roce de su piel.

Pero ni siquiera intentó tocarla. Ella podía sentir el calor de su cuerpo, su olor, pero se quedó quieto en su lado de la cama.

—No estás dormida, así que deja de fingir —dijo él al fin—. Si me deseas, tienes que demostrármelo. No tengo intención de persuadirte.

—Como ya te dije esta mañana, no tengo intención de hacer el papel de esposa dócil —contestó ella tras experimentar una batalla entre su deseo y su orgullo.

—Entonces no decías más que tonterías, y ahora sigues diciendo tonterías. Te dejaré que lo pienses.

Se quedó tumbado boca arriba, aparentemente impasible ante la frustración que ella no podía negar. Leonie había de admitir que quería que la persuadiera, aunque sólo fuese para estar segura de que Vidal seguía sintiendo pasión por ella.

Él acentuó aún más su falta de interés quedándose dormido pocos minutos después. Pasó una hora hasta que ella consiguió conciliar el sueño.

El vuelo se retrasó y no llegaron a Zurich hasta casi las dos y media. Vidal la dejó en un taxi para que se fuera directa al hotel, tomando otro él hacia la zona financiera. Dijo que se reuniría con ella a las cinco.

Situado junto a un lago de aguas cristalinas y con el paisaje de fondo de unos picos nevados, Zurich era una de las ciudades más bonitas que Leonie había visto hasta la fecha. No tenía por qué haberse preocupado sobre si la reconocerían en el hotel. La trataron como a una reina desde el momento en que dio su nombre en recepción.

La suite a la que la condujeron era suntuosa en todos los detalles. Pensó irónicamente que vivir así debía de ser fatigoso. Aunque para Vidal era lo normal. Había vivido así toda su vida.

Tras deshacer la maleta, se recogió el pelo y se dio

un baño relajante. Había botones para encender el jacuzzi, pero no estaba de humor para experimentar. El
calor del agua combinado con el hecho de no haber
dormido bien la noche anterior hizo que se quedara
adormilada. Con la cabeza apoyada sobre una almoha-
dilla que había en el borde de la bañera, se permitió
quedarse medio dormida.

Se despertó al sentir el agua goteando sobre sus pechos. Abrió los ojos y encontró a Vidal sentado en el
borde de la bañera. Se había quitado la chaqueta pero
no se había molestado en remangarse la camisa, de
modo que le goteaba el puño mientras dejaba caer las
últimas gotas.

–Has dejado que el agua se enfríe –dijo él.

Leonie se incorporó y tuvo que resistir el impulso
de cubrirse sus partes vitales con las manos.

–Dijiste que no llegarías antes de las cinco.

–Son exactamente las cinco y cuarto –contestó él,
se puso en pie y alcanzó una de las toallas–. Te sugiero
que salgas de ahí antes de pillar una pulmonía.

–Puedo hacerlo yo sola, gracias –dijo ella sin moverse–. Deja la toalla en el toallero.

–¿Qué otra cosa podría tener en mente? –preguntó él–.
Lo que dije anoche lo decía en serio. Los Bouche nos han
invitado a cenar. Sólo nosotros dos, así que nada formal.

Leonie vio cómo salía del baño antes de levantarse.
Se le resbaló el pie al intentar salir de la bañera y estuvo a punto de caerse. Vidal probablemente lo habría
llamado «justicia poética» si hubiera regresado y la
hubiera visto tendida en el suelo. En cierto modo habría tenido razón. Se daba cuenta de que se había comportado como una colegiala.

Tras secarse con la toalla, se puso la ropa interior
que ya tenía preparada y luego se dirigió al vestidor
para buscar algo apropiado que ponerse. Eligió un vestido veraniego de seda color limón sin mangas que le

llegaba a la altura de las rodillas. Ya se lo había puesto en una ocasión para asistir a la fiesta de compromiso de una de las chicas del trabajo. Eso había sido tan sólo un mes antes, y sin embargo parecía que habían pasado siglos.

Vidal estaba viendo las noticias cuando ella apareció en el salón.

–Excelente –dijo él al verla.

–¿A qué hora tenemos que estar allí? –preguntó Leonie.

–Sobre las ocho. Hay media hora de camino.

–¿Vas a alquilar un coche?

–Ya está arreglado. Sólo tomo taxis cuando es inevitable. Piers y yo aún tenemos unos asuntos de los que hablar, pero estoy seguro de que Helen y tú tendréis muchas cosas en común.

–Sólo si habla inglés –dijo ella–. Mi francés es el del colegio. Y entonces ni siquiera se me daba bien.

–Helen es inglesa –la informó Vidal–. Conoció a Piers hace cuatro años, cuando vino a Zurich de vacaciones. Tienen un hijo de dos años, y esperan otro para dentro de siete meses. La familia perfecta –añadió mientras se ponía en pie–. Iré a ducharme ahora que ya has salido.

Dejó la televisión encendida y Leonie tomó asiento para verla un poco, aunque sin interés. Al menos no tendría que preocuparse por el idioma esa noche, dando por hecho que Piers también hablase inglés.

La casa de los Bouche estaba en el campo, alejada de los límites de la ciudad. Hecha de piedra y acorde con el paisaje, era todo lo que Leonie habría esperado del director de un banco.

Los Bouche los recibieron en la puerta. Piers, un hombre atractivo, rondaría los cuarenta, mientras que su mujer sería unos diez años más joven. Rubia y hermosa, tenía una personalidad agradable que hizo que Leonie se sintiera a gusto enseguida.

–Estaba ansiosa por conocerte –dijo la mujer–. Comenzaba a pensar que no existía la mujer que pudiera echarle el lazo a nuestro amigo.

–Yo comenzaba a desesperarme al no encontrar una mujer que pudiera soportar que me echara el lazo –dijo Vidal–. Por eso me aseguré antes de que cambiara de opinión.

–Como si existiera esa posibilidad –dijo Leonie tratando de mantener el mismo tono ligero.

–Nuestras manos están en manos de la fortuna –comentó Piers con un fuerte acento inglés–. Vidal es muy afortunado al haber conocido a una mujer tan hermosa –añadió besándole la mano a Leonie.

A ella le hubiera gustado conocer a su hijo, pero ya se había ido a dormir. Cenaron en una terraza que daba a un pequeño lago, y Helen se comportó como la anfitriona perfecta en todos los sentidos. A Leonie le daba la impresión de que habría podido encargarse de una fiesta para veinte con la misma facilidad.

Así se lo dijo después de la cena, cuando los hombres las dejaron para irse a hablar de negocios. Helen se rió y se encogió de hombros.

–No es problema. Simplemente llamo a un catering. Me gustaría pasar cualquier tiempo libre con André.

–¿Él sabe lo del bebé? –preguntó Leonie.

–Oh, por supuesto. Se lo dijimos tan pronto como lo supimos para darle tiempo parar acostumbrase a la idea. Él quiere un hermano, pero tanto a Piers como a mí nos gustaría una niña esta vez. ¿Tú quieres tener hijos?

–No había pensado en eso todavía –dijo Leonie.

–Supongo que es un poco pronto, aunque supongo que Vidal recibirá presión por parte de su familia, teniendo en cuenta que es hijo único. ¿Todavía no los has conocido?

–No –contestó Leonie–. Nuestra próxima parada será en el Duero.

–Los negocios primero –dijo Helen riéndose–. Siempre igual.

–Pensé que los franceses anteponían el romance a todo –dijo Leonie con una sonrisa.

–Es una impresión que les gusta dar. Hablan suavemente. Si no estuvieras casada con un cliente tan importante, estarías recibiendo sus halagos todo el tiempo. Piers no puede resistirse a una mujer hermosa.

–¿No te importa? –preguntó Leonie tras una pausa.

–Él es así. Para ser sincera, es como son la mayoría de los hombres. Al contrario que nosotras, o algunas de nosotras, pueden dar rienda suelta a sus apetitos sin implicarse emocionalmente.

–¿Tú conoces a la familia Dos Santos? –preguntó Leonie.

–Poca gente los conoce. Parece que rara vez se alejan de su pequeño imperio. No me extraña que Vidal se marchara. No es el típico al que le guste sentirse encerrado –dijo Helen–. Saben lo de la boda, ¿verdad?

Leonie consideró por un momento la posibilidad de mentir, pero desechó la idea al pensar que probablemente Vidal ya se lo hubiese dicho a Piers.

–Todavía no.

–Ah. Entonces será una sorpresa.

–Lo superarán –dijo Leonie adoptando un tono positivo–. No tienen elección.

–Quieres decir que puede que no lo aprueben –dijo Helen asintiendo–. La familia de Piers sintió más o menos lo mismo cuando él se casó con alguien que no era de su nacionalidad, pero pronto lo superaron. Vidal y tú hacéis muy buena pareja. Le ha dicho a Piers que querías hacer algunas compras mientras estuvieses aquí –añadió–. Tienen que visitar un proyecto mañana, pero yo estoy libre todo el día. Podría recogerte en el hotel a las diez.

–¿Y qué pasa con André?

–Tiene una niñera.

–Es muy amable de tu parte –dijo Leonie.

–No hay problema –le aseguró Helen–. Comprar es mi pasatiempo favorito.

–Como demuestran constantemente los extractos del banco –dijo Piers desde un asiento a algunos metros de distancia, haciendo que Leonie se preguntara qué parte de su conversación habría trascendido. Repasó mentalmente todo lo que había dicho sobre Vidal y llegó a la conclusión de que tampoco le importaba. Al fin y al cabo sólo había dicho la verdad.

–¿Cuánto tiempo planeas quedarte en Zurich? –le preguntó de camino al hotel.

–Un día más –contestó Vidal–. Dos noches.

Leonie lo miró de reojo y vio la sonrisa burlona en sus labios. Si pensaba que no iba a poder contenerse, se iba a llevar una sorpresa. Había conseguido estar años sin sexo.

–¿Y en el Duero? –preguntó.

–El tiempo que necesiten para aceptar que nuestro matrimonio es irrevocable.

–Y yo como una cerda en el centro.

–Dudo que permitas que te descalifiquen de ese modo.

–Puedes contar con eso –respondió ella.

Era cerca de medianoche cuando llegaron al hotel. Vidal le dejó utilizar primero el baño sin hacer ningún comentario irónico. Y tampoco dijo nada cuando ella volvió a salir con el camisón y la bata.

Leonie se quitó la bata para meterse en la cama, quedándose tumbada boca arriba contemplando el techo. Pensó irónicamente que era como un cordero a punto de ser sacrificado. Aunque lo único que estaba sacrificando ella era su orgullo, y eso le parecía de poca importancia en ese momento. Vidal había despertado en ella un mundo nuevo de sensaciones, y ansiaba volver a vivirlas.

Él llevaba puestos los pantalones de un pijama de seda cuando regresó al dormitorio. Como la noche anterior, Leonie se encontró a sí misma conteniendo la respiración mientras él se metía bajo las sábanas a su lado, ansiando que fuera él el que actuara.

No lo hizo, incrementando su frustración hasta límites insoportables según iban pasando los minutos. Con la garganta seca, Leonie finalmente se rindió.

—No tienes que persuadirme —dijo.

—Una acción vale más que mil palabras —contestó él—. Demuéstrame lo mucho que me deseas.

Leonie tragó saliva. Ella había comenzado con aquello, y era ella la que tenía que ponerle fin.

Sin darse a sí misma tiempo para pensar, se giró hacia él y le dio un beso en el hombro mientras con la mano buscaba su sexo entre la seda. Vidal contuvo la respiración cuando sus dedos lo encontraron y su respuesta fue inmediata. Siguiendo un instinto natural, Leonie comenzó a acariciarlo experimentando una súbita sensación de poder. Ella había estado agradecida en su noche de bodas de recibir todo lo que él le entregaba, pero hacer el amor era cosa de dos; estaba empezando a apreciar eso.

Vidal le pasó la mano por el pelo y la besó en el cuello hasta llegar a su boca, acariciándole la nuca y provocándole escalofríos por la espalda. Leonie jugueteó con sus labios como él había hecho dos noches antes, acariciándolos, mordisqueándolos y separándolos para dejar paso a su lengua, sintiendo cómo la inhibición desaparecía por momentos.

—Te deseo —susurró ella con voz profunda.

Él la colocó bajo su cuerpo con un movimiento rápido que la pilló por sorpresa, rodeándole la cara con las manos para besarla con una pasión que provocó en ella una reacción instantánea. Leonie separó los muslos al sentir la presión y advirtió que su camisón ejercía de barrera.

No por mucho tiempo. Vidal se incorporó sobre ella y le quitó la prenda, junto con sus pantalones, colocándose de nuevo encima para comenzar la incursión que Leonie tanto ansiaba. Él observó su cara mientras los dos se juntaban, y la mirada en sus ojos disipó las dudas de Leonie sobre su falta de deseo hacia ella. Ella le rodeó las caderas con las piernas y se dejó llevar por el poder que ejercían sus ingles.

–Eres una mujer que esconde muchas sorpresas –dijo él suavemente cuando todo volvió a la normalidad–. Has estado a punto de hacerme perder el control.

–Dudo que alguna vez permitas que eso te ocurra –contestó Leonie.

–Siempre hay una primera vez para todo –dijo él–. Ha sido muy desconsiderado por mi parte ponerte en esa posición.

–Ha sido una tontería por mi parte adoptar la actitud que adopté –contestó ella.

–Pero es comprensible dadas las circunstancias. Debería haber esperado al menos hasta que te levantaras para marcharme.

–Me hizo sentir fuera de lugar –admitió ella–. Lo estaba, claro. Aún sigo estándolo.

–Para mí no estás fuera de lugar. Me das el mayor placer que cualquier hombre podría desear.

¿A cuántas mujeres les habría dicho eso? ¿A cuántas se lo diría en el futuro?

No es que fuese a cambiar las emociones que sentía cada vez que la besaba.

# Capítulo 5

HELEN llegó a la hora para recogerla. Vidal le había entregado a Leonie una tarjeta de crédito con su nombre de casada. El «ábrete sésamo» a cualquier sitio y cosa, había dicho Helen.

Tomaron un taxi a la principal zona comercial. Una de las calles de compras más caras del mundo, la Bahnhofstrasse, era para Leonie como estar en otro mundo.

Cara a cara con ropa de firma en abundancia, Leonie se rindió a la tentación. Los precios no importaban. Aquellos que se preocupaban por eso se quedaban en la zona más modesta, en Bahnhofplatz, o en el complejo ShopVille, había dicho Helen. Leonie suponía que, siendo la mujer de un multimillonario, rara vez tendría que preocuparse por esos asuntos.

Se detuvieron para comer en un restaurante de alta cocina con vistas al lago. El ambiente era maravilloso, el personal agradable y la comida exquisita. Leonie se criticó a sí misma por desear estar en un sitio un poco menos formal.

–Debería haberme puesto uno de los trajes nuevos –comentó medio bromeando–. Este traje no le hace justicia al lugar.

–El traje está bien –le aseguró Helen–. No sería lo primero que vería la gente al fijarse en ti –añadió, y levantó una ceja–. Estoy diciéndote un cumplido, no una crítica.

Leonie se rió y dijo:

–De ti lo aceptaré. ¿Éste es uno de tus restaurantes preferidos?

–Lo sería si Piers no controlara los extractos de mi cuenta. Es una desventaja de estar casada con un banquero. Anoche no te lo llegué a preguntar, pero ¿cómo os conocisteis Vidal y tú?

–Mi padre trabaja para una de sus compañías. Fui a verlo un día en que él estaba allí.

–Entonces debió de ser el destino.

–Supongo –dijo Leonie, y buscó desesperadamente otro tema de conversación–. Vidal me dijo que conociste a Piers cuando viniste aquí de vacaciones.

–Cierto. Nos chocamos, literalmente, al doblar una esquina. Los dos íbamos conduciendo, yo con un coche alquilado, él con su Porsche. Fue culpa mía, aunque no estaba lista para admitirlo, claro. En cualquier caso, acabamos cenando juntos y hasta ahora. Me doy cuenta de que lo que dije anoche sobre él debió de sorprenderte un poco. Supongo que yo también me sentí así en alguna ocasión, pero...

Se detuvo cuando una mujer que se había parado junto a su mesa la saludó en francés. Ella contestó en el mismo idioma con una fluidez que Leonie envidiaba. La recién llegada parecía recién salida de una pasarela.

–Ésta es Simone Dubois –dijo Helen mirándola a través de la mesa volviendo a hablar en inglés–. Leonie Parella Dos Santos –añadió para completar las presentaciones.

–¿Dos Santos? –preguntó la mujer cambiando súbitamente de expresión.

–Eso es. La esposa de Vidal –aclaró Helen–. Es guapa, ¿verdad? Claro que no podía esperarse nada menos viniendo de Vidal.

Sin decir nada más, la mujer se alejó hacia la fiesta que había abandonado momentáneamente y Helen emitió una risa de satisfacción.

–¡Cómo se ha quedado!

–¿Por qué he recibido ese tratamiento tan seco? –preguntó Leonie sospechando cuál sería la respuesta.

–Porque ella probablemente daría lo que fuera por estar en tu situación.

–¿Te refieres a estar casada con Vidal?

–¡Claro! –exclamó Helen, y de pronto pareció recuperar la compostura–. Será mejor que lo olvidemos.

–No voy a preocuparme por las aventuras pasadas de Vidal –dijo Leonie–. ¿Quién es ella exactamente?

–Los Dubois tienen muchas propiedades. Simone es ejecutiva en una compañía. Al menos sobre el papel.

–¿La conoces desde hace mucho tiempo?

–La conozco gracias a Vidal –admitió Helen–. Estaban cenando en el mismo restaurante que Piers y yo hace unos meses. Vidal insistió en que uniéramos nuestras fuerzas durante la velada, para disgusto de Simone. Por el modo en que ha preguntado por él ahora, apuesto a que no lo ha vuelto a ver desde entonces.

–Deduzco que no te importa mucho –aventuró Leonie.

–¡Ni una pizca! Es de esas mujeres que pueden poner a las demás de los nervios con su mera presencia.

Leonie sabía lo que quería decir. Había conocido a un par de ellas. Simone no era la primera ex de Vidal con la que se encontraba, y probablemente no sería la última.

Evitó mirar a la otra mujer cuando abandonaron el restaurante, pero casi pudo sentir su mirada clavada en la espalda como una daga. Se dijo a sí misma que no sería humana si no se sintiese un poco halagada por tener lo que otras deseaban.

Helen sugirió volver a algunas de las tiendas, pero Leonie decidió que ya se había permitido demasiados caprichos en un día. A las cuatro estaban de vuelta en el hotel. Helen declinó la invitación de subir a la suite.

–Espero que no pase mucho tiempo antes de que vuelvas por aquí –dijo ella antes de subirse a su coche.

Leonie también lo esperaba. Puede que no estuvieran de acuerdo en algunos asuntos, pero en general sentía que había encontrado una amiga.

Llegó a la suite y descubrió que ya le habían llevado gran parte de las cosas que había comprado. Vidal llegó cuando todavía estaba seleccionando los artículos, observó las bolsas y sonrió.

–Veo que has tenido un buen día –observó él.

–No me había dado cuenta de la cantidad de cosas que he comprado –admitió Leonie.

–Con Helen por medio, no me sorprende. Mandaré a alguien para que empaquete todo esto mientras cenamos.

–Puedo hacerlo yo –protestó ella–. Hay mucho espacio en mi maleta.

–Como prefieras –dijo él encogiéndose de hombros–. Tenemos un vuelo al mediodía para Oporto.

–Lo que preferiría es no tener que presentarme ante tu familia como caída del cielo –dijo ella–. Ya será bastante malo tal como está, sabiendo cómo van a reaccionar. Si los avisaras con algunas horas de antelación, al menos eso les daría tiempo para hacerse un poco a la idea.

–Es mejor algo rápido y sin previo aviso –dijo Vidal–. Te las apañarás.

–No paras de repetir lo mismo –dijo ella, que sabía reconocer la inflexibilidad cuando la veía–. ¿Hablan inglés?

–Por supuesto. Aunque quizá veas que lo utilizan de manera más formal que yo –dijo él agarrándola del brazo para girarla–. Eres mi esposa. Nada ni nadie puede cambiar eso.

Desde luego ella no, con el futuro de su padre en juego. Seguía sin tener mucha confianza en la durabili-

dad de ese matrimonio, pero tenía que admitir que ya
no estaba tan ansiosa por recuperar la libertad. Con un
amante como Vidal y un estilo de vida que jamás habría imaginado, ¿quién lo estaría?

Con una belleza sublime, el valle aparecía cada vez
menos poblado a medida que se iban adentrando,
dando paso a viñedos y olivares, con las montañas de
fondo sobre el cielo azul cada vez más oscuro.

–¿Cuánto queda? –preguntó Leonie.

–Quince minutos –dijo Vidal concentrándose en la
carretera.

–¿Qué se supone que debo decirles?

–No tienes que decir nada –contestó él.

–¿Quieres decir que me quede quieta como un mu-
ñeco?

–Tu belleza habla por sí sola.

–¡Chorradas! –exclamó ella.

–Es una palabra poco elegante para unos labios tan
dulces.

–¡Para ya! No es motivo de burla. Soy la extraña
allí. ¿Por qué deberían aceptarme?

–Porque no les queda otra opción. Puede que lleve
algo de tiempo convencerlos de que el matrimonio es
irrevocable, pero los convenceré.

–¿Realmente pretendes que sea permanente?

–¿Cuál pensabas que era mi intención si no? –preguntó él obviamente sorprendido.

–Pensé que simplemente te estabas aprovechando
de la situación de mi padre.

–¿Para utilizarte como esclava sexual? –sugirió él–.
Si ése hubiera sido mi objetivo, no habría habido boda
alguna.

–Entonces quizá te juzgué mal –dijo ella sin estar
convencida–. Al menos en ese sentido. Nada puede

cambiar el hecho de que me chantajeaste para que me casara contigo.

–Utilicé la única persuasión que tenía a mi disposición. No lo lamento.

–¿Y estarías dispuesto a llevar a juicio a mi padre si yo te dejara?

–Si ésa fuera la única manera de conseguir que no lo hicieras, entonces sí.

Leonie no dijo nada más y trató de mantener la calma cuando él giró el coche y atravesó unas puertas de hierro, dirigiéndose por un camino de gravilla hacia lo alto de un monte. Por muy difícil que aquello resultara ser, tenía que pasar por ello como fuera.

Situado en lo alto de la colina, majestuoso a la luz del sol de la tarde, el edificio que apareció ante sus ojos al doblar una curva la dejó con la boca abierta. Dos torres almenadas flanqueaban ambos extremos de la parte central, adornada con ventanas arqueadas enmarcadas en lo que parecía ser oro.

–¡Es un castillo! –exclamó ella.

–Un palacio –la informó Vidal–. El Palacio de Mecia. Construido en el siglo XVIII por uno de mis ancestros, que lo llamó así en honor a su esposa.

–Pensé que habías dicho que ya no había aristocracia –dijo Leonie.

–Se perdieron sus títulos, pero algunos mantuvieron las tierras. Los viñedos de los Dos Santos son famosos en todo el mundo por la calidad del oporto que producen. ¿Qué esperabas?

–Nada de esto –admitió ella–. Sabía que la familia Dos Santos era adinerada, claro, pero un palacio...

–Uno pequeño. Los hay más grandes.

Aquél era más que suficiente para ella. Era ridículo dejar que la magnificencia del lugar aumentara su nerviosismo por conocer a los habitantes, pero así era.

Vidal tomó la última curva y detuvo el coche frente

al porche principal. Una enorme fuente dejaba caer agua sobre las piedras mientras Leonie abría vacilante su puerta.

El corazón le dio un vuelco al contemplar a un hombre vestido con un traje negro en lo alto de los escalones de piedra que daban acceso al edificio.

–*Senhor!* –exclamó–. *É bom vê–lo!*

Vidal contestó en portugués con una amplia sonrisa. El hombre se llamaba Artur. Eso fue lo que Leonie entendió.

Ella le dirigió una sonrisa y murmuró:

–*Bom dia.*

Pero Vidal no tenía intención de presentarla. Claro que no iba a ser un empleado el primero en enterarse de la noticia.

Al entrar en el edificio, un enorme hall se extendía hasta la parte trasera de la casa, donde unas puertas dobles de cristal ofrecían una vista del cielo. Los suelos de terracota, abrillantados con esmero, parecían extenderse hasta el infinito. Lámparas de araña doradas colgaban del techo abovedado, haciendo de complemento perfecto para el gran piano y otros objetos antiguos que adornaban el lugar.

El traje que Leonie llevaba era de Chanel, pero aun así se sentía fuera de lugar, así que trató de relajarse y siguió a Vidal mientras éste abría una puerta a la izquierda.

La habitación contigua le causó poca impresión al principio, pues centró toda su atención en la pareja que había allí sentada. Demasiado parecido a Vidal como para no ser su padre, el hombre fue el primero en superar la sorpresa inicial ante su llegada, poniéndose en pie y hablando con un evidente tono de reproche.

Vidal le pasó a Leonie el brazo por encima del hombro y dijo:

–No le vi propósito alguno. Quiero que conozcas a mi esposa, Leonie. Aún no habla portugués.

Leonie había oído la expresión «un silencio ensordecedor», pero nunca hasta ese momento lo había experimentado.

–Hola –fue lo único que pudo decir.

Su suegra, una mujer aún hermosa y con el pelo oscuro, venció a la sorpresa que por un momento la había dejado sin palabras, poniéndose en pie con una expresión que dejaba claros sus sentimientos. Habló en portugués, pero Leonie no necesitó traducción para entender lo que estaba diciendo.

–Pretendo aprender el idioma, por supuesto –dijo ella cuando la otra mujer se detuvo para tomar aliento–, pero mientras tanto apreciaría que pudiéramos hablar en inglés. Soy consciente de la sorpresa que debe de ser para ustedes. Todo ha ocurrido tan deprisa que ni yo misma acabo de creérmelo.

–¿Cuándo fue la boda? –preguntó el señor Dos Santos antes de que su mujer volviera a hablar.

–Hace cuatro días, en Inglaterra –contestó Vidal–. Fue una ceremonia civil, pero vinculante.

Con los ojos como platos, su madre comenzó a hablar de nuevo ignorando la petición de Leonie, ignorándola a ella. Fue su marido el que la tranquilizó.

–Lo hecho, hecho está –dijo él, y se acercó a Leonie para tomarle la mano y besarla–. ¡Eres muy hermosa! –añadió. Leonie murmuró un «gracias» y se sintió aliviada cuando la soltó y se giró hacia su esposa. Levantó una mano al ver que ésta iba a seguir hablando–. *Nâo mais!*

–Siento mucho que no estén contentos por el matrimonio –dijo Leonie impulsivamente–. Haré todo lo posible para estar a la altura de su apellido.

–¡Ya estás a la altura del apellido! –exclamó Vidal.

–Tus padres no saben nada de mí –contestó ella–. ¿Por qué iban a confiar en ello?

–Parece que no tenemos elección –intervino el señor Dos Santos–. Pero, desde luego, hay asuntos de los que tenemos que discutir. Venid, sentaos.

Leonie se sentó en uno de los sofás y Vidal tomó asiento a su lado, lo suficientemente cerca como para que pudiera sentir su calor corporal. Ella mantuvo la atención centrada en su padre, que seguía de pie, y trató de ignorar la hostilidad de la madre.

–¿Qué quiere saber, señor?

–Quizá tu apellido, para empezar –dijo él.

–Es Baxter –contestó Leonie–. Aunque probablemente eso no le diga nada. Mi padre es contable, mi madre murió y soy hija única. Tengo veintiséis años, soy licenciada en Sociología y llevo cinco años trabajando de relaciones públicas. Eso es todo –concluyó.

–¿Quieres a mi hijo? –preguntó el señor Dos Santos tras observarla en silencio durante un momento.

–Por supuesto –contestó ella sintiendo cómo se le sonrojaba la cara.

–¿Y tú? –le preguntó a su hijo.

–¿Qué tipo de conversación es ésta? –preguntó la señora Dos Santos, negándose a ser dejada a un lado–. ¡No nos avergonzarás! –le dijo a su hijo–. ¡Este matrimonio ha de ser anulado!

–No –dijo Vidal con decisión.

–¿Es que el honor no significa nada para ti? –preguntó su madre.

–La promesa fue tuya, no mía –contestó él–. Yo no lo veo como un deshonor. Ya no vivimos en el pasado.

–No lo comprendo –dijo Leonie.

–¡Tú cállate! –exclamó la señora Dos Santos–. ¡Tú no tienes lugar aquí!

–El lugar de mi esposa está donde yo estoy –dijo Vidal aún sin alzar voz.

–¿Alguien puede decirme qué está pasando? –preguntó Leonie–. ¿Vidal?

Fue su madre quien contestó, pero con frialdad absoluta.

–Mi hijo está comprometido en matrimonio con su prima Caterina. Él...

–Un acuerdo del que yo no formé parte –intervino Vidal–. Un acuerdo que no tengo intención de cumplir, como ya he intentado decirte en repetidas ocasiones. Caterina debe buscar marido en otra parte.

–¿Dónde va a encontrar a uno ahora? –preguntó la mujer–. ¡Ha desperdiciado los mejores años de su vida esperándote!

–Pero yo nunca la he instado a ello –dijo Vidal–. No creo que le falten candidatos cuando se sepa que busca uno. El apellido Dos Santos bastará para atraerlos.

Su madre comenzó a hablar en portugués de nuevo para expresar mejor sus sentimientos. Vidal escuchó impasible y Leonie tuvo que resistir la inminente necesidad de levantarse y salir corriendo del lugar. Una cosa era enfrentarse a la desaprobación en el campo de la adecuación y otra muy distinta escuchar lo que acababa de escuchar. Se sentía utilizada en todos los sentidos de la palabra.

El señor Dos Santos puso fin al discurso una vez más con unas pocas palabras.

–Creo que será mejor que nos dejéis solos por el momento –le dijo en inglés a su hijo–. Tus habitaciones, como siempre, están listas –se giró hacia Leonie–. Las encontrarás adecuadas para dos.

Leonie inclinó la cabeza y se puso en pie junto con Vidal. Cuando salieron de nuevo al hall, ella dio rienda suelta a todo lo que pensaba.

–No sólo eres un chantajista, sino también un bígamo.

–No existe la bigamia si no se ha hecho ninguna promesa –respondió Vidal–. Ese acuerdo se hizo cuando yo tenía ocho años. En ningún momento desde entonces yo he mostrado mi consentimiento.

–¡Existe una cosa llamada consentimiento tácito!

–Creo que la palabra «tácito» significa «omiso». Como ya he dicho, he tratado en varias ocasiones de dejar claros mis sentimientos al respecto.

–¡Obviamente no lo has intentado lo suficiente!

–Cuando las palabras no sirven de nada, la acción es el único camino. Si te hubieras casado conmigo la primera vez que te lo pedí, el problema llevaría mucho tiempo resuelto.

–Podría haberse resuelto mucho antes de eso –dijo Leonie–. ¡Has conocido a suficientes mujeres durante los años!

–Pero no contemplaba casarme con ninguna hasta que te conocí a ti.

–¡Ah, claro! ¡La mujer de un Dos Santos tiene que ser virgen!

–Entre otras cosas –dijo Vidal, e hizo un movimiento abrupto–. Éste no es lugar para discutir las cosas. Vamos a mis aposentos.

Dos escaleras se alzaban a ambos lados del hall. Leonie lo siguió en silencio por la de la izquierda, demasiado enfadada como para apreciar sus alrededores mientras recorrían un largo pasillo. La suite de Vidal ocupaba la planta intermedia entera de una de las dos torres. La condujo hasta un salón espacioso iluminado gracias a las ventanas que había en tres de las paredes.

–Éste es mi hogar cuando estoy aquí –dijo él–. Ahora es también el tuyo.

–Un hogar es allí donde está el corazón –contestó ella–. Y el mío está muy lejos de aquí.

Vidal se acercó a ella y le tomó la cara ente las manos mirándola fijamente.

–¿Estás segura de eso?

Estando tan cerca de él, cada terminación nerviosa de su cuerpo se ponía alerta y no podía estar segura de nada. Le costó un gran esfuerzo resistir la necesidad de perderse en sus brazos y simplemente aceptar las cosas tal y como eran.

–Hay una diferencia abismal entre el amor y la lujuria –dijo ella. No puedo decir que no sienta nada en absoluto hacia ti, pero eso sólo es química. Nunca podría amar a un hombre que hiciera lo que tú has hecho... a mí y a esa tal Caterina.

Vidal la soltó y dijo:

–Me declaro culpable ante una de las acusaciones, pero no ante la otra. ¿Habrías dejado que me comprometiera con una mujer por la que no siento nada sólo para seguir con una costumbre anticuada?

–No –contestó Leonie tras dudarlo un instante–, ¿pero alguna vez has tratado de hablar con tu prima de esto?

–No creo que hubiera servido de mucho.

–¡Eso no puedes saberlo!

–Ya no importa. Ella es libre ahora de casarse con quien elija. Es una elección que podrá hacer, a pesar de los miedos de mi madre.

–Una elección de entre aquellos que se sientan atraídos por el apellido Dos Santos, a juzgar por lo que has dicho abajo. No es una perspectiva muy brillante.

–Quizá sea mejor de la que habría tenido conmigo –dijo Vidal.

Leonie se quedó de pie mientras él se daba la vuelta y atravesaba la sala hasta un armario que había junto a la pared, y recordó cómo hacía dos años había hecho lo mismo después de que ella rechazara su oferta de matrimonio. Sin haber leído el artículo en el periódico, puede que entonces hubiese contestado que sí. Se preguntaba dónde estarían en ese instante si hubiera sido así.

–¿Tiene algún sentido seguir aquí? –preguntó ella–. Ya has hecho lo que pretendías hacer.

–Nos quedaremos hasta que acepten nuestro matrimonio –contestó él secamente–. ¿Te apetece beber algo?

–Vodka –contestó ella–. Sin agua.

Se sentó en la silla más cercana y fue entonces cuando reparó en la habitación. Al contrario que la planta de abajo, la decoración allí era viva y alegre, los muebles comprendían una mezcla de modernidad y clasicismo, y las obras de arte se reducían al mínimo. A ambos lados de la chimenea de piedra descansaban dos enormes sofás de cuero.

Vidal le llevó el vaso pero no se sentó. El silencio entre ellos se hizo tangible. Concentrándose en el vaso que tenía entre las manos, Leonie aún podía verlo por el rabillo del ojo.

–¿Cuándo se supone que debemos volver a aparecer? –preguntó ella.

–La cena se servirá pronto –dijo él–. Para entonces espero que mi padre, al menos, se haya calmado.

–Puede que a tu madre le costase menos asumirlo si yo me hubiese presentado con un pasado más prometedor –sugirió ella–. La hija de un contable no es algo muy impresionante.

–Seguiría viéndolo igual sin importar de quién fueses hija. Vive en el pasado.

–¿Pero tú te preocupas por ella?

–Por supuesto. Pero eso no significa que tenga que vivir la vida que ella elija para mí.

–¿Cuántos años tiene Caterina? –preguntó ella tras un momento.

–Uno más que tú –contestó Vidal–. El acuerdo se hizo cuando nació.

–Si nunca has hablado con ella al respecto, ¿cómo sabes que no se siente como tú?

–Si se siente así, lo disimula bien.

–Mientras que tú has dejado clara tu indiferencia, ¿verdad?

–Creo que mi ausencia habla por sí sola –contestó él–. Si tuviera algo de energía en ella, hace tiempo que se habría cansado de esperar.

–Quizá pensara que los dos estabais esperando.

–Entonces se llevará una desilusión. La conocerás pronto. La familia entera se presentará cuando se entere de la noticia.

–No te importa a quién hagas daño, ¿verdad? –lo acusó ella–. ¡Siempre y cuando te salgas con la tuya! –apuró el vaso y lo colocó sobre la mesita que tenía enfrente antes de ponerse de nuevo en pie–. ¡Voy a deshacer las maletas!

Vidal no hizo ademán de seguirla.

Igualmente grande, el dormitorio estaba en la habitación contigua. Leonie observó la cama con desagrado. Exigir tener otra habitación obviamente no era una opción, pero preferiría dormir en una silla antes que tener que compartir una cama con Vidal después de aquello. Lo odiaba por lo que había hecho.

Los armarios contenían la típica selección de ropa de hombre, aunque Vidal había llevado consigo una bolsa en esa ocasión. Cualquier alegría que Leonie hubiese experimentando con la ropa que se había comprado en Zurich había desaparecido. Ignoró todas esas prendas mientras elegía algo que ponerse para la cena, decidiéndose por una túnica negra, que iba a juego con su estado de ánimo. Podría desacreditar a Vidal más aún ante su familia contándoles la verdad sobre su matrimonio, pero eso también significaría admitir la desdicha de su padre.

Se dio cuenta entonces de que habían pasado tres días desde la última vez que había hablado con él. Parecía que había pasado más. Su vida en Inglaterra era tan fácil y estaba tan establecida... En Portugal sin embargo se sentía en una montaña rusa emocional constante. Cualquier esperanza de alcanzar una relación más cercana con Vidal había desaparecido. Él no tenía corazón.

Leonie estaba de pie junto a una ventana observando el paisaje cuando Vidal finalmente apareció en el dormitorio. No vaciló un instante. Fue hacia ella, la giró entre sus brazos y la besó. Fue un beso carente de ternura en absoluto.

–¡No permitiré que mi propia mujer me desprecie! –dijo él en voz baja cuando levantó la cabeza–. Me mostrarás algo de respeto.

–El respeto hay que ganárselo –dijo ella–. Tratas a la gente de forma horrible.

–¿Incluyendo a tu padre?

–No había nada de compasión en aquello. Lo utilizaste para conseguir tus fines. No sólo para salvar tu orgullo en lo que a mí respecta, sino para fastidiar a tu familia. Habiendo conseguido eso, ¿por qué restregárselo por la cara? Si... –se detuvo al ver cómo Vidal sonreía–. ¡No te atrevas a reírte de esto!

–Es una reacción involuntaria –dijo él–. Utilizas las palabras de forma muy descriptiva. O te aceptan, o perderemos el contacto por completo. Así de simple.

Leonie se mordió la lengua al ver cómo Vidal se daba la vuelta. Era inútil. Por muy difícil que fuese la situación, tendría que enfrentarse a ella.

ESPACIOSO como era, el salón parecía atestado de gente. Leonie vaciló en el marco de la puerta, siendo impulsada hacia delante por la mano de Vidal. Sonrió abiertamente tratando al menos de parecer relajada. A pesar de lo que él le había dicho antes sobre que la familia aparecería, ella no esperaba tener que enfrentarse a ellos aquella misma noche.

Vidal hizo las presentaciones con aquel aplomo que ella tanto envidiaba. Tres de los asistentes más jóvenes eran hombres, dos de los cuales iban con sus mujeres. No todas las mujeres Dos Santos compartían los rasgos de la familia. Eso era lo que Vidal había dicho aquel primer día durante la comida. Aunque no era fea, la cara de Caterina no era nada del otro mundo. Se parecía más a su madre que a su padre.

Extrañamente, de todos ellos, Caterina fue la única que le ofreció cierto calor al recibirla. Sus padres y hermanos hicieron pocos esfuerzos por disimular sus verdaderos sentimientos.

Con doce personas sentadas a la mesa y con la conversación básicamente en portugués a pesar de la petición de Vidal, la cena resultó ser poco menos que desagradable. Leonie picoteó de los diversos platos sin mucho apetito. Al cruzar la mirada con Caterina en un momento, se sorprendió al observar su sonrisa. Ella sonrió también sintiéndose aliviada ante la falta de censura de aquélla que tenía más razones para ejercerla. Existía la posibilidad de que Caterina ya no esperaba casarse con Vidal.

Con edades comprendidas entre los veintipocos y los treinta y tantos, los tres hermanos habían heredado los rasgos de los Dos Santos. El mayor, Roque, era el que más se parecía a Vidal, aunque no poseía la atracción magnética de éste.

Sentado a su lado, Vidal no se mostró incómodo en absoluto. Leonie estuvo tentada de darle una patada para obtener una reacción. Nunca lo perdonaría por hacerla pasar por aquello.

Su suegro apenas dijo nada durante la cena. Su anuncio al final de la misma los dejó a todos en silencio.

—Si este matrimonio tiene que ser reconocido, ha de ser santificado —declaró—. Se harán los preparativos necesarios —levantó una mano cuando Vidal hizo intención de hablar—. No me negarás esto también.

—No veo ninguna objeción —dijo Vidal—. Pueden hacerse los preparativos sin tardar demasiado.

—Llevará el tiempo que sea necesario —fue la respuesta—. Tus asuntos de negocios han de esperar —se dirigió a Leonie entonces—. ¿Tienes más familia aparte de tu padre?

—No.

—Entonces tu padre viajará solo —concluyó el señor Dos Santos antes de sentarse.

Leonie miró a Vidal con impotencia y él simplemente se encogió de hombros. Suponía que eso sería lo menos que podía hacer después de haberle causado a su familia tanto desasosiego.

Fue un alivio cuando los primos se marcharon después de la cena. Vidal decidió que ellos también debían marcharse.

—*Boa noite* —murmuró Leonie dudando que su pronunciación impresionara a nadie. El señor Dos Santos contestó civilizadamente. Su mujer ni siquiera contestó.

De camino a la torre, Vidal no hizo comentario alguno mientras caminaba a su lado por el largo pasillo enmoquetado.

–Supongo que te habría resultado más fácil seguir adelante con el acuerdo si los rasgos de Caterina hubieran estado a la altura de tus patrones –dijo ella.

–Sus rasgos no tienen nada que ver –contestó él secamente.

–No me lo creo. Los míos desde luego sí tuvieron que ver.

–Aprecio la belleza en una mujer –admitió él–. Eso no significa que para mí sea lo único importante. Caterina es la mujer más dulce que he conocido, pero no tiene conversación ni conoce el mundo. El lugar más lejano que ha visitado es Oporto. Incluso aunque yo no hubiera tenido una vida propia lejos de aquí, ella seguiría sin ser suficiente para mí.

–¿Puede alguna mujer ser suficiente para ti?

–Sólo el tiempo lo dirá. Y basta de doctrinas.

Habían llegado a su destino. Vidal le abrió la puerta de la torre, haciéndola pasar al pequeño hall con escaleras a ambos lados que llevaban al piso de abajo y al de arriba. Él se fue directamente al dormitorio, no dejándole otra opción más que seguirlo.

–¿Es realmente necesario que mi padre tenga que asistir a esa ceremonia de la que habla tu padre? –preguntó ella.

–Siendo tu único representante, sí –contestó él–. ¿Tienes alguna objeción?

–Ninguna, siempre y cuando no se le someta al tercer grado.

–Seguramente mi padre querrá saber algo más de su historia de lo que tú contaste.

–¿Incluyendo su historia más inmediata?

—La única persona que sacaría el tema es tu padre, y dudo que lo haga. Se le tratará bien, te lo aseguro. La hospitalidad de los Dos Santos siempre ha sido la mejor.

—¿Crees que tu madre cambiará de opinión algún día con respecto a mi adecuación a esta familia?

—Con el tiempo, quizá, cuando lo hayas demostrado.

—¿Demostrarlo cómo?

—Eso está por ver —dijo Vidal—. Tengo cosas de las que ocuparme mañana. Por suerte tengo gente que puede hacer que las cosas sigan yendo bien durante un tiempo.

—¿Cuánto tiempo crees que estaremos aquí? —preguntó Leonie.

—No más del necesario.

Tras desabrocharse la camisa, Vidal se la quitó y la dejó caer sobre una silla. Leonie sintió un súbito espasmo entre los muslos al ver cómo se desabrochaba el cinturón. Puede que llegase un día en el que Vidal pudiera desnudarse delante de ella sin provocarle ninguna reacción, pero desde luego ese día no había llegado.

—¿Te vas a quedar ahí toda la noche? —preguntó él.

—Es sólo que no estoy todavía acostumbrada a... todo esto —dijo ella.

—Con «todo esto» supongo que quieres decir desnudarte delante de mí.

—Sé que es ridículo sentir vergüenza después de...

—De haber estado desnuda entre mis brazos —concluyó él—. Después de que haya besado y acariciado todo tu cuerpo al igual que tú el mío. Se te pasará, pero mientras tanto...

Leonie se quedó de piedra al ver cómo se acercaba a ella y recibió sus labios agradecida de que no se hubiese reído de su modestia. Sus manos eran amables mientras le bajaban la cremallera del vestido hasta abajo, inspeccionando hasta encontrar el enganche del sujetador y abrirlo sin dudar. Siguió el resto de su ropa. Leonie contuvo la respiración cuando él inclinó la cabeza para saborear sus pezones erectos con la lengua.

Regresó a su boca besándola ardientemente y provocando en ella una acalorada respuesta mientras la acercaba a su cuerpo colocándole las manos en las nalgas. Acto seguido la elevó y la penetró con un movimiento rápido. Leonie lo rodeó con las piernas y se dejó llevar por las sensaciones que recorrían su cuerpo hasta llegar a la cumbre.

Estaban los dos tumbados en la cama cuando ella volvió en sí. Vidal se encontraba apoyado sobre un codo mirándola con una sonrisa que se reflejaba en sus ojos.

–*Assim bonito, assim sensual, assim totalamente irresistible!* –dijo suavemente.

–Es difícil resistirse a ti –murmuró ella aferrándose a la única palabra que comprendía–. ¿Cómo es que en portugués es igual que en inglés?

–Tienen la misma procedencia –dijo él antes de darle un beso en los labios–. ¿Estoy perdonado por haberte hecho pasar el trago?

–Dicen que hay que pillar el toro por los cuernos –contestó ella–. Me atrevo a decir que me repondré del shock. Supongo que Caterina también.

–No parecía preocupada esta noche –observó Vidal–. Quizá haya estado engañándome a mí mismo todos estos años pensando que quería casarse conmigo.

–¿Eso hiere tu orgullo?

–Creo que sobreviviré.

–Dudo que su familia lo acepte con la misma rapidez.

–No les queda otra opción.

Vidal le dio otro beso antes de incorporarse. Leonie lo observó mientras se dirigía al baño y sintió un escalofrío al ver el movimiento de sus músculos en la espalda al crujirse los hombros.

Sin importar lo que hubiera hecho, sus sentimientos hacia él iban más allá de una pura atracción física. Lo que no sabía era cómo de lejos llegaban sus sentimientos hacia ella. En ese momento la deseaba, ¿pero cuánto duraría eso?

El sonido del agua corriendo indicaba que se estaba dando una ducha. Estuvo tentada de ir y unirse a él, pero le faltaba la seguridad necesaria para tomar la iniciativa. En cualquier caso, estaba tan cómoda allí tumbada, tan relajada. Un poco más tarde...

Se despertó de golpe y estuvo desorientada un tiempo. Era de día. Debía de haberse quedado completamente dormida la noche anterior.

Como aquella primera mañana, estaba sola. Supuso que habría sido el ruido de la puerta al cerrarse tras Vidal lo que la habría despertado. Se incorporó y se pasó la mano por los ojos instintivamente para mirar el reloj. Eran las siete de la mañana. Salió de la cama, se puso una bata de seda y se dirigió al baño. Se miró al espejo y comprobó cómo se le había corrido el rímel que no había tenido tiempo de quitarse por la noche.

Tras darse una ducha, volvió a ponerse la bata y regresó al dormitorio para buscar algo que ponerse. Eligió una falta blanca y una blusa verde, las cosas que difícilmente podrían alterar alguna norma de la casa. Estaba cepillándose el pelo cuando Vidal entró en el dormitorio.

Vestido con vaqueros y camiseta, su mandíbula mostraba una barba incipiente.

–Te has despertado pronto –dijo ella tratando de sonar despreocupada.

–Tenía cosas de las que ocuparme –contestó él con

el mismo tono–. ¡Tienes un aspecto fresco como el del rocío de la mañana!

Leonie se rió con la esperanza de que se acercara a ella y completara el cumplido con un beso, pero él simplemente se dirigió al baño. No podía pensar sólo en el sexo. Había más cosas, muchas más. Para empezar, ella tenía que hacer su propia llamada de teléfono.

Eran todavía las siete y media. Sin saber muy bien adónde ir, se sentó junto a una ventana abierta para esperar a Vidal. Hacía una mañana maravillosa y el sol ya se elevaba por encima de los pinos que cubrían las praderas.

Vidal salió del baño sin la barba. En esa ocasión sí se acercó hasta ella, apoyándose sobre un brazo de la silla y apartándole el pelo para darle un beso en la nuca. Leonie se echó hacia atrás instintivamente y se dejó inundar por la fragancia de su aftershave.

–¿Qué hacemos hoy? –preguntó ella.

–Hoy haremos lo que tú quieras –dijo él–. En el pueblo de al lado hay un festival. Podríamos pasar un par de horas allí si quieres.

–Me encantaría. Pero primero tendré que llamar a mi padre.

–Será mejor esperar hasta que sepamos cuándo será la ceremonia –le aconsejó Vidal–. Puede que nos lleve varios días organizarlo. ¿Estás lista para bajar?

No lo estaba, pero tenía que hacerlo algún día. Quizá su suegra se hubiese suavizado un poco durante la noche.

El desayuno se sirvió en una terraza cubierta que recorría toda la parte central del edificio. Las sillas acolchadas dispuestas alrededor de las mesas bajas proporcionaban tanto confort como unas maravillosas vistas a los jardines. Sin nadie más a su alrededor, Leonie fue capaz de relajarse y disfrutar de la paz y de la tranquilidad.

–¿Qué edad tenías la primera vez que te marchaste de aquí? –preguntó ella.

–Dieciocho –contestó Vidal–. Para ir a Cambridge. Nunca regresé. No en un sentido duradero. ¿Crees que debería haberme quedado para cumplir con mi deber?

–No puedo imaginarte llevando otra vida que no sea la que llevas. En cualquier caso...

–¿En cualquier caso? –preguntó él al ver que se detenía.

Leonie había estado a punto de decir que no se habrían conocido si hubiese sido de otra forma, pero eso era casi como reconocer que a su propia vida le habría faltado algo de no haber sido así.

–Nada importante –dijo ella, y se preguntó dónde estaría en ese momento de no haberse conocido nunca. En los últimos dos años no había conocido a ningún hombre que despertara en ella un interés real, pero si no hubiera tenido con quién compararlos, habría sido otra historia.

Se enderezó sobre su silla cuando el señor Dos Santos salió a la terraza. Iba vestido de manera informal con unos pantalones y una camisa.

–*Bom dia* –dijo ella antes de que su suegro pudiera hablar–. Eso es lo único que puedo decir de momento, pero aprenderé.

–Aprecio el esfuerzo –contestó él–. ¿Has dormido bien?

–Muy bien, gracias. No estoy segura de cómo llamarlo.

–*Sogro* me vale por ahora –dijo él.

–Significa suegro –añadió Vidal–. Suegra se dice *sogra*. Aunque no creo que ella aprecie esa familiaridad de momento.

–La ceremonia tendrá lugar dentro de dos días –dijo el señor Dos Santos al sentarse después de haber seleccionado su comida–. Sólo la familia y los más cercanos serán invitados.

–Eso no le permitirá a mi padre mucho tiempo para preparar las cosas –dijo Leonie–. Ni siquiera he contactado con él todavía.

–Reservaré un vuelo para mañana –dijo Vidal–. Lo recibirán en Oporto.

–Incluso aunque haya vuelo, puede que no haya asientos.

–En ese caso, pondré un avión privado –añadió él poniéndose en pie–. Voy a encargarme de eso ahora.

–Siento mucho los problemas que esto les ha causado –le dijo Leonie a su suegro una vez se quedaron solos–. Si lo hubiera sabido...

–¿Si hubieras sabido que había otro compromiso habrías rechazado la proposición de matrimonio de mi hijo? –preguntó el señor Dos Santos.

–No puedo decir eso –dijo ella–. No considero que un acuerdo que se hizo cuando él era pequeño pueda ser vinculante.

–¿Entonces por qué indicar lo contrario? –dijo él–. No tienes razón para disculparte por algo de lo que no tenías constancia. La culpa de que Caterina se haya quedado sola es de Vidal.

–Ella no parecía muy preocupada anoche –dijo Leonie–. Quizá ella no estuviese tan entusiasmada con la idea.

–No se consigue nada preocupándose por eso –dijo su suegro–. Ahora eres parte de la familia. Quizá puedas convencer a Vidal de que venga a visitarnos más a menudo en el futuro.

Vidal regresó sorprendentemente rápido e informó de que había reservado un asiento en un vuelo desde Heathrow a las nueve cuarenta. Leonie se puso en pie y se dirigió a llamar a su padre.

–Estoy en la casa de la familia de Vidal en el Duero

–dijo cuando Stuart contestó–. Su padre ha organizado una ceremonia por la iglesia para pasado mañana. Tú también tienes que venir.

–¡No puedo dejarlo todo sin más! –exclamó su padre.

–Puedes si el jefe te dice que sí –contestó ella–. Ha reservado un vuelo para Oporto desde Heathrow. A las nueve cuarenta de la mañana de mañana. Te recibirán en Oporto y te traerán aquí. Prepárate porque habrá sorpresas. Sus padres viven en un palacio. No es tan grande como Buckingham, pero es impresionante.

–¿Estás hablando en serio? –preguntó Stuart.

–Nunca he hablado más en serio –le aseguró Leonie–. También debo advertirte que quizá encuentres cierta hostilidad, sobre todo en lo que respecta a la madre de Vidal. Te contaré los motivos cuando nos veamos, pero no esperes una alfombra roja.

–Suena intrigante –dijo Stuart–. Estaré allí. No dejes que te coman.

–No tengo intención –contestó ella.

Había utilizado el teléfono del hall por no atreverse a entrar en ninguna de las habitaciones. Se dio la vuelta y se encontró a la madre de Vidal al pie de la escalera. ¿Qué parte de la conversación habría escuchado?

–¡Has engañado a mi hijo para casarse contigo! –exclamó la mujer.

–¿Realmente cree que Vidal es el tipo de hombre que se deja engañar por una mujer? –preguntó Leonie eligiendo muy bien las palabras.

–¡Los hombres se ciegan enseguida ante una cara bonita! Caterina tiene mucho más que eso que ofrecer. Él se dará cuenta de eso por sí solo.

–No lo creo –dijo Leonie tratando de mantener la compostura–. De hecho, me atrevería a garantizar que no será así. Considera que Caterina es una persona encantadora, pero no la adecuada para él.

–Mientras que tú, la hija de un contable, sí lo eres, ¿verdad?

–Hija del director de cuentas de una de las compañías de su hijo, para ser exactos.

–¿Tu padre trabaja para mi hijo?

–Y está orgulloso de ello. Mi padre es un buen hombre. Y le guste o no, la mujer de Vidal soy yo, no Caterina.

Con la cara desencajada, su suegra se dio la vuelta, abrió la primera puerta que encontró y desapareció cerrándola tras ella con una fuerza tal que las lámparas de araña temblaron.

–¿Has conseguido contactar? –preguntó Vidal desde la puerta de la terraza.

–Todo está arreglado –le aseguró ella poniéndose en movimiento.

–Pareces preocupada –observó él–. ¿Estás segura de que no pasa nada?

–Me temo que acabo de tener un encontronazo con tu madre –admitió Leonie–. Puede que yo haya sido un poco... maleducada.

–¿Adónde ha ido?

–Por ahí –dijo ella señalando hacia la puerta–. Pensé que sería mejor dejarlo estar por ahora.

–Una sabia decisión. Acabará asumiéndolo. No tiene elección.

–No puedes hacer que todo el mundo haga su voluntad –dijo Leonie–. Es una mujer muy testaruda. Puede que decida repudiarte.

–Mi padre no lo permitirá.

–¿Quieres decir que ninguna mujer manda en la jerarquía de los Dos Santos?

–Eso depende del tipo de cosas que quiera mandar. Ninguna mujer respeta a un hombre que le conceda todos sus caprichos.

–Y ningún hombre tiene derecho a tomar decisiones

por los dos –añadió ella–. Se supone que el matrimonio es una asociación, no una dictadura.

–Si los socios tienen puntos de vista distintos, uno de ellos tiene que tomar el mando. ¿Quieres más café?

Leonie negó con la cabeza, siendo consciente de lo inútil de la discusión. Las creencias de Vidal estaban demasiado arraigadas como para cambiarlas con simples palabras.

–Debería ir a decirle a tu padre que ya lo he arreglado todo –dijo ella.

–Lo habrá dado por hecho –dijo él con brillo en la mirada.

–Supongo que me lo merezco –contestó Leonie con una sonrisa.

–Un poco –convino Vidal–. Es difícil resistir la tentación de tomarte el pelo cuando me fulminas con la mirada como acabas de hacer. Pero claro, una rosa sin espinas sería demasiado fácil de arrancar.

# Capítulo 7

AUNQUE el pueblo fuese pequeño, al festival no le faltaba de nada. Se habían utilizado todo tipo de medios de transporte para formar unas carrozas maravillosamente decoradas. La calle principal estaba llena de puestos con hortalizas, bisutería, trabajos en cuero y cerámica. La música inundaba cada rincón.

–No es ningún acontecimiento en particular –contestó Vidal cuando Leonie le preguntó qué se celebraba–. Durante el verano se hacen festivales en prácticamente todos los pueblos de la región.

Levantó la mano y saludó a uno de los tenderos, respondiendo al comentario del hombre con una sonrisa y una palabra.

–¿Qué ha dicho? –preguntó Leonie.

–Nos deseaba suerte –contestó él.

–¿Así que ya se ha corrido la voz?

–A los empleados de la casa les habrá faltado tiempo para contarlo por todas partes.

–¿Quieres decir que todo el mundo sabía que tú tenías que casarte con Caterina?

–Si el acuerdo hubiera sido un secreto, no habría tardado mucho tiempo en salir a la luz. Puede que algunos te miren con recelo.

–¿Como a la mujerzuela extranjera que evitó que te casaras con una de su propio país? –preguntó ella, y emitió una carcajada–. ¡Si supieran la verdad!

–No hay nada que te impida hacer que se sepa.

–¿Delatar a mi padre? No pienso hacer eso.

–Entonces no amenaces –le aconsejó–. Ya te dije que haría cualquier cosa para mantenerte a mi lado.

–Supongo que debería sentirme halagada.

–Deberías.

Allí de pie, en medio del festival, estaban llamando la atención de alguna gente. Leonie sonrió a una mujer que llevaba en brazos un bebé y recibió a cambio una mirada de desprecio. Sería una de las defensoras de Caterina. En algún momento ella misma tendría que hablar con Caterina para descubrir qué sentía ella en realidad.

–Me alegraré cuando todo esto haya acabado y podamos volver a casa –dijo ella.

–¿Consideras ya mi casa de campo como tu casa? –preguntó Vidal.

–Es tu casa –contestó ella–. Yo tendré que considerarla igual.

–No necesariamente. Es sólo un edificio.

–¿Me estás diciendo que podrías vivir en cualquier otro sitio?

–Si a ti no te gustara el lugar.

–¿A quién podría no gustarle un lugar así? –preguntó ella–. Es absolutamente maravilloso. Pero mi verdadero hogar está en Inglaterra y siempre lo estará.

–«Siempre» es mucho tiempo.

Ella pensaba que el tiempo no cambiaría nada. Al menos no eso. Por mucho que viviera en ese país, para ella nunca llegaría a ser más que una tierra extranjera.

Vidal no dijo nada más, haciéndole volver la atención al desfile. Leonie se preguntaba si realmente él abandonaría la casa de campo si ella dijera odiar el lugar.

Comieron pescado y ensalada en una pequeña taberna a las afueras del pueblo, acompañado de un vino blanco espumoso. Después, Vidal la llevó a dar un paseó por los viñedos. Eran enormes y se extendían por las colinas formando un mar de color verde. Sus primos tenían sus propios viñedos, pero no eran tan extensos.

–¿El matrimonio entre tú y Caterina habría hecho que las dos familias se consolidaran?

–Dudo que ésa fuera la intención –contestó Vidal.

–¿Así que fue una especie de cuestión de sangre?

–Ya no importa.

–¿Qué pasará si sigues negándote a llevar la finca cuando muera tu padre?

–Con suerte todavía falta mucho para que eso ocurra.

–Incluso así, sería...

–La decisión la tomaré yo y nadie más –dijo Vidal con voz tranquila pero autoritaria–. ¿Quieres ver las bodegas?

Leonie tuvo que resistirse a dar una respuesta cáustica y simplemente negó con la cabeza. No tenía sentido ver de lo que no iba a formar parte.

Aquella noche cenaron los cuatro solos. Parecía que la señora Dos Santos estaba haciendo intentos por asimilar la situación.

–Tienes que vestirte apropiadamente para la ceremonia, claro –dijo ella en un momento dado–. Nada de pantalones. ¡Y desde luego, nada de blanco! Un vestido color crema sería perfecto, si es que tienes una prenda así.

–Creo que puede que tenga uno adecuado –dijo Leonie pensando en las cosas que había comprado en Zurich–. Es de Versace, así que creo que estará a la altura.

–¿Qué quieres decir con eso? –preguntó su suegra frunciendo el ceño.

–Lo siento –dijo Leonie–. Quiero decir que sería apropiado. Es simple y elegante. ¿Y qué hay del idioma? Dando por hecho que todo será en portugués, ¿cómo podré hacer los votos?

–Te los escribiré para que practiques –le dijo Vidal–. Pronto te harás con el idioma.

–Parece que tienes razón con que tu madre está asimilándolo –comentó ella más tarde, cuando estuvieron solos–. Esta noche ha estado casi afable.

–Mi padre le habrá dicho que no tiene sentido comportarse de otra manera –respondió Vidal.

–¿Quieres decir que la ha obligado? –preguntó ella–. El padre igual que el hijo.

–¿Me consideras un tirano?

–Yo no diría tanto, pero a veces tiendes a la autocracia.

–¿Y lo encuentras malo?

–Cualquier mujer con algo de personalidad lo encontraría algo malo. Una cualidad que, según tú, Caterina no tenía.

Él se colocó a su lado en dos zancadas, la tiró sobre la cama y se colocó frente a ella con actitud amenazante.

–No te atrevas a reprocharme.

Riéndose, Leonie levantó las manos fingiendo rendirse.

–¡Apelo a mi inmunidad!

–Yo apelo al castigo –declaró él.

Leonie no se sentía horrorizada ante lo que él tendría en mente, ante cualquier cosa que tuviera en mente. No había ningún sitio en el que preferiría estar en ese momento.

Stuart Baxter llegó a las tres y se sintió tan sobrepasado como Leonie le había advertido. Fue recibido con cortesía por su suegro y con restricción por su suegra.

–Te ha recibido mejor que a mí –dijo ella en el dormitorio en el que él había sido instalado–. Fue un infierno.

–Si se enteraron del modo en que me enteré yo, no es de extrañar –comentó Stuart–. Yo aún sigo tratando de reponerme de la noticia.

–Hay más –admitió Leonie–. Se suponía que Vidal tenía que casarse con la hija del primo de su padre. Era un acuerdo al que habían llegado cuando él era niño. Él había hecho todo lo posible por olvidarse de la idea todos estos años, pero seguía dándose por hecho.

–¿Así que decidió presentarse con una boda ya celebrada?

–Ésa no es la única razón por la que se casó conmigo –dijo ella.

–Estoy seguro. Pero aun así te utilizó –dijo su padre, y observó la preocupación en sus ojos–. ¿Hay algo que no me hayas contado?

–¿Como qué?

–Como la posibilidad de que te hayas dado cuenta de que has cometido un error.

–No he cometido ningún error –negó ella.

–¿Entonces realmente lo quieres?

–Por supuesto –dijo sin dudar–. Es todo lo que podría desear en un hombre.

–¿Y estás segura de sus sentimientos hacia ti?

–Por supuesto –dijo de nuevo–. Me esperó durante dos años, ¿no? ¿Qué más pruebas necesito?

–No muchas, estoy de acuerdo. Me alegro de que piense así. De otro modo yo estaría probablemente pudriéndome en la cárcel. Supongo que sus padres no saben toda la historia.

–Por supuesto que no –dijo Leonie–. Nadie más lo sabe. ¿Has devuelto ya el dinero?

–Los del banco vinieron anteayer. Todo está arreglado.

–¿Y Simon?

–Parece que de momento va a mantener la boca cerrada.

–¡Dile que Vidal lo echará si no sigue así!

–¿Eso crees? –preguntó Stuart.

–Lo sé –contestó ella sin dudar antes de darle un abrazo–. Me alegra que estés aquí, papá.

–No tenía otra opción –señaló él–. Creo que pasará mucho tiempo antes de que tu marido y yo lleguemos a tratarnos como familia, si es que ocurre. No es que me queje.

La noche fue menos tensa de lo que ella había imaginado. Su padre hizo todo lo posible por animar el ambiente. La señora Dos Santos incluso le dedicó una leve sonrisa cuando él se disculpó por no saber hablar el idioma con un humor muy autodespectivo. Ella contestó que siendo el inglés el idioma más hablado, era comprensible que los ingleses no encontraran necesario hablar otras lenguas.

–¿Por qué no le has dicho que también hablas francés y español? –le preguntó Leonie cuando consiguió estar unos minutos a solas con él antes de irse a dormir.

–¿Por qué molestarme? –preguntó Stuart–. No he venido a impresionar a nadie. Me alegro de que Vidal tenga una vida lejos de esta existencia semifeudal. Aunque, siendo hijo único, supongo que llegará el día en que tendrá que hacerse cargo de todo. ¿Cómo te sentirás al respecto?

–Queda mucho para eso como para preocuparse ahora –dijo Leonie–. Tienes que ver nuestra casa –añadió para cambiar de tema–. No creo que nos quedemos mucho después de que la ceremonia se celebre. Incluso podrías regresar con nosotros y quedarte un par de días.

–Estoy seguro de que a Vidal no le haría mucha gracia. En cualquier caso, tengo reservado un vuelo para el martes.

La presunción de Vidal al reservar el billete de

vuelta de su padre hizo que a Leonie le ardiera la sangre. Para él, su padre era un empleado y lo trataba como tal.

–Me sorprende que no hayas metido a mi padre en un vuelo de vuelta para mañana por la noche –lo acusó en la privacidad de su dormitorio–. Es evidente que no puedes esperar a librarte de él.

–Tiene compromisos –contestó Vidal–. Y yo también. Nosotros también nos marcharemos el martes.

–¿Es que sólo piensas en los negocios?

Vidal la observó de arriba abajo descaradamente y dijo:

–¿Te sientes insatisfecha en algún aspecto?

–¡No estoy hablando de sexo! –exclamó ella–. Estoy segura de que eres el mayor experto del mundo.

–Sin poder comparar, ¿cómo estás tan segura?

–Con la práctica se llega a la perfección –dijo ella–. Y obviamente tú has tenido mucho de eso.

–No más que la gente de mi edad. Mucho menos que algunos. El sexo juega un papel primordial en la vida de un hombre, pero no satisface todas las necesidades ni ejercita el cerebro. Así que sí, mis negocios son importantes para mí. Eso es algo que tienes que aceptar.

–Como si eso cambiara algo –dijo ella tras una pausa.


Llena de flores, la iglesia estaba inundada por un intenso perfume. De pie junto a Vidal, Leonie dijo los votos que él le había enseñado y escuchó el discurso incomprensible del cura sin emoción alguna. No se sintió más casada cuando acabó la ceremonia de lo que se había sentido una semana atrás.

Como había dicho el señor Dos Santos, sólo habían sido invitados la familia y los amigos cercanos. El banquete se desarrolló en el palacio, y todos salieron a la terraza una vez saciados de comida y vino.

Al ver a Caterina entrar de nuevo al edificio, Leonie siguió su impulso y fue tras ella, alcanzándola cuando se había sentado al piano que había en el hall.

—¿Tocas? —preguntó.

—Un poco —contestó Caterina—. ¿Y tú tocas?

—Algo —dijo Leonie, e hizo una pausa antes de continuar sin saber bien qué decir—. Esto no puede ser fácil para ti habiendo esperado tanto.

—Para mí es un alivio —dijo Caterina con una sonrisa—. Un gran alivio. Le tengo mucho respeto a Vidal, pero no deseo ser su esposa.

—¿Entonces por qué no lo has dejado claro? —preguntó Leonie.

—No era mi deber —dijo ella—. Sólo podía confiar en la determinación de Vidal. Me alegra que haya tomado su propia decisión. Tú eres más apropiada para él que yo. Yo no comprendo su mundo.

—¿Pero no estás en contra del matrimonio?

—No si es con la persona adecuada.

—Entonces espero que lo encuentres.

—Ya lo he encontrado —dijo Caterina con el rostro iluminado.

—¡Caterina! —exclamó Roque desde la puerta de la terraza—. *A mãe está procurando!*

El brillo desapareció entonces dejando un gran vacío.

—Mi madre quiere que vaya con ella —dijo Caterina—. Os deseo mucha felicidad a Vidal y a ti.

Roque se quedó en la puerta mientras su hermana cruzaba el hall hacia él. Leonie se sentó al piano y tocó unas cuantas notas pensando en lo que acababa de escuchar. La cuestión era si el hombre con el que Caterina quería casarse deseaba lo mismo. Y si así era, ¿lo consideraría aceptable la familia?

–Tocas bien –dijo Roque sorprendiéndola, pues no lo había oído acercarse–. Aunque no reconozco la pieza.

–No era nada en particular –contestó Leonie–. No me había dado cuenta de que estabas aquí.

–Pensé que ya era hora de llegar a conocer a mi nueva prima –dijo él–. Es comprensible que Vidal te haya elegido a ti y no a mi hermana. Yo habría hecho lo mismo en su lugar. Tu pelo rivaliza con el sol por su brillo.

–Gracias –dijo Leonie tratando de disimular la risa con la tos–. Eres muy amable.

–No es difícil ser amable con una mujer hermosa.

–Debería regresar –dijo ella–. Vidal se preguntará adónde he ido.

–Yo estudié piano –dijo Roque–. Me encantaría tocar para ti antes de que te vayas.

Negarse habría sido totalmente descortés, dado que Roque estaba haciendo un esfuerzo por ser amable con ella.

–Sería un honor que tocaras para mí –dijo ella.

Se levantó del taburete y se colocó a un lado mientras él se sentaba. Sin dejar de mirarla a la cara, Roque comenzó a tocar. Era bueno. Mejor que bueno.

–¡Ha sido precioso! –aplaudió ella cuando terminó–. Chopin, ¿verdad?

–¿Te sorprende que me guste la música clásica?

–En absoluto –negó ella–. Una cosa más que compartes con Vidal.

–¿Una cosa más? –preguntó él.

–Sabrás que os parecéis mucho, ¿verdad? Vidal no toca el piano, claro. Al menos eso creo.

–Supongo que estarías segura si así fuera –dijo Roque extrañado.

–Hay muchas cosas que aún tenemos que aprender el uno del otro –dijo ella riéndose–. Lo que a mí me sorprende es que tú no te hayas casado.

–Jorge y Angelo son más fáciles de complacer que yo –contestó él–. La mujer que elija debe ser excepcional en todos los sentidos. Vidal es afortunado por tenerte como esposa –levantó una mano y la colocó sobre la suya, que estaba apoyada a un lado del teclado–. Espero que sea merecedor de ello.

–Estoy segura –dijo ella retirando la mano lentamente–. Ahora, de verdad, debo regresar.

Las puertas de la terraza estaban abiertas, como Roque las había dejado. Hablando con Angelo y otros dos hombres más, Vidal la miró cuando salió a la luz del sol. Estaba molesto con ella por haber abandonado la fiesta, eso era evidente. Aunque sólo hubiesen sido quince minutos.

Su padre estaba hablando con su suegro y la conversación parecía amigable. Caterina estaba sentada con el resto de las mujeres al otro lado de la terraza. Leonie contempló la idea de unirse a ellas sin darse cuenta de que Roque había salido de la casa tras ella hasta que le colocó la mano en el hombro.

–¿Quieres más champán? –preguntó él.

–Ya he tomado suficiente, gracias dijo ella–. No tengo cabeza para ello.

–Tienes una manera curiosa de expresarte.

–Creo que es hora de que vaya a hablar con las mujeres –dijo ella, y se encontró siendo el centro de todas las miradas mientras recorría la terraza.

–Caterina nos estaba contando que tocas el piano –dijo su suegra cuando Leonie se sentó con ellas–. Tienes que tocar mañana para nosotros cuando vayamos a visitar a nuestros primos.

–No soy tan buena –dijo Leonie preguntándose cómo le habría dado a Caterina esa impresión–. En cualquier caso, creo que Vidal ha planeado que nos marchemos mañana.

–¡No puede hacer eso! –exclamó su suegra–. ¿Tan

poco significamos para él que no puede dedicarnos dos días más de su tiempo?

–Estoy seguro de que significan mucho para él –dijo Leonie deseando haber mantenido la boca cerrada–. Es la presión de los negocios.

–Debe de tener gente que pueda ocuparse de todo mientras él no esté.

–Sí, pero...

–Entonces seguro que no hay una causa por la que deba regresar de inmediato. Tú se lo dirás.

«Dígaselo usted», pensó Leonie. No podía decirlo, por supuesto. Su relación con su suegra era demasiado frágil como para arriesgarse. Pasaría el mensaje y luego sería Vidal quien decidiría.

Las mujeres de Angelo y Jorge la observaron con frialdad. Leonie recordaba que se llamaban Madelena y Brianca, pero no recordaba quién era cada una. Ninguna de las dos hablaba apenas inglés, haciendo que la comunicación fuese imposible. Aparte de la madre de Caterina, había tres mujeres más, todas casadas, y todas igual de frías en sus saludos.

–Por favor, seguid con lo que estabais hablando –dijo Leonie–. Quizá incluso comprenda algunas palabras.

–Tienes que estudiar el idioma con cuidado si quieres que se te entienda –dijo la señora Dos Santos–. Vidal debe contratar un profesor para que te dé clases. Cuando vuelvas de visita, espero ver que has mejorado.

–Haré lo posible –prometió Leonie.

Caterina parecía tener la cabeza en otra parte. Había un aire de serenidad a su alrededor. Era evidente que si alguien se ponía en el camino entre ella y la felicidad con el hombre que quería, ella se enfrentaría a ellos sin dudar.

–Si me disculpa, tengo que ir al baño –le dijo a su suegra.

La señora Dos Santos agachó la cabeza secamente, dando la impresión de que esos asuntos no se hablaban en público. No le importaba. Escapar era su prioridad.

Entró al palacio una vez más y se detuvo un momento para contemplar sus opciones. No tenía ni idea de cuánto tiempo iba a durar aquello. Giró la cabeza al sentir cómo las puertas de la terraza volvían a abrirse y esperó ver a Roque, pero se sorprendió al ver que se trataba de Vidal.

—¿Esperabas a otra persona?

—¿A quién iba a estar esperando? —preguntó ella—. Es sólo que estaba un poco harta de la actitud general de ahí fuera.

—¿Siendo Roque la excepción?

—¿Qué se supone que significa eso?

—Antes has pasado un tiempo considerable a solas con él. No soy yo el único que lo ha notado.

—Estaba con Caterina —dijo ella—. Roque vino a decirle que su madre la buscaba. Tocó una pieza al piano, eso es todo. Es un pianista maravilloso.

—Te estaba acariciando la mano cuando lo vi —observó Vidal—. Y tú no hacías esfuerzos por detenerlo.

—No voy a hacer de heroína escandalizada por un gesto tan simple como ése —contestó Leonie—. En cualquier caso, si pensabas que algo ocurría, ¿por qué no lo has dicho entonces?

—No le daría a Roque esa satisfacción —dijo él—. Te mantendrás alejada de él.

—¡No me digas lo que tengo que hacer! —exclamó Leonie—. ¡No soy ninguna sumisa!

—¡Harás lo que te digo!

—¿O si no qué? ¿Delatarás a mi padre? Hazlo y me perderás para siempre.

—Tenemos invitados —dijo él con frialdad tras un minuto de silencio—. Es una descortesía que el novio y la novia desaparezcan.

Razón por la cual no debería haberla seguido; sin embargo Leonie se encontró a sí misma siguiéndolo de nuevo hacia fuera. Sus instintos le decían que evitara cualquier contacto con Roque, pero no podía evitarlo por completo.

La gente comenzó a marcharse poco después, siendo los primos los últimos en irse, a las seis y media.

–Vidal parece guardarle un gran rencor a Roque –le dijo Leonie a su padre.

–De acuerdo con su padre, los dos siempre se han llevado mal, incluso de niños –contestó Stuart–. Hemos conectado bastante bien esta tarde. Al contrario que su esposa, él acepta la situación. Claro que no puede hacer otra cosa si quiere conocer a sus nietos. Dando por hecho que tengáis hijos algún día, claro.

–¡Sólo llevamos casados una semana, papá! –exclamó ella riéndose.

–Hablo del futuro, por supuesto. A mí me gustaría tener nietos. De otro modo me enfrento a una vejez muy solitaria.

–Si ni siquiera tienes cincuenta años –observó Leonie–. Aún no es tarde para conocer a alguien.

–¿Estás diciendo que no te importaría si lo hiciera?

–¿Por mamá? Ésa sería una actitud muy egoísta. Sé lo que sentías por ella, pero han pasado cuatro años. Ella no habría querido que pasaras solo el resto de tu vida –se detuvo y lo observó con suspicacia–. Ya lo has hecho, ¿verdad? Conocer a alguien, quiero decir.

–Hace sólo unos días –dijo él con una sonrisa.

–Pero es evidente que te gusta –dijo Leonie–. ¿Cómo os conocisteis?

–Fui al teatro la noche que te fuiste. Shirley estaba sentada a mi lado. Es una viuda de cuarenta y pocos años con un hijo de veinte. Él está en la universidad, así que ella está un poco sola. Tiene su propia casa en Holburn.

–Debéis de haber hablado mucho –comentó ella–. ¿Cómo es?

–Agradable –contestó Stuart–. No es glamurosa, sólo agradable. Tiene buen cuerpo para su edad.

–¡Veo que tienes claras tus prioridades!

–No envidies a un viejo padre un poco de excitación.

–No eres viejo –dijo ella riéndose–. Espero que funcione, papá. De verdad. Mereces ser feliz.

–Lo que me merezco es donde estaría de no haber sido por ti –contestó él amargamente–. Sientas lo que sientas por Vidal, dudo que te hubieras casado con él tan rápido en circunstancias normales.

–En circunstancias normales, puede que nunca nos hubiéramos vuelto a ver –contestó ella tratando de mantener la voz firme–. En cualquier caso, ya has pagado tus deudas. Es hora de seguir adelante. Estoy deseando conocer a Shirley.

–¿Irás pronto?

–Muy pronto –prometió Leonie–. No es como si estuvieras al otro lado del mundo. Si Vidal no puede, iré sola.

–No irás a ninguna parte sola –declaró Vidal en ese momento mientras se aproximaba a la esquina de la terraza donde se encontraban–. ¿Le has dicho a mi madre que vamos a quedarnos más días?

–De hecho, ella me lo ha dicho a mí –respondió Leonie.

–Pero tú no viste razón alguna para discutirlo.

–No pensé que fuera asunto mío discutir sobre eso. Además, ¿tanto sacrificio sería?

–¿Quieres decir que tú también crees que deberíamos quedarnos más tiempo?

–Creo que sería considerado teniendo en cuenta por lo que les hemos hecho pasar.

–Entonces por supuesto que nos quedamos –dijo él sin más–. Voy a darme una ducha.

–Creo que tu amo y señor está un poco enojado –dijo Stuart cuando Vidal se marchó.

–¡No le llames así! –exclamó Leonie, arrepintiéndose del tono inmediatamente–. Lo siento. En este momento no estoy de humor para bromas.

–De todas formas no era una broma muy buena. Es evidente que a Vidal no le gusta que la gente tome decisiones por él, ni siquiera su mujer.

–Sobre todo su mujer –dijo ella–. Según su punto de vista, las mujeres no tienen derecho a pensar por sí mismas.

–No creo que eso sea cierto –contestó Stuart tras una pausa.

–No, por supuesto que no. Estoy siendo una estúpida. Es su familia. Debería ser él quien decidiera.

–Por otra parte, creo que tienes razón en lo de la consideración. Debe de haber costado mucho esfuerzo organizarlo todo en dos días. Sobre todo en estas circunstancias. Valente...

–¿Valente? –preguntó Leonie.

–Tu suegro me ha dicho que le llame por su nombre. Como decía, me comentaba que le había sido difícil asimilar la noticia, pero se había dado cuenta de que enfadándose no iba a lograr aceptarlo. Si él puede hacer el esfuerzo, Vidal también. Yo también estaba pensando en ir a darme una ducha y a cambiarme de ropa. Queda menos de una hora para la cena, si es que vamos a cenar a la misma hora que ayer –añadió poniéndose en pie–. ¿Qué hay de ti?

–Haré lo mismo, supongo –dijo ella vacilante.

Entraron en la casa y se separaron en el pasillo superior, donde estaba la habitación de Stuart. Cuando llegó a su dormitorio, Leonie oyó el sonido de la ducha. Era posible que Vidal la hubiese estado esperando.

Leonie eligió un vestido al azar y ropa interior limpia. El agua había parado de correr cuando terminó. Se enderezó cuando se abrió la puerta del baño, preparándose para cualquier cosa que Vidal fuese a lanzarle, metafóricamente hablando.

Estaba desnudo salvo por una toalla anudada en las caderas. Su piel adquirió un brillo dorado cuando pasó frente a la luz del sol que entraba por la ventana.

–Todo tuyo –dijo él señalando hacia el baño.

–¿Es eso todo lo que tienes que decir? –preguntó Leonie.

–¿Qué más quieres que diga? Tenías razón. Estaba siendo desconsiderado.

No había respuesta posible ante eso. Ninguna, al menos, que no supusiera echarse atrás. Y no estaba preparada para eso todavía.

# Capítulo 8

**S**TUART salió hacia el aeropuerto a las diez. A Leonie le resultó más difícil despedirse que la primera vez.

–¿Va todo bien? –preguntó él mientras la abrazaba–. Me refiero entre tú y Vidal.

–Sí –dijo ella–. Todo va bien.

Vidal y ella habían hecho el amor la noche anterior como si nada hubiese ocurrido. Ella había respondido porque no había podido evitarlo, pero había habido muy poca ternura entre ellos. En lo que comenzaba a ser el patrón de su vida, él no estaba cuando se había despertado aquella mañana. No lo había visto hasta el desayuno, donde lo había ignorado comportándose como una cría.

–Muy amable de tu parte venir a despedirlo –dijo ella cuando su padre se hubo marchado–. Seguro que lo aprecia.

–A mi padre le habría parecido raro si te hubiera dejado sola –contestó Vidal.

–Y no debemos dar la impresión de que las cosas no son lo que parecen, claro. Sería una sorpresa para él si descubriera de lo que eres capaz. Puede que incluso te repudiara.

–Es posible. Aunque tú tampoco eres del todo inocente por haber aceptado mis condiciones.

–¡No me dejaste elección!

–Tenías elección. Salvar a tu padre no era la única razón por la que lo hiciste. Deseabas lo que habías estado ansiando desde que nos conocimos. Lo que llevabas esperando desde que fuiste consciente de tu sexualidad. Te mantuviste virgen todo ese tiempo porque sólo habías encontrado a un hombre capaz de hacerte sentir eso y te negabas a conformarte con menos. Si te hubieras casado conmigo hace dos años...

–Si me hubiera casado contigo hace dos años, hace tiempo que nos habríamos divorciado –dijo Leonie–. La lujuria desaparece cuando no hay nada más.

—Entonces tendremos que aprovechar lo que tenemos mientras dure.

Vidal se dio la vuelta para irse, dejándola completamente abatida. Tal como eran los matrimonios, ése dejaba mucho que desear.

Siendo más una mansión que un palacio, la otra residencia de los Dos Santos seguía siendo impresionante. La familia los recibió en masa, junto con dos niños pequeños que pertenecían a Angelo y a Brianca. No hablaban nada de inglés, de modo que los intentos de Leonie por comunicarse fueron recibidos con risitas. Pronto se fueron a la cama.

Ellos no eran los únicos invitados. Leonie contó a veinte personas en total a lo largo de la mesa. La cena constó nada menos que de ocho platos. Ella llevaba un traje de Estrada ajustado, de modo que trató de comer sólo un poco de cada cosa.

Vidal se había sentado entre dos de las invitadas femeninas no pertenecientes a la familia al otro lado de la mesa. Roque estaba sentado a la derecha de Leonie. Le dedicó toda su atención durante la cena, dejando clara su admiración.

Se quedó cerca de ella cuando se retiraron al salón después de la cena. Leonie había olvidado por completo la petición de su suegra de que tocara el piano.

Consideró la idea de negarse, pero Roque la convenció, y la compilación de temas de Andrew Lloyd Webber que tocó de memoria no pareció ir mal del todo. Tratando de escapar, sugirió que Roque podía tocar después. Él le besó la mano antes de ocupar su lugar frente al piano.

–¡Eres realmente bueno! –le dijo a Roque cuando éste concluyó y regresó a su asiento junto a ella.

–Soy bueno en todo lo que hago –contestó él.

–De eso estoy segura –dijo Leonie con una sonrisa.

Las puertas que daban a la terraza se habían quedado abiertas para que entrara el aire nocturno. Aunque eran más de las doce, la gente había comenzado a salir fuera. Vidal estaba conversando con una de las mujeres de la cena sin dejar de mirarla a la cara. Parecía ser una mujer a la que conocía íntimamente.

Se dio cuenta entonces de que Roque estaba hablándole y se giró hacia él.

–Perdona, estaba a kilómetros de distancia.

–Tu verdadero hogar está a kilómetros de distancia –dijo Roque. Te he preguntado si querías salir a tomar el aire.

–Buena idea –dijo ella.

Aquellos que ya habían salido habían formado un grupo. Roque no hizo intención de unirse a ellos, sino que la condujo a través de unos escalones de piedra que daban a los jardines.

–¡Qué bien huele! –exclamó.

–Deberías pedirles a los jardineros el nombre de la planta –contestó Roque–. Tu perfume me parece más interesante.

–Chanel N.º 5 –dijo ella–. Siempre ha sido mi favorito cuando me lo podía permitir.

–¿Tenías dificultades económicas antes de casarte con Vidal?

–Nada significativo.

–¿Entonces lo quieres?

–Por supuesto. No me importa su dinero.

–Es un hombre muy afortunado.

–Eso ya lo dijiste ayer.

–La verdad puede repetirse –dijo Roque–. Debes de conocer la reputación de mi primo. ¿No te preocupa?

–¿Te refieres a si me preocupa que se siga sintiendo atraído por otra mujeres?

–Sí.

–Los hombres son como son. Diría que es inevitable.

–¿Y tú no tendrías objeción?

–Ojos que no ven, corazón que no siente –dijo ella. Sabía que estaba diciendo tonterías, pero mejor eso que dar rienda suelta a las emociones que sentía–. Supongo que la mujer con la que está hablando es una antigua amante.

–Sí –contestó Roque–. Una mujer con la que yo me habría casado de no haberse interpuesto él.

–Debió de ser hace mucho tiempo, teniendo en cuenta que se marchó de aquí a los dieciocho.

–Fue hace dos años, cuando vino de visita. En cuanto se enteró de que yo estaba... –se detuvo y negó con la cabeza–. Siempre ha sido igual. Él siempre ha sido igual. Odiaría que te engañara a ti como ha engañado a las otras.

–Puede que cambien las tornas –dijo ella.

–¿Tornas?

–Ya sabes. O jugamos todos, o se rompe la baraja. Lo siento, te estoy confundiendo. Son dichos. Significan que lo que puede hacer uno, también puede hacerlo otro.

–¿Tendrías un amante si pensaras que Vidal te es infiel?

–Creo que esta conversación ya ha ido demasiado lejos –declaró ella–. Me gustaría regresar a la casa.

Ahora, por favor –añadió al ver que él no se detenía–.
A no ser que prefieras que vuelva sola.

Según se acercaban a la casa, vio que Vidal los estaba esperando con la mandíbula apretada.

–*Mina* –le dijo él a Roque, y luego se giró hacia Leonie–. Nos vamos.

Ella lo siguió sin protestar, siendo consciente de que la gente en la terraza los miraba. La metió en la casa por otra puerta hasta llegar al hall. Habían ido hasta allí en coches separados, dado que a Vidal no le gustaba que un chófer lo llevara a ninguna parte. Aún sin decir palabra, la colocó en el asiento del copiloto y rodeó el vehículo para ponerse tras el volante.

–No tengo ni mi bolso ni mi chaqueta –dijo Leonie cuando Vidal puso en marcha el motor.

–Te los llevarán –contestó él.

–Sea lo que sea lo que tengas que decir, por favor, dilo –dijo ella–. He ido a dar un paseo con tu primo. Ya ves tú.

–Has pasado toda la velada tratando de ponerte a su lado –contestó él.

–No es cierto –dijo ella–. No fue idea mía sentarme a su lado durante la cena. Claro que tú parecías muy a gusto con tus dos adláteres. Sobre todo ésa con la que estabas hablando al final.

–Antonia es una vieja amiga.

–Una amiga muy cercana, por lo que he oído. Desde luego no perdiste mucho el tiempo cuando te rechacé hace dos años. Fue llegar aquí y lanzarte a sus brazos, sin importarte quién pudiera salir perjudicado. Me preguntaba por qué un hombre como Roque seguiría sin estar casado, y ahora lo sé. ¡Te llevaste a la mujer que amaba!

–Roque no sabe nada sobre el amor, a no ser el aplicado a uno mismo –contestó Vidal–. Antonia sigue sin casarse porque no ha encontrado un hombre con el que quiera pasar su vida.

–¿Incluyéndote a ti?

–Eso no lo sé. Nunca la vi como una esposa en potencia.

–Sólo una amiga –dijo Leonie dejando claro el sarcasmo–. Y, por supuesto, no te acercaste a ella hace dos años.

–Al contrario. Pasamos mucho tiempo juntos durante los tres días que pasé aquí.

–Pero no te fuiste a la cama con ella, claro.

–Sí. Éramos dos adultos y ninguno de los dos tenía compromisos por entonces. Si Roque hubiera significado algo para ella, me lo habría dicho.

–Conversación de almohada, claro. ¿Y no se te ocurrió pensar que quizá fueses tú el que le impedía centrarse en otra persona?

–No –dijo Vidal sin dejar de mirar a la carretera–. ¿Qué otras ideas te ha metido Roque en la cabeza?

–Nada que no supiera ya. Tu reputación no es ningún secreto. Tu padre le dijo a mi padre que Roque y tú nunca os habéis llevado bien.

–Cierto.

–¿Por alguna razón en particular o era sólo rivalidad infantil?

–Puede que algunos lo vean así. El hecho de que yo vaya a heredar todo lo que él desea podría ser otra razón.

–Pues no puede decirse que él sea indigente, precisamente.

–No se trata sólo del dinero. Mi padre tiene el control sobre ambas fincas, lo que significa que yo también lo tendré cuando llegue el momento. Por no decir nada de las propiedades que tenemos por toda la región.

–Quizá pensara que tu matrimonio con Caterina os uniría más –sugirió Leonie tras una pausa.

–Si es así, se equivocaba. Puede que nos parezcamos físicamente, pero nunca podríamos llevarnos como hermanos –dijo, y se desvió por una carretera totalmente desierta a esas horas de la noche. Pasó un tiempo antes de que siguiera hablando, aunque su voz seguía sonando igual de serena–. ¿Te sientes atraída por él?

Leonie suspiró abandonando cualquier antagonismo.

–Ni en lo más mínimo. Sólo estaba pasándomelo bien. No sólo para molestarte. Estoy harta del modo en que tu madre me mira. Si estuviera aquí por elección...

–¿Y no por obligación? –concluyó Vidal–. ¿Qué cambiaría?

–Supongo que nada. En cualquier caso, como no es probable que vuelva a verla después de esto, no es importante.

–¿Por qué no es probable?

–¿Por qué iba a ser de otra forma? Ya has conseguido lo que querías, que era acabar con cualquier posibilidad de matrimonio con Caterina.

–¿Crees que ésa es la única razón por la que me casé contigo?

–Creo que te aprovechaste de la situación de mi padre para matar dos pájaros de un tiro, como se suele decir.

Estaban aproximándose al Palacio de Mecia. Vidal esperó a atravesar las puertas de hierro y dirigirse camino arriba para contestar.

–Fuera cual fuera la motivación, no saldrás perdiendo con ella.

Ella sentía que ya había perdido. Amar a un hombre que podía hacer lo que había hecho Vidal era una locura, pero claro, el amor en sí era una locura. Una cosa era segura: durase lo que durase su deseo por ella, Vidal nunca sabría cómo se sentía ella en realidad. Su orgullo se lo impedía.

Aparentemente los empleados se habían ido a dormir, aunque las luces del hall y de la escalera se habían quedado encendidas, al igual que las de su suite. A pesar de la hora, Leonie no puso objeciones cuando Vidal sugirió tomar una copa antes de dormir. El alcohol no era bueno para dormir, pero tampoco le apetecía eso.

—Para alguien que siente lo que sientes tú hacia Roque, te has controlado mucho esta noche —observó ella mientras tomaba la copa.

—No vi razón para darle entretenimiento al público —dijo él—. Ni para darle a Roque la satisfacción de conseguir lo que siempre ha querido conseguir.

—¿Y qué es exactamente?

—Ponerme lo suficientemente furioso como para hacer lo que siempre me he negado a hacer, y pelear. Bajo su punto de vista, es la única manera de demostrar la hombría.

—Algunos estarían de acuerdo con él.

—¿Incluyéndote a ti?

Ella negó con la cabeza y dijo:

—Lo último de lo que te acusaría a ti es de ser un cobarde.

—¿Cómo puedes estar tan segura? —preguntó Vidal—. Puede que por dentro sea un ratoncito.

—¡Y los cerdos vuelan! —exclamó ella riéndose.

—Aprecio el voto de confianza, pero no estoy seguro de que me guste la asociación.

—Deberías tomártelo como un cumplido —dijo ella—. Son muy inteligentes.

Observándolo allí, Leonie dejó que la embargara el alivio de estar de nuevo donde habían estado hacía un par de días. Si no la amaba como ella deseaba, entonces dependía de ella hacer que ocurriera. Tendría que olvidarse del principio y trabajar para conseguir un final feliz.

Se puso en pie antes de poder cambiar de opinión,

le quitó la copa y la depositó junto con la suya en la mesa más cercana.

–Vamos a la cama –dijo suavemente.

Enfrentarse a sus suegros en el desayuno a la mañana siguiente fue como un juicio, aunque el señor Dos Santos no expresó reproche verbal alguno. Su esposa, sin embargo, no se contuvo en absoluto.

–¿Es que no tienes honor como para no exhibirte como te exhibiste anoche? –preguntó la mujer–. ¿Es que los votos que le hiciste a mi hijo no significan nada para ti?

–¿No cree que está sacando las cosas de quicio? –respondió Leonie.

–¡No, no lo creo! Tu lugar estaba junto a tu marido.

–Entonces deberían haberme sentado con mi marido –dijo Leonie–. Claro que tampoco considero que hiciera nada escandaloso. Fue usted la que me instó a tocar el piano. Lo único que hice fue pedir que me sustituyera alguien más competente.

–¡Y luego lo invitaste a ir contigo a los jardines!

–Basta –dijo el señor Dos Santos–. Es cosa de Vidal si quiere reprender a su esposa.

–Ya me he ocupado de eso –dijo Vidal.

Leonie lo miró a los ojos y no pudo evitar que le temblara el labio al contener la risa. Claro que había sido reprendida. ¡Dos veces! Apenas habían dormido dos horas.

–¿Qué planes hay para hoy? –preguntó Vidal–. Dando por hecho que todavía queréis que pasemos nuestro tiempo con vosotros.

–Por supuesto –contestó su padre–. Quiero que des un paseo por los terrenos conmigo. Tienes que conocer a Javier Alvares, que reemplazó a Rodrigo como administrador el año pasado. Sé que no te interesan los asuntos de la finca, pero llegará el día en que no puedas seguir escapando de tus responsabilidades. Por mucho que tarde eso en ocurrir.

Leonie sonrió cuando Vidal la miró.

—Estaré bien —dijo ella—. Incluso me comportaré.

—¡Será un día para recordar! —exclamó Vidal con una sonrisa.

Su madre dijo algo en portugués antes de levantarse y meterse en casa.

—Lo siento —dijo Vidal antes de marcharse—. Es más fácil no poner objeciones.

—De todas formas tu padre tiene razón —dijo Leonie—. ¿Quién si no ocupará su lugar? Además, ¿qué te impide llevar ambos imperios?

—Puede que para entonces yo ya sea demasiado viejo como para llevar uno sólo.

—En cuyo caso podrás colocar administradores en ambos y disfrutar de la jubilación. A todo el mundo le llega al final.

Él le tomó la cara con las manos como había hecho tantas veces antes y le apartó el pelo para observar su rostro.

—«Que la edad no la marchite» —citó él.

El día se hizo tan largo para ella como un desierto sin agua. Decidió ir a buscar a su suegra aunque sólo fuera para intentar llegar a un acuerdo. Uno de los empleados la dirigió a un pequeño salón, donde la encontró escribiendo unas cartas.

—He venido para disculparme por mi comportamiento de anoche —dijo ella—. Tenía razón. No debería haberme ido así con Roque.

—¿Por qué no has dicho esto antes? —preguntó su suegra tras observarla en silencio.

—Estaba a la defensiva. Sabía que estaba equivocada, pero no quería admitirlo. Supongo que no estoy acostumbrada a darle explicaciones a nadie más que a mí misma.

–Tienes que darle explicaciones a tu marido.

–Lo sé. Él lo dejó claro anoche. Realmente lo siento, *senhora*. No sólo lo de anoche, sino todo. Me doy cuenta de lo poco adecuada que debo de parecerle para su hijo en comparación con Caterina.

–No hay nada que puedas decir que me haga cambiar de opinión sobre tu adecuación –declaró la otra–. Sin embargo, como ha dicho mi marido, lo hecho, hecho está. Sólo te pido que te ciñas a nuestras costumbres mientras estés aquí.

–Lo haré. Quiero a Vidal. No me casé con él por nada material.

–¿Dices que no tienes interés en su riqueza? –preguntó su suegra con escepticismo.

–Si quiere decir que si lo encuentro una desventaja, evidentemente no. Es genial poder gastar sin tener que preocuparse por los precios. Sería una mentirosa si fingiera lo contrario. Pero no lo es todo ni de lejos.

–A veces las palabras que utilizas escapan a mi entendimiento, pero creo que estás diciéndome que querrías a mi hijo igual sin importar su posición.

–Sí. Absolutamente.

–Habría que verlo –dijo su suegra con actitud escéptica.

A no ser que Vidal entrara en bancarrota, era difícil demostrar lo que quería decir, pensaba Leonie. De todas formas, puede que la pregunta llegase a ser una simple teorización si él finalmente perdía el interés en ella. Una posibilidad que no estaba dispuesta a considerar.

Abandonó la habitación sintiendo que no había hecho grandes avances con su suegra. Le quedaban tres horas hasta la comida y no tenía nada que hacer, así que decidió que sería un buen momento para ir a explorar los alrededores.

Hasta ese momento no había salido más que al jardín que rodeaba la casa, pero los terrenos se extendían mucho más lejos, así que se dirigió hacia el bosque.

El camino que había estado siguiendo entre los árboles parecía escasamente utilizado. Se metió por la derecha al encontrarse un desvío, y salió pocos minutos después a las puertas de entrada. Estaba a punto de darse la vuelta para regresar cuando una figura apareció frente a ella.

Caterina se detuvo en seco sobresaltada.

—Por un momento pensé que eras otra persona —dijo ella—. Eres tú a la que he venido a ver. Vidal y tú... tengo algo que pediros a los dos. Algo muy importante para mí.

—Me temo que Vidal no está aquí ahora —dijo Leonie con una sonrisa—. Pero debería volver a la hora de comer. ¿Por qué no has entrado con el coche? Dando por hecho que hayas venido en coche.

—No tengo permiso de conducir. He venido caminando hasta aquí.

—¡Debe de haber al menos quince kilómetros por carretera!

—Hay atajos —dijo Caterina—. Si Vidal no está aquí, entonces tendré que venir otro día.

—Podrías subir y esperar a que llegue —sugirió Leonie—. Estoy segura de que te vendría bien beber algo.

—¡No! —exclamó Caterina—. ¡Nadie más puede saber que estoy aquí!

—¿Entonces cómo pretendías vernos a los dos?

—Hay una entrada lateral a la torre donde Vidal tiene sus aposentos —contestó Caterina—. Esperaba encontraros allí.

—Es posible que no estemos aquí muchos días más —dijo Leonie—. Quizá puedas decirme lo que sea y se lo transmitiré a Vidal. Puede que sea la única oportunidad que tengas.

Cuando la chica finalmente aceptó, Leonie la condujo hasta un banco de piedra que había dejado atrás hacía unos metros.

–Tengo que ir a Lisboa –dijo Caterina cuando estuvieron sentadas–. Espero poder irme con Vidal y contigo cuando os vayáis.

–¿Y por qué tiene que ser un secreto? –preguntó Leonie.

–Porque no me dejarían ir.

–¡Tienes veintisiete años! ¿Cómo va a impedirte alguien hacer lo que te dé la gana?

–Hablas de tu propia experiencia en la vida. Como no he podido casarme con el hombre elegido para mí, debo hacerlo con otro. Ya ha habido acercamientos.

–¡No vivimos en la Edad Media! –exclamó Leonie indignada–. ¡Nadie puede obligarte a hacer eso!

–Obligarme quizá no, pero una hija soltera es una vergüenza para la familia.

–Pues cásate con ese hombre del que me hablaste –dijo Leonie recordando su conversación de hacía un par de días–. De ese modo, todos contentos.

–Para hacer eso, tengo que ir a Lisboa –dijo Caterina, cuyo rostro se iluminaba siempre que se hablaba de ese hombre misterioso.

–¿Él vive allí?

–En espíritu sí. No tiene forma terrenal.

Leonie la miró un instante hasta que se dio cuenta de lo que quería decir.

–¿Quieres decir que quieres convertirte en monja?

–¿Te parece tan descabellado? –preguntó Caterina con una sonrisa.

–Descabellado no, sólo inesperado –consiguió decir Leonie–. ¿Hace cuánto que sientes eso?

–Desde siempre.

–¿Pero aun así te habrías casado con Vidal?

–Fue una promesa que se hizo al nacer yo. Tenía el deber de cumplirla. Si yo tuviera el dinero necesario para irme al convento, ya me habría ido. Pero como no lo tengo, sólo dependo de Vidal, y de ti, claro.

–Hablaré con Vidal –dijo Leonie–. Él hará todos los preparativos necesarios.

–Tiene que ser nuestro secreto –dijo Caterina ansiosamente–. ¿Cómo sabré si él está de acuerdo?

–Se pondrá en contacto contigo de algún modo –Leonie sabía que eran promesas demasiado temerarias, pero no podía evitarlo en ese momento–. Tú déjamelo a mí.

Caterina le tomó la mano y le dio un beso a modo de gratitud.

–¡Gracias! Sabía que tú lo comprenderías.

Leonie estaba lejos de comprender el deseo de encerrarse en un convento, pero pensó que ése era otro asunto. Vio cómo Caterina desaparecía antes de ponerse en pie. Vidal ayudaría a su prima. Tenía que ayudarla.

# Capítulo 9

LOS HOMBRES no regresaron a la hora de la comida y las dos mujeres comieron juntas en la terraza. La señora Dos Santos parecía más tranquila y Leonie escuchaba con atención todo lo que decía.

Su suegra se retiró a dormir la siesta después de la comida y Leonie pasó un par de horas leyendo un libro que había encontrado en la biblioteca. Había una amplia selección de libros en inglés, aunque de haber dominado los dos idiomas, habría tenido más opciones. Había aprendido algunas palabras en portugués durante los últimos días, pero no las suficientes como para hacerse entender.

Eran casi las seis cuando los hombres finalmente hicieron su aparición. Vidal estaba sorprendentemente de buen humor para haber pasado un día haciendo algo en contra de su voluntad.

–Hemos llegado a un acuerdo –le dijo más tarde, mientras los dos se cambiaban para la cena–. Yo cumpliré con mi deber cuando llegue el momento siempre y cuando mientras tanto pueda seguir con mi vida. Mi padre tiene sólo cincuenta y seis años y buena salud, así que pasarán al menos diez años antes de que considere la idea de retirarse. Como tú has dicho, ni siquiera entonces hay razón para que yo deje a un lado mis intereses.

–Ninguna en absoluto –convino Leonie–. Los millonarios pueden con todo.

–¿Incluso con una esposa irrespetuosa?

–Estoy avergonzada –dijo ella bromeando, y se apartó al ver que él se acercaba–. ¡Detente! Vamos a llegar tarde a cenar.

–Ya me ocuparé de ti más tarde –prometió Vidal.

La velada transcurrió en relativa armonía. Leonie mantuvo la compostura, negándose a responder ante las provocaciones de su suegra.

–¿Qué ha ocurrido con tu opinión de esta mañana? –le preguntó Vidal cuando se retiraron para dormir.

–Decidí comportarme con discreción para variar. Tu madre tiene derecho a tener sus propias opiniones.

–Tú también tienes derechos –dijo él–. No permitas que ella los ignore. Mi padre admira tu espíritu.

–¿De verdad?

–Me lo ha dicho hoy. Eres la primera mujer inglesa con la que ha tratado de verdad. Y eso me recuerda que tengo que ocuparme de ti.

Lo hizo a su manera única e inimitable.

Tumbada boca arriba y totalmente satisfecha entre sus brazos, Leonie tuvo que hacer un verdadero esfuerzo por recordar los problemas de Caterina.

–Esta mañana tuvimos visita –murmuró–. Más o menos.

–¿Quién? –preguntó él.

–Caterina. Quiere irse con nosotros a Lisboa cuando nos vayamos.

–¿Que quiere qué?

–Irse a Lisboa con nosotros –repitió Leonie–, para meterse en un convento.

–¿Se trata de una broma? –preguntó Vidal tras un largo silencio.

–No, a no ser que a Caterina le haya dado por ese tipo de humor retorcido –dijo ella–. Lo cual dudo bastante. Es lo que quiere, Vidal. Al parecer es lo que siempre ha querido. Si se queda aquí, la obligarán a casarse con algún hombre para perpetuar el apellido familiar. No la condenarías por hacer eso, ¿verdad?

–¡Es una idea absurda! –exclamó él mientras se incorporaba.

–¿El matrimonio o el convento?

–¡El convento, claro! Maureo Guera es un buen partido para ella.

–¿Lo sabías? –preguntó Leonie incorporándose también.

–Se mencionó hoy.

–¿Sólo eso? ¿Una mención? ¡Qué considerado! –estaba demasiado furiosa como para controlarse. Se sentía indignada de que Vidal aceptase la idea de algo que a ella le parecía tan repulsivo–. ¡Estamos hablando de la vida de Caterina!

–La cual será mejor que la que ella se propone vivir –contestó ella secamente.

–Ésa es tu opinión, no la de ella. ¿Estás diciendo que no tiene derecho a tener sus propias ideas?

–Es cuestión de lo que es mejor para ella.

–¡Y eso nadie tiene derecho a decidirlo más que ella! Tú mismo te negaste a dejarte arrastrar a un matrimonio de conveniencia. ¿Por qué no podría Caterina hacer lo mismo? Ya ha pasado demasiados años tratando de complacer a los demás. Ya es hora de que haga lo que ella quiera.

–¿Por qué te apasionas tanto por una persona a la que apenas conoces? –preguntó él.

–No me gustan las injusticias, sea quien sea el que sufre. Le debes tu ayuda, Vidal. Eso tienes que reconocerlo.

Se detuvo y observó su rostro con la esperanza de ver cómo su expresión se suavizaba, pero se dio cuenta de que permanecía impasible.

–¡Por favor! –le rogó.

Vidal se puso en pie de golpe y alcanzó la bata que

había dejado en una silla. Desnuda como estaba, Leonie se negó a ceder al impulso de cubrirse cuando él se giró para hablarle.

—¿Entonces qué propones que hagamos? —le preguntó—. Dando por hecho que tengas un plan.

—La verdad es que no había llegado a tanto —confesó ella.

—La verdad es que no sé por qué me sorprende. Ya le he dicho a mi padre que nos marchábamos mañana.

—Seguro que se alegra si lo retrasamos otro día —dijo ella—. Le dije a Caterina que encontraríamos la manera de hacerle saber qué hacer. Iremos solos en el coche. Podemos recogerla en algún punto.

—¿Y cómo se supone que se va a llevar el equipaje consigo?

—Si se va a un convento, no creo que necesite mucha ropa. Creo que le darán todo lo que necesite.

—Dando por hecho que la acepten, claro.

—No creo que rechacen a nadie. No sería cristiano. Es lo correcto, ya lo sabes.

—Es cuestión de opiniones —dijo él—, pero, como has señalado, la mía no es la única que ha de ser tenida en cuenta. Necesito una copa.

—A mí también me vendría bien.

—Tengo que pensar —dijo él negando con la cabeza—. Será mejor que descanses —añadió antes de salir de la habitación.


Como era de esperar, su suegro aceptó de buena gana el cambio de planes.

—Debes mostrarle a Leonie los alrededores —le dijo a su hijo durante el desayuno—. Quizá una visita a Vila Real. El hogar del vino Mateus. El palacio está abierto al público. Tiene unos jardines magníficos.

–¿Incluso mejores que los que hay aquí? –preguntó ella.

–Incluso mejores.

Su esposa había recibido la noticia sin hacer comentario alguno. Leonie tenía la sensación de que estaría encantada de ver cómo se marchaban lo antes posible. Había aceptado el matrimonio porque no le quedaba otra opción, pero eso no significaba que tuviera que aceptar a la mujer de su hijo.

Salieron para Vila Real a las diez. Cuando Vidal desvió el coche de la carretera principal y se metió por la carretera que habían recorrido dos noches antes, Leonie se dio cuenta de adónde iban en realidad.

–Vas a decirles lo que Caterina planea hacer, ¿verdad? –preguntó ella.

–Voy a hacer lo que debería haber hecho ella. ¿Cómo si no van a saber lo que quiere?

–¡No puedes! –exclamó Leonie, desesperada por evitar que aquello sucediese–. ¡Pensará que la he traicionado!

–No dramatices. Si realmente dice en serio lo de meterse a monja, haré lo que pueda por ayudarla. Pero ese plan que las dos urdisteis es ridículo. No la obligarán a casarse con Maureo.

–Simplemente harán que piense que es su deber, igual que consideraba su deber casarse contigo. Ella no tiene tu determinación. Si la hubieras visto ayer, te habrías dado cuenta de lo mucho que le costó pedir ayuda. ¡Confió en mí!

–Y tú, por supuesto, no encontraste razón alguna para desalentarla. ¿No se te ocurrió pensar ni por un momento lo que pensarían si desapareciera sin más? Hay muchas mujeres que desaparecen.

–Obviamente dejaría una nota –dijo Leonie–. En cualquier caso, ahora ya da igual. A no ser que cambies de opinión.

–Me temo que no puedo hacer eso.

–¡Quieres decir que no quieres! Puede que tú hayas escapado a las tradiciones familiares, ¿pero por qué iba a hacerlo Caterina? Al fin y al cabo, sólo es una mujer.

Él no contestó. Leonie lo observó y se dio cuenta de lo equivocada que había estado al pensar que podía tener un corazón. Al igual que se había equivocado al pensar que lo amaba. No merecía que nadie lo amase.

–¡Te odio! –exclamó.

–Pero no todo el tiempo –contestó él con una sonrisa.

Roque estaba atravesando el jardín cuando llegaron.

–¿A qué debemos semejante honor? –preguntó.

Vidal contestó en portugués, haciendo que el otro frunciera el ceño. Vaciló por un momento antes de darse la vuelta y volver dentro.

–Tú quédate aquí –le ordenó Vidal a Leonie–. Caterina no necesita más aliento.

Ella obedeció y observó cómo Vidal seguía a Roque a la casa.

El día era cálido, e incluso con las ventanillas bajadas, no se estaba bien dentro del coche. Tras varios minutos esperando, decidió salir y sentarse en un banco a la sombra. Fuera lo que fuera lo que estuviese ocurriendo dentro, tardaban mucho.

Roque fue el primero en aparecer. Fue directo a donde ella estaba con actitud desafiante.

–¡Tú has hecho esto! –exclamó él–. ¡Tú le metiste la idea en la cabeza!

–Ha sido idea suya –dijo Leonie–. Lo único que yo hice fue escuchar.

–Pues perdiste el tiempo. No va a irse a ningún convento.

Leonie se puso en pie y dijo:

–No eres tú el que decide lo que puede o no puede hacer. Eres su hermano, no su guardián. ¡Lo único que deberías desear es su felicidad!

–Y lo que ella debería desear es lo que desean todas las mujeres –contestó él–. Un hombre que le dé estabilidad. Maureo Guera le dará todo lo que necesite. Lo único que ella tiene que hacer es darle un hijo. ¡Eso es lo que hará!

–¡Sobre mi cadáver! –exclamó Leonie.

–¡Déjala en paz! –dijo Vidal desde unos metros de distancia.

Roque se dio la vuelta para mirarlo, contestando en portugués.

–¡No! –exclamó ella al ver cómo se acercaba a Roque furioso–. ¡No me ha tocado!

–Puede que algún día consigas tu deseo –le dijo Vidal a su primo–, pero no ahora.

Roque siguió hablándole en portugués mientras los dos se metían en el coche, pero Vidal no reaccionó.

–¿Aún quieres visitar Vila Real? –preguntó él tras emprender el camino.

–Supongo –dijo ella, y esperó un rato–. ¿Vas a decírmelo o no?

–Si te refieres a Caterina, ya les he explicado la situación.

–¿Y?

–Y he dejado que ella los convenza de la seriedad del asunto.

–¡Dejará que pasen por encima de ella!

–Si lo hace, entonces es que no lo desea lo suficiente. Le dije que estaríamos aquí a las nueve y media de la mañana. A partir de ahora es cosa suya.

–Con Roque de por medio, ¿qué posibilidades tiene?

–Roque no tiene el poder para impedir que se vaya. Nadie lo tiene, si es que ella tiene voluntad para hacerlo.

–Creo que he dejado que la situación se descontrolara un poco –dijo ella pasado un rato.

–Empatizas con Caterina porque ves un paralelismo con tu posición. Si yo me dejaba convencer para liberar a una de sus ataduras, puede que hiciera lo mismo con la otra.

–Nunca se me pasó por la cabeza –negó ella–. En cualquier caso...

–¿En cualquier caso qué?

Había estado a punto de decir que ya no deseaba ser libre, pero consideró que eso la dejaría en una posición muy vulnerable.

–Nada –dijo finalmente–. ¿Podemos olvidarlo por ahora?

–Por todos los medios.

El palacio Mateus y sus jardines resultaron ser tan increíbles como había comentado su suegro. Saboreó el vino rosado durante la comida en uno de los restaurantes del pueblo y le gustó.

–No es que sea una gran conocedora –dijo.

–No necesitas serlo –respondió Vidal–. Bebe lo que te apetezca.

–¡Esto desde luego me gusta! Tiene un color estupendo.

–Un vino maravilloso para una mujer maravillosa. A mi madre también le gusta mucho.

–Es bueno saber que tenemos algo en común –dijo ella–. Eso ha sonado mal, y no lo pretendía. No creo que podamos llevarnos bien nunca.

–Nada es seguro –dijo él–. ¿Quieres postre?

Leonie negó con la cabeza, deseando poder convencerse a sí misma de que las cosas entre ellos seguían igual. Puede que esa noche fuese decisiva. Habían hecho el amor todas las noches desde la boda, salvo aquélla en la que ella se había saboteado a sí misma. Si él iba a olvidarse de ella, lo sabría.

Cuando regresaron al Palacio de Mecia, su suegro, tras haberse enterado de lo de Caterina, los informó de que no tomarían más parte en el asunto. Sería la propia familia la que tomara la decisión sobre su futuro.

–¡Salvo porque es su futuro el que van a decidir! –exclamó Leonie–. ¿Por qué...?

–Yo me ocuparé –dijo Vidal.

Se dirigió a su padre en portugués, haciendo que el hombre se enojara más aún. Su madre intentó intervenir, pero su marido la silenció con un gesto brusco. Entonces ella miró a Leonie como si la culpa fuese enteramente suya.

Tras terminar la conversión, su padre se marchó seguido de su esposa con expresión de pocos amigos.

–Doy por hecho que te has negado a obedecer –le dijo a Vidal cuando se quedaron solos.

–Se hizo una promesa y la promesa se mantendrá si es necesario.

La tensión podía cortarse con un cuchillo durante la cena. Leonie lo soportó todo lo que pudo hasta que finalmente no aguantó más.

–Yo soy la responsable de todo esto –dijo–. Así que cúlpenme a mí, no a Vidal.

–¿Crees que no lo sabemos? –preguntó su suegra–. ¡No has hecho más que crear problemas desde que llegaste!

–Si dar un poco de vida a una sociedad anticuada es causar problemas, entonces toda la responsabilidad es mía –contestó Leonie–. Estar casada con su hijo no me convierte en una subordinada. Si supiera...

–¿Si supiéramos qué? –preguntó el señor Dos Santos.

–Díselo –la instó Vidal.

–Si supieran lo difícil que es ajustarse a todo esto. Ustedes nacieron con ello. Pero yo nunca he conocido nada similar. Nunca podré ser el tipo de esposa que creen que Vidal debería tener. Yo no soy así.

–Nuestro recibimiento estuvo lejos de ser ideal –dijo su suegro–. La sorpresa no es una excusa. Quizá debiéramos empezar desde cero.

–Un poco tarde, ¿no crees? –preguntó su hijo–. Nos vamos por la mañana.

–Nunca es demasiado tarde –añadió Leonie, y miró a su suegra–. ¿Podemos? Empezar de nuevo, me refiero.

La otra mujer parecía cualquier cosa menos amigable. Sólo cuando su marido le dirigió una mirada de reproche ella finalmente agachó la cabeza.

–Bien está lo que bien acaba –dijo Vidal sin tratar de ocultar el sarcasmo–. ¿Alguien quiere brandy?

La velada terminó pronto y Leonie acompañó a Vidal a sus aposentos sintiendo cómo el corazón se le aceleraba a cada minuto.

–¿Por qué no les has dicho la verdad? –preguntó él cuando llegaron al dormitorio.

–Porque sería a mi padre al que estaría traicionando –contestó ella.

–Quizá merezca que lo traicionen.

–Yo no, desde luego –añadió Leonie mirándolo a los ojos–. Y espero que tú tampoco.

–¿Por qué iba yo a poner en peligro un acuerdo que tanto me favorece? –preguntó Vidal riéndose.

La arrastró hacia él y la besó más apasionadamente que nunca. Leonie le devolvió el beso con una mezcla de emociones. Era evidente que aún la deseaba, ¿pero por cuánto tiempo?

# Capítulo 10

**P**OR LA MAÑANA durante el desayuno no se mencionó nada sobre Caterina. En realidad no se mencionó nada sobre la otra parte de la familia.

Tras despedirse de la señora Dos Santos, su marido fue el encargado de decir que esperaba que no pasara mucho tiempo antes de que volvieran a visitarlos. Vidal contestó adecuadamente pero no garantizó nada.

Una vez en el coche, Leonie suspiró aliviada al ver que Vidal tomaba el mismo camino que habían tomado el día anterior.

–¿Dudabas de mi palabra?

–Pensé que quizá lo hubieses pensado mejor –admitió ella–. ¿Realmente crees que estará lista para irse?

–Eso es lo que estamos a punto de descubrir.

No había nadie en el jardín cuando llegaron. Vidal detuvo el coche frente a los escalones que daban a la puerta principal.

–¿No vas a entrar? –le preguntó Leonie tras un momento.

Vidal negó con la cabeza y dijo:

–Le dije que estuviera aquí a las nueve y media. Tiene tres minutos.

–No puedes... –comenzó a decir ella, pero se detuvo al ver su expresión–. Sabes que no va a venir, ¿verdad? ¡Nunca pensaste que lo haría!

–No –convino él–. Le falta el espíritu para... –se detuvo al ver cómo la puerta se abría y aparecía la mujer a la que estaban esperando–. Parece que me equivocaba. Menos mal que reservé un asiento extra.

Únicamente con un pequeño bolso de cuero, Caterina bajó los escalones con expresión de serenidad.

–Siempre estaréis en mis oraciones –dijo ella mientras Vidal salía para abrirle la puerta trasera–. Los dos.

–¿No va a salir nadie a despedirte? –preguntó Leonie.

–Nos dijimos adiós anoche –fue la respuesta–. Tienen la dirección y el número de teléfono del convento por si quieren ponerse en contacto.

–¿Quieres decir que ya te habías puesto en contacto con el convento?

–Por supuesto. Están esperándome. ¿Vamos a ir en avión?

–En uno grande –le aseguró Vidal.

–¡Cuántas experiencias nuevas! –exclamó Caterina.


Aterrizaron en Lisboa a las cuatro. Caterina había pasado el vuelo entero mirando por la ventanilla alucinada. Vidal le había sugerido que se quedara a pasar la noche en Sintra, pero ella había pedido que la llevaran directamente al convento.

Estaba a las afueras de la ciudad. Caterina se negó a que la acompañaran hasta la enorme puerta de hierro. Decía que era algo que tenía que hacer sola. Leonie la abrazó y le deseó felicidad, sabiendo que de no haber sido por la ayuda de Vidal, nunca lo habría conseguido. Tras una leve vacilación, él murmuró algo que hizo que su prima sonriera.

–Lo preguntaré –dijo ella.

Observaron desde el coche cómo era recibida por una monja con hábito blanco antes de que la puerta volviera a cerrarse. Leonie tragó saliva tratando de hacer desaparecer el nudo que sentía en la garganta.

–Son de las carmelitas, ¿verdad? –preguntó–. ¡Eso significa que nunca más volverá a ver el mundo exterior!

–Dudo que lo eche de menos –contestó Vidal–. Es su elección. Su vida. Alégrate por ella.

–Me alegro. Al menos lo intento. Es sólo que no puedo imaginarme encarcelándome así.

–Tú nunca te harás monja –dijo él–. Eres demasiado volátil –añadió poniendo el coche en marcha–. Es hora de que nos vayamos a casa.

Leonie estaba deseándolo. Parecían haber pasado años desde que dejaran Sintra. Quería regresar a la casa y relajarse, hacer el amor en la misma cama en la que había perdido su virginidad.

El sexo la noche anterior había sido tan bueno como siempre. Pero seguía notando a Vidal diferente, aunque no sabía en qué.

Ilena los recibió en casa, extendiendo su simpatía también a Leonie. Ésta la sorprendió con algunas palabras en portugués.

–*É bom ser home* –le dijo a la mujer. Luego se giró hacia Vidal–. ¿Qué tal lo he hecho?

–El acento necesita mejorar –contestó él–, pero ha sido un buen intento. ¿Quieres comer ahora o prefieres cambiarte primero?

–Cambiarme –dijo ella–. No tengo hambre todavía.

«Hambre de ti», estuvo a punto de añadir, pero no le hizo falta porque lo consiguió nada más llegar al dormitorio.

–¡Eres insaciable! –murmuró ella cuando volvió a la tierra–. Completamente insaciable.

–Somos iguales. Al menos en este sentido.

–¿Y no en los otros? –preguntó ella sin abrir los ojos.

–No –dijo él mientras se ponía en pie–. Yo iré primero.

No podía haberlo dicho más claro. El sexo era una cosa. El amor, otra bien distinta.

Trató de olvidar el problema durante el fin de semana sabiendo que el lunes él volvería a sumergirse en el trabajo.

El domingo fueron a la playa, y Vidal resultó ser un gran nadador, aunque ella le seguía el ritmo. Leonie se sumergió persiguiendo a un pez y él la siguió, alcanzándola por la cintura y rodeándole las piernas con las suyas para atraparla y besarla mientras se sumergían en las profundidades.

Regresaron a la playa y se tumbaron para secarse, comieron en un pequeño restaurante y hablaron de todo tipo de cosas.

Tras casi dos semanas de constante unión, los días siguientes parecieron extremadamente solitarios. Vidal se marchaba a las nueve cada mañana y regresaba a las seis. Siempre decía que tenía gente a la que ver y trabajo con el que ponerse al día.

Leonie pasó gran parte del tiempo explorando los alrededores y aceptó la ayuda de Paulo para mejorar su portugués, aprendiendo a decir alguna que otra frase.

–Pasas demasiado tiempo con él –declaró Vidal al escucharla hablar de las virtudes de su tutor–. Ilena tiene miedo de que confunda tu interés.

–¡Eso son tonterías! –exclamó Leonie–. Me ve como a la mujer de su jefe, nada más.

–Te ve como te ve cualquier hombre pasada la pubertad. A su edad, la sangre se calienta con facilidad.

–¿Me estás pidiendo que me mantenga alejada de él?

–Sólo te pido que seas discreta. Mañana te traerán un coche para que no tengas que estar encerrada aquí. Tienes permiso de conducir, ¿verdad?

–Sí –dijo ella–. Muy amable de tu parte.

–¿Verdad? –convino él satíricamente.

El coche llegó a las diez. Era un Mercedes descapotable con el volante a la izquierda, por supuesto, pero Leonie ya había conducido por la derecha en más ocasiones.

La llamada se produjo mientras se estaba cambiando de ropa para ponerse algo más cómodo para conducir. Stuart parecía preocupado.

–Esperaba tu llamada. Llamé al Palacio de Mecia pero me dijeron que os habíais marchado el viernes.

–Lo siento, papá –dijo Leonie al darse cuenta de que era miércoles–. Debería haberte llamado. Supongo que te habrán contado lo de Caterina.

–¿Qué pasa con Caterina?

–La hemos llevado a un convento en Lisboa. Resultó que siempre había querido ser monja.

–Entonces menos mal que Vidal se negó a casarse con ella. Supongo que a la familia no le hizo mucha gracia.

–No exactamente. Creo que tendrán a Vidal en el punto de mira durante algún tiempo.

–No creo que a él eso le moleste mucho –dijo su padre, e hizo una pequeña pausa–. ¿Cómo van las cosas?

–Las cosas van genial –dijo ella–. Vidal me acaba de regalar un Mercedes deportivo. Voy a salir a dar una vuelta.

–¿Sola?

–Vidal está trabajando. *Negócio* –añadió con una carcajada–. Ya sé lo necesario para hacerme entender con un poco de lenguaje de signos. No te preocupes, papá. Tendré cuidado. Siempre has dicho que era una buena conductora. ¿Qué tal te va con... Shirley?

–Hasta ahora bien. ¿Sigues pensando en venir de visita?

–¡Por supuesto! y pronto. Te lo haré saber con tiempo.

–Mientras tanto, mantente en contacto –dijo él–. Necesito saber que eres feliz.

–Lo soy –le aseguró ella–. Completamente feliz.

Cuando salió, el coche estaba esperándola. Tenía todo el día por delante, ¿así que por qué no ir a Lisboa? Quizá fuese un poco arriesgado para no haber conducido nunca ese coche, pero se habría acostumbrado para cuando llegara a la carretera principal.

Cuando llegó a la ciudad pensó en hacerle una visita a Vidal, pues sabía dónde estaba el edificio de la empresa. Pero resultó más fácil pensarlo que hacerlo, pues se encontró con un tráfico denso que no le permitía tiempo para pensar hacia dónde girar en los cruces.

Cuando encontró el edificio era casi la una. Con suerte Vidal estaría a punto de salir a comer. El tráfico delante de ella se había detenido por alguna razón, y recordó que Vidal le había dicho que el edificio tenía un aparcamiento, cuya entrada podía ver a dos coches de distancia.

El coche blanco que salió del aparcamiento en ese momento le resultó muy familiar. Vidal se metió entre el tráfico justo cuando comenzaba a moverse de nuevo. La mujer que iba a su lado iba hablando con él prestándole toda su atención. Leonie sólo la había visto una vez, pero la reconoció al instante. Sancha Baretto Caldeira no era una persona fácil de olvidar.

Vidal giró a la derecha en el siguiente cruce. Ella giró a la izquierda y se alejó. Si Vidal había vuelto a verse con una antigua amante, entonces es que había perdido el interés por ella. Al fin y al cabo era lo que siempre había pensado que sucedería, ¿así que por qué sorprenderse?

Consiguió salir de la ciudad y regresar a la casa. Paulo estaba en el hall de abajo y se le iluminó la cara cuando la vio aparecer.

–Antes llamaron preguntando por usted –dijo él.

–¿Quién?

–La mujer no dejó su nombre. Dijo que volvería a llamar.

–¿Estás seguro de que era yo con la que quería hablar?

–Sí. La *senhora*.

–¿Hace cuánto tiempo fue?

–Diez minutos.

La única persona que podía haber llamado era Helen Bouche. Le dio las gracias en portugués al joven y se dirigió hacia las escaleras sabiendo que la seguía con la mirada.

Una vez en el dormitorio, se miró al espejo y vio que tenía mala cara. Trató de razonar. Sancha estaba en el coche con Vidal. Quizá fuese a ir a comer con él. Eso no significara que tuviera que haber algo entre ellos.

Eran casi las siete cuando Vidal apareció, pero no hizo amago de explicar su tardanza. Y desde luego ella no iba a preguntárselo.

–Supongo que has probado el coche –dijo él durante la cena–. ¿Adónde fuiste?

–Por ahí –contestó ella–. Es un coche estupendo.

–Iremos a dar una vuelta juntos cuando regrese.

–¿Regresar de dónde? –preguntó Leonie mirándolo sorprendida.

–Tengo que regresar a Munich.

–Dijiste que me llevarías contigo en los viajes de negocios –observó ella tras un momento.

–A éste no. No quiero distracciones.

–¿Cuánto tiempo estarás fuera? –preguntó ella tratando de mantener al compostura.

–Sólo una noche, si las cosas van bien.

–¿Cómo es que tienes que hacer tú todos los viajes? Digo yo que tendrás empleados cualificados para solucionar los problemas.

–Muchos –convino él–. Dos de ellos me acompañarán mañana.

–¿Cuándo te marchas?

–Pronto –contestó él–. El vuelo sale a las nueve. Trataré de no despertarte.

–Me sorprende que la compañía no tenga un avión privado –observó Leonie–. O incluso dos. Estarían siempre listos y además podrían desgravar.

–Ya lo había pensado –dijo él secamente–. ¿Qué harás tú mientras esté fuera?

–Oh, dar vueltas por ahí, leer, jugar con mi nuevo capricho. Quizá aprender un poco más de portugués.

–¿Con Paulo?

–Él es el único aparte de ti que habla suficiente inglés como para serme de ayuda. Es un acuerdo recíproco. Yo también le estoy enseñando.

–Ya no más. Si quieres aprender el idioma, te pondré un profesor –levantó la mano cuando ella trató de hablar–. ¡Y no me contradigas en esto!

–¿Contradecirte? –preguntó Leonie–. Vivimos en el siglo XXI, no en la Edad Media. ¿Me vas a pedir también que use un cinturón de castidad mientras estás fuera?

–Te estoy pidiendo que uses el sentido común que sé que tienes escondido bajo tu idiosincrasia feminista –dijo él sin levantar la voz–. Paulo...

–¡No me lo estabas pidiendo, me lo estabas exigiendo! Eres como tu padre, pero yo no soy como tu madre. Yo no me dejo llevar por los hombres. Haré lo que me dé la gana.

–¿Incluso aunque eso signifique que Paulo pierda su trabajo?

–Siempre eres así, ¿verdad? Haz lo que digo o si no alguien sufrirá. ¡Bien! ¡Tú ganas! ¡Tú siempre ganas! –tiró la servilleta sobre la mesa tirando su copa de vino y se puso en pie–. ¡Me voy a la cama!

–No te vas –dijo Vidal–. Vas a sentarte y a terminarte la cena, y a dejar de comportarte como una verdulera. ¡Siéntate!

Ella obedeció vacilante sintiendo cómo le temblaban las piernas. Pero no era de miedo. Sabía que Vidal no era dado a la violencia. Era por el estrés acumulado durante toda la tarde. Amaba a un hombre que ni siquiera sabía el significado de esa palabra.

–Ya se encargarán de recoger el vino –dijo él mientras le servía más–. Bébetelo y cálmate –ella obedeció–. ¿Y bien? ¿Vas a decirme a qué ha venido todo eso?

–He sido una estúpida –dijo ella–. Y una desagradecida. El coche es fantástico.

–No quiero tu gratitud –dijo él con brusquedad–. Y tú estás lejos de ser estúpida.

–No cuando me pongo en plan feminista –dijo ella con una sonrisa–. No quiero decir con eso que me guste que me digan lo que he de hacer.

–Ya me lo imagino. Quizá yo podría haber sido más diplomático.

–No, tenías razón con lo de Paulo. Debería tratar de mantener la distancia entre ambos. Odiaría ser responsable de que perdiera su trabajo. No lo perderá, ¿verdad?

–No, a no ser que haga algo para merecérselo.

–¿Podemos olvidar estos últimos minutos? No me siento muy orgullosa.

–El sentimiento es mutuo.

Leonie se despertó cuando él se levantó a las seis y se dirigió al baño. Debió de hacer algún sonido cuando estaba a punto de irse, porque en ese momento la miró. Retrocedió y se arrodilló al borde del colchón para darle un beso y acariciarle el pecho.

–Pórtate bien –murmuró.

Si la mañana se hizo larga, la tarde fue más lenta todavía. Mantener a Paulo a distancia fue más difícil de lo previsto. Leonie le dijo que tarde o temprano tendría que tener un profesor en condiciones para aprender el idioma, cosa que él no se tomó nada bien. Pero fuese lo que fuese lo que el joven sintiera, lo disimuló bien.

Lo siguiente a la llamada telefónica del día anterior fue una visita en persona de Sancha, que fue directa al grano.

–Creo que deberías saber que ayer estuve con tu marido –dijo.

–Lo sé –contestó Leonie.

–¿Te lo ha dicho Vidal? –preguntó Sancha desconcertada.

–No hizo falta. Yo estaba en el centro ayer probando el coche que me había regalado. Os vi a los dos.

–¿Nos seguiste?

–¿Para qué? No somos siameses.

–¿Perdón?

–Quiero decir que Vidal y yo tenemos una mente abierta con respecto al matrimonio.

–¿No te importa que haya más gente de por medio?

–¿Aventuras? En absoluto. Ya sabes lo que dicen. En la variedad está el gusto –dijo Leonie, aunque se sentía incapaz de seguir con aquello mucho tiempo–. ¿Qué esperabas? ¿Que te iba a dejar a Vidal para ti solita? Te aseguro que el matrimonio no entraría en sus planes. Ya ves, yo lo comprendo como tú nunca podrías comprenderlo. Si eso es todo lo que tenías que decirme, ya puedes irte. No creo que necesite decirte dónde está la salida.

Sancha se marchó sin decir palabra y Leonie se derrumbó sobre la tumbona sobre la que había fingido estar leyendo. Si necesitaba pruebas de que la escena del día anterior no era inocente, ya las tenía.

Pasó el resto del día como una zombi y la mayor parte de la noche despierta. Por muy mala que fuera la situación, seguía estando casada. Vidal no iba a dejarla marchar. No de momento.

Cuando Vidal llegó a la tarde siguiente, la saludó con frialdad. Cuando ella preguntó, le dijo que las reuniones habían ido bien y que los problemas estaban solucionados. Aquél era un hombre diferente al que se había marchado el día anterior. Algo había ocurrido, eso era evidente.

Se mantuvo distante durante la cena, hablando sólo cuando le dirigía la palabra. Esperó a que estuvieran los dos con el brandy en la mano para dejar caer la bomba.

–He tenido tiempo para pensar en nuestra relación –dijo él–. Creo que deberíamos poner fin al asunto antes de que se convierta en un hábito. Tu padre no sufrirá las consecuencias. Tienes mi palabra. Y tú tampoco, claro.

–¿Por qué ahora? –preguntó Leonie tratando de mantener el control sobre sus emociones–. ¿Por qué tan de repente?

–Como ya he dicho, he tenido tiempo para pensar las cosas. Te he tratado fatal. No hay excusas para eso. Lo único que puedo hacer es tratar de arreglarlo. El pago será generoso.

–No quiero tu dinero. Ya es bastante recuperar la libertad. Supongo que mi padre mantendrá su trabajo, ¿verdad?

–Ya te he dicho que no sufrirá las consecuencias –insistió él–. Y tú te llevarás el dinero lo quieras o no.

–Supongo que me merezco alguna compensación. No es que haya sido tan malo. He aprendido mucho de ti.

–Te lo estás tomando muy bien.

–¿Qué esperabas? –preguntó ella–. ¿Que me iba a lanzar sobre ti y a rogarte que me mantuvieras contigo? Tendría que estar completamente enganchada a ti para llegar a tales niveles.

–Y no lo estás, claro.

–Nunca lo he estado, y nunca podré estarlo. Los únicos sentimientos que despiertas en mí son físicos. Eres muy bueno en eso, te lo reconozco. Pero claro, ¿cómo no ibas a serlo? Con toda la práctica que has tenido. Una cosa es segura, tus padres estarán encantados. Ya pueden empezar a buscar una novia más apropiada.

–Puede que lo hagan –dijo él soltando una carcajada.

–Pero con un matrimonio es suficiente. Eso es algo en lo que ambos estamos de acuerdo –dijo ella, se apuró la copa y recordó por un momento la noche en que había ido a su apartamento a suplicar por el futuro de su padre. Habían pasado semanas, pero le parecía una vida entera–. Iré a hacer la maleta. Puedo hospedarme en un hotel hasta que consiga un vuelo. ¿Puedes llamar a un taxi?

–No es necesario –dijo él poniéndose en pie–. Tendrás un vuelo por la mañana.

–¿Qué tienes en mente? –preguntó ella–. ¿Una última noche juntos?

–Es lo último que esperaba. Yo dormiré en otra habitación.

–Es tu casa. ¡Yo dormiré en otra habitación!

–Tú decides.

Leonie subió al dormitorio y tomó lo necesario para pasar la noche. La habitación que eligió estaba tan alejada de la de él como era posible. Sólo cuando se encerró en ella permitió que la fachada de hierro que se había construido se desmoronase mientras ella se sentaba en la cama.

Todo había sido tan de repente, tan drástico... Era como si el hombre al que había conocido en esas semanas hubiera estado sólo en su imaginación.

El vuelo salió con retraso. Eran más de las cinco cuando llegó al aeropuerto. Y tuvo que esperar otros veinte minutos hasta que hubo un taxi disponible, pues rechazó la propuesta de un hombre que tenía enfrente de compartir uno. Lo último que necesitaba en ese momento era compañía masculina. Salvo la de su padre, el cual no sabía que iba de camino a casa.

Vidal había insistido en llevarla al aeropuerto tras reservarle un billete. Había dicho que se mantendría en contacto. Si hubiera hecho el intento de abrazarla, ella lo habría rechazado, pero no había sido así. Simplemente se había alejado sin mirar atrás, como si acabase de poner fin a una etapa de su vida.

Leonie se había llevado sólo la ropa que había pagado ella misma. Le había dicho que hiciera lo que quisiera con la de diseño, porque ella no la iba a utilizar.

Su prioridad sería encontrar trabajo, porque no tenía intención de confiar en la magnanimidad de Vidal. Podría hacer lo que quisiera para aliviar su conciencia, pero ella no tenía obligación de aceptarlo.

En Northwood estaba lloviendo a cántaros. Se sintió aliviada al ver que había luz en la casa cuando llegó y llamó al timbre.

La mujer que abrió la puerta era una completa desconocida. Las dos se miraron desconcertadas.

–Eres Leonie, ¿verdad? –dijo la otra mujer–. ¡Qué pregunta más tonta! Estaba mirando tu foto hace sólo unos minutos. Tu padre está en su estudio. Yo soy Shirley, por cierto. No sé si me habrá mencionado.

–Sí, por supuesto. Eres exactamente como te describió. Esperaba que fuese mi padre quien abriese la puerta, eso es todo. No sabe que he venido –se carcajeó–. Me encanta expresar lo evidente.

–Has tenido un mal viaje, ¿verdad? Pareces agotada. Iré a poner agua a calentar mientras tú le dices a tu padre que estás aquí. Yo os llevaré el café.

–Me encantaría –dijo Leonie tras quitarse la chaqueta y mirándose en el espejo–. No sabía que tuviera esta pinta tan horrible.

–Sólo estás un poco mojada, nada más –dijo Shirley–. Se te está rizando el pelo ya. ¡Tienes un color estupendo! Me gustaría pintarte alguna vez.

–¿Pintas retratos?

–No profesionalmente. Como hobby. Pondré tu chaqueta a secar. Tú vete a ver a tu padre. Se llevará una sorpresa al verte.

Leonie se dirigió al estudio y tomó aliento antes de abrir la puerta. Cuando lo hizo, su padre estaba sentado estudiando un informe.

—Hola, papá. He vuelto.

Stuart levantó la cabeza y la observó sorprendido durante unos momentos.

—Lo ha hecho —dijo por fin—. ¡Realmente lo ha hecho!

—¿De qué estás hablando?

—De Vidal, por supuesto —dijo él poniéndose en pie para acercarse a abrazarla—. No sabía si sería capaz.

—¿Capaz de qué?

—De dejarte marchar. Le dije que estaba dispuesto a entregarme si era necesario, lo cual significaría que no tendría ningún derecho sobre ti. Sé por qué te casaste con él. Siempre lo he sabido. Pero no tuve agallas para enfrentarme a ello entonces.

—¿Cuándo has hablado con él?

—Hace dos noches. Él estaba en Munich.

—Me dijo que había decidido que era hora de acabar con esto.

—Para que lo respetaras. No está acostumbrado a perder. Creo que realmente le importas. Lo que tú llamas justicia poética.

Leonie sabía que lo que decía su padre no tenía por qué ser cierto, pero ella tenía la sensación de que sí lo era. Explicaría muchas cosas. Si Vidal había estado tratando de hacer que lo respetara, entonces ella también. Los dos eran demasiado orgullosos como para aceptarlo.

—Tengo que hacer una llamada —dijo ella—. Tengo que reservar un vuelo.

—Realmente lo quieres, ¿verdad? —le preguntó su padre.

—Totalmente —confirmó ella—. Sé que no es un santo, pero no puedo evitarlo. Si resulta que tú estás equivocado sobre sus sentimientos hacia mí, lo aceptaré. Pero tendrá que decírmelo claramente.

Estaba al teléfono cuando Shirley entró con el café que había prometido, mirándola extrañada.

–A las ocho y media de mañana –anunció Leonie cuando colgó–. Pediré un taxi.

–Si realmente es lo que quieres –dijo su padre–, yo te llevaré. Los dos te llevaremos –añadió mirando a Shirley.

–Genial –dijo ella–. Me encantaría.

Fue una velada agradable, aunque lo habría sido más si ella no hubiese estado impaciente por que acabara. Iba a revelar sus emociones regresando a Portugal, pero si existía la más mínima posibilidad de que Vidal sintiera lo mismo por ella, haría lo que fuese.

Se despertaron los tres a las cinco y media para ir al aeropuerto. Leonie abrazó a su padre cuando llegaron al control para entregar el pasaporte e hizo lo mismo instintivamente con Shirley.

–No vayáis a fastidiarlo –dijo Leonie–. ¡Estáis genial juntos!

–Haremos lo posible –prometió Shirley–. Espero que todo te salga bien.

Cuando llegó a Lisboa, tomó un taxi y recordó la primera vez que había hecho ese camino. Entonces Vidal había sido un desconocido para ella, pero ahora pensaba que lo conocía mejor. Si resultaba estar equivocada, quedaría como una tonta.

Cuando llegó a la casa, fue Ilena quien abrió la puerta con evidente confusión.

–He vuelto –dijo ella–. ¿Vas a dejarme entrar? –añadió al ver que la mujer no se movía.

–*O mestre está no terrace* –dijo Ilena mientras recogía la bolsa que Leonie había dejado en el suelo.

Encontró a Vidal en una tumbona con los ojos cerrados bajo un jacarandá. Como si hubiera notado alguna presencia, abrió los ojos y la miró. Se puso en pie a toda velocidad y la abrazó, devorándola con los labios y dejando claros cuáles eran sus sentimientos.

–¡Has vuelto!

–Y yo que pensé que era la única a la que le gustaba resaltar lo evidente –dijo Leonie–. Tenía que regresar. Me marché sin decirte que te quería. Mi padre dijo que...

–No importa –dijo él–. ¡Dilo otra vez!

–¿Decir qué? –preguntó ella inocentemente–. Te quiero. Me hiciste pasar un infierno mandándome a casa de esa forma.

–Yo también lo pasé mal. Me aproveché de la situación de tu padre porque sabía que era la única manera de tenerte. Pasé dos años tratando de encontrar la manera de hacer que estuviéramos juntos. Sabía que me deseabas, pero eso nunca sería suficiente. Lo quería todo de ti. Quería oírte decir lo que acabas de decir y saber que lo sentías de verdad. ¿Lo sientes de verdad?

–¿Vidal Parella Dos Santos con dudas? –bromeó ella–. Eso sí que me sorprende –añadió antes de besarlo y sentir sus brazos a su alrededor–. Te deseo... ahora.

Llegaron al dormitorio sin que nadie los viera. Las persianas estaban bajadas, proyectando sombras sobre la cama. Tras quitarse la ropa, hicieron el amor en total armonía, sintiendo cada beso y cada caricia como una experiencia nueva.

–¿Por qué me hiciste pensar que querías que me fuera? –murmuró ella después.

–Orgullo. No podía decirte que te quería cuando pensaba que tú sólo sentías deseo. Desde que nos reencontramos sólo he pensado en mis necesidades. Tú hiciste darme cuenta de lo egocéntrico que era cuando insististe en defender a Caterina. Yo te había quitado el derecho a tomar tus propias decisiones. Incluso entonces, no podría dejarte marchar.

–Hasta que mi padre intervino –dijo ella–. ¿Realmente pensabas que haría lo que decía?

–Sí, lo pensaba. Había llegado a un punto en el que

sus intereses estaban por debajo de las tuyos. Estaba avergonzado por permitirte pasar por esto. También me avergonzó a mí.

–Así que volviste aquí y me diste la libertad de marcharme.

–Estaba convencido de que nunca podrías quererme después de lo que te había hecho. Por obligarte a casarte, por compartir la cama conmigo y perder la virginidad que habías estado reservando para el hombre que quisieras.

–La reservaba porque no había encontrado a otro hombre al que deseara así –susurró ella–. Porque no podía parar de pensar en cómo me sentía cuando me besabas y me acariciabas. Me arrepentí cada día por haberte rechazado hace dos años.

–¿Entonces por qué no viniste a buscarme?

–Pensé que me despreciarías por haberme creído un artículo de periódico a pies juntillas.

–Nunca podría despreciarte. Apenas me conocías. ¿Cómo ibas a saber la verdad? Sería mentira decir que no ha habido otras mujeres en mi vida, pero no he querido a ninguna. No de este modo.

–¿Incluyendo a Sancha?

–¿Qué te ha hecho pensar en ella?

–El miércoles fui con el coche a la ciudad para comer contigo y os vi a los dos juntos.

–¿Nos seguiste?

–No. No quería saber adónde ibais.

–La dejé en la zona comercial principal –dijo él–. Luego me fui a una reunión a la que ya llegaba tarde. Había ido a mi despacho a pedirme consejo sobre una proposición de negocios que tenía.

–¿Y te lo creíste?

–No del todo. Pero le dejé claro que cualquier interés que tuviera en ella en el pasado había desaparecido.

Leonie consideró la posibilidad de contarle su visita

del día siguiente, pero decidió que no tenía sentido. Al fin y al cabo no había sido del todo importante.

—¿No me crees? —preguntó Vidal.

—Claro que te creo. Sólo siento un poco de pena por ella. Te perdió.

—Nunca me tuvo. Nadie me tuvo nunca. Ahora que te tengo a ti, no necesito a ninguna otra mujer. Llenas mi vida, mi corazón y mis días.

Leonie sabía que habría momentos en sus negocios en los que incluso se olvidaría de que tenía una esposa. Era posible incluso que ella misma tuviera distracciones en un futuro no muy lejano. La noche anterior se había dado cuenta de que tenía un retraso de una semana. No sabía cómo podría haber ocurrido usando protección, pero tenía la sensación de que así había sido.

Claro que estaba la noche en que Vidal había insistido en que ella diera el primer paso. Entonces no había usado nada.

—¿En qué estás pensando? —le preguntó él.

—En lo mucho que te quiero —contestó Leonie—. En lo mucho que te quiero.

—¿Otra vez? —preguntó él riéndose—. ¿Y me llamas insaciable?

—Si no puedes aguantarlo, por supuesto...

—¡Pagarás por decir eso, mujer!

Mientras su excitación crecía de nuevo, Leonie supo que valdría la pena pagar cada penique.

# Epílogo

BALBUCEANDO con placer, el chico del cumpleaños se tambaleaba sobre la hierba observado muy de cerca por su hermana, que se tomaba sus dos años de edad muy en serio.

–Vitoria es una niña muy protectora –observó su abuela con devoción.

A veces también podía ser muy impredecible, pensaba Leonie. «Igual que su madre», decía Vidal a veces.

Miró al otro extremo de la terraza, donde los hombres estaban conversando y se dio cuenta de que Vidal tenía el mismo aspecto que hacía cuatro años. Seguía estando fuerte y con el mismo apetito sexual, como había demostrado la noche anterior y esa misma mañana.

–¿Por qué sonríes? –le preguntó su suegra.

–Pensaba en lo maravillosamente bien que han salido las cosas –contestó Leonie en portugués–. ¿Quién lo habría dicho hace cuatro años?

–Yo me equivocaba –admitió la mujer–. Te has hecho valer a la perfección.

Viniendo de ella, podía considerarse todo un cumplido de primer orden. Los niños habían ayudado a romper el hielo, claro. Con el nombre de su abuela, Vitoria había supuesto un avance inmediato. Darle un hijo a Vidal había supuesto la caída de cualquier barrera que pudiera quedar. Con Marco el futuro del imperio Dos Santos estaba asegurado.

Las relaciones con el resto de la familia se habían

suavizado, sobre todo desde que Roque se había casado y se había ido a vivir a la otra punta del país. Y Caterina estaba feliz con su vida en el convento.

El padre de Leonie se había casado con Shirley dos meses después de conocerse y compartía la casa de Northwood con ella. Seguía trabajando para Vidal, pero estaba en la junta como director con acciones de la compañía.

Stuart y Shirley no podían estar allí ese día porque el hijo de Shirley estaba recuperándose de una enfermedad y necesitaba a su madre. De modo que Leonie y Vidal planeaban ir a verlos a Londres en un par de días.

Marco se había caído sobre la hierba y protestaba ante los intentos de su hermana por levantarlo. Leonie se acercó a ellos y se sentó en el césped colocándose a su hijo en el regazo.

–¿Qué pensará el abuelo de tanto ruido? –preguntó en portugués, cambiando al inglés para añadir–: Me pitan los oídos.

–Los oídos no pitan –declaró su hija–. Llevan aros.

–¡Aros! –exclamó Marco señalando los pendientes que su madre llevaba puestos–. ¡Bonitos!

Leonie lo abrazó y se acercó a su hija para darle un beso en la frente. Vitoria había heredado sus rasgos, mientras que Marco se parecía cada vez más a su padre.

Levantó la vista y vio cómo Vidal los observaba con una sonrisa en la cara. Ella le devolvió la sonrisa. Todo había salido bien. En el fondo, siempre había sabido que ocurriría así.

# Las mejores novelas de...
## AMOR COMPRADO

## JACQUELINE BAIRD
### Comprada por un magnate

El multimillonario griego Luke Devetzi estaba dispuesto a cualquier cosa con tal de compartir otra noche de pasión con Jemma Barnes...

Fue entonces cuando descubrió que el padre de Jemma tenía graves problemas económicos y necesitaba ayuda urgentemente. Luke estaba dispuesto a ayudar... pero sólo si Jemma accedía a convertirse en su esposa.

## KAY THORPE
### Comprada por un millonario

Leonie había rechazado la atrevida proposición de Vidal porque era un hombre arrogante, mujeriego... y con un atractivo sexual tan arrollador, que la hacía temblar.

Ahora el millonario portugués había vuelto a su vida... y Leonie no podría escapar. Vidal podría saldar viejas deudas y convertirla en su amante, y ella no podría hacer otra cosa que aceptar...

Pero Vidal no quería una amante, quería una esposa. Y tenía intención de conseguirlo.

# JAZMÍN

## SUSAN FOX
### POR EL AMOR DE UNA MUJER

Oren McClain sabía que Stacey Amhearst no tenía más remedio que aceptar su matrimonio de conveniencia. Pero Stacey estaba secretamente enamorada de él y estaba dispuesta a hacer lo posible para que el matrimonio funcionara. ¿Conseguiría ser la mujer de McClain en algo más que el nombre?

## SHIRLEY JUMP
### SEGUNDO AMOR

Anita Mercado se había mudado al pueblo para darle un hogar a su futuro bebé. Estaba sola, pero había aprendido que no necesitaba a nadie, ni siquiera a Luke Dole, un padre soltero con quien una vez había fantaseado. Pero ¿cómo podía una mujer embarazada y sola evitar a su primer amor, cuando él era tan irresistible? Luke nunca había soñado con que volvería a ver a Anita… y menos que esta estuviese embarazada. La había dejado escapar una vez, pero no iba a cometer de nuevo el mismo error. Porque ahora Anita lo necesitaba, y él iba a enseñarle lo que significaba ser padre.

N.º 588

## JESSICA HART
### PARAÍSO TROPICAL

Martha Shaw era una madre soltera que acababa de convertirse en la niñera de la sobrina del guapísimo Lewis Mansfield… y estaba a punto de pasar seis meses en una isla tropical con él y con los niños. Martha no tardó en enamorarse locamente de su atractivo jefe, pero él parecía feliz en su condición de soltero despreocupado y sin planes de pasar por el altar. ¿Sería capaz de arriesgarlo todo y decirle lo que sentía por él?

# DESEO
# JESSICA LEMMON

## INTERCAMBIO DE GEMELOS

La representante Kendall Squire necesitaba desesperadamente que el actor Max Dunn saliera del retiro que él mismo se había impuesto. Como representante de su gemelo, cabía la posibilidad de que hubiera cerrado un acuerdo para que su cliente hiciera un anuncio sin concretar un pequeño detalle: su disponibilidad. Max sería el sustituto perfecto, pero cuando Kendall fue a su cabaña en la montaña para proponerle la idea, acabaron atrapados en una tormenta de nieve. Pronto convencer a Max para que se hiciera pasar por su hermano dio paso a una negociación mucho más íntima.

N.º 568

## LOS SUEÑOS SE CUMPLEN

Conseguir una entrevista con el actor Isaac Dunn era un sueño hecho realidad para la creadora de pódcast Meghan Squire. Pero cuando él le pidió hacerse pasar por su novia, ¡tuvo que pellizcarse para saber si estaba o no soñando! Sería un acuerdo temporal, lo justo para contentar a la prensa. Sencillo. Al menos hasta que su atracción demostró ser de todo menos fingida y acabó en embarazo. De pronto la pregunta del millón era si estaban preparados para un compromiso de verdad.

# BIANCA™

**SUSANNE JAMES**

## LEGADO ENVENENADO

Años después de abandonar a Helena, Oscar Theotokis reapareció con sus ojos negros y su sonrisa arrebatadora, desafiando su determinación de no volver a caer bajo sus encantos.

Pero Oscar no había podido borrar a la preciosa inglesa de sus pensamientos. Y se había prometido que, si alguna vez se casaba, no sería por sentido de la responsabilidad, sino por simple y puro deseo.

**MICHELLE REID**

## EL HOMBRE QUE LO ARRIESGÓ TODO

Para Franco Tolle, el chico de oro de la *jet set* europea, la vida era solo una carrera de lanchas motoras que surcaban el Mediterráneo más azul. Rico y famoso, el joven heredero era un hombre temerario al que nada le importaba. Pero una vez corrió un riesgo demasiado alto… Presa de un arrebato de pasión, le puso un anillo de boda a Lexi Hamilton… Unos meses más tarde, sin embargo, serían unos perfectos extraños.

Y la vida le pasaría factura; una factura muy larga…

N.º 504

# BIANCA™

*Su confesión:*
*«Estoy embarazada».*

## EL DIAMANTE DEL ESCÁNDALO

DANI COLLINS

N.º 226

Fliss renunció a sus sueños como diseñadora de moda para cuidar de su abuela. Pero cuando cayó en sus manos una invitación para el evento más exclusivo del año, pensó que esa podía ser su última oportunidad para dar a conocer sus diseños. Lo que nunca imaginó es que llamara la atención del conocido Saint Montgomery…

Aunque no pertenecía a ese exclusivo mundo de lujo, Fliss no pudo resistirse a disfrutar de una noche de pasión con Saint. Sin embargo, cuando los diamantes que él le regaló como agradecimiento la convirtieron en el centro de atención de los medios, se encontró nuevamente atrapada en la poderosa órbita de Saint y no tuvo más remedio que revelarle su secreto.

## ¡YA EN TU PUNTO DE VENTA!

# BIANCA™

*La venganza se sirve mejor...*
*¡en el altar!*

## UNA VENGANZA PELIGROSA

JACKIE ASHENDEN

N.º 3182

Flora McIntyre se convirtió en la asistente personal de Apolo Constantinides para vengar a la familia que él destruyó. Y lo logró. Unas comprometedoras fotos, cuidadosamente manipuladas, le costó el matrimonio que iba a restaurar su buena reputación. Pero Flora no había previsto su reacción... ¡Apolo le exigió que se casara con él!

Como su esposa, Flora podría destruirlo para siempre. Sin embargo, llevar su alianza en el dedo desató un peligroso deseo que lo alteró todo. ¿Cómo podía un hombre tan despiadado acelerar su pulso?

¿Y qué pasaría con su plan de venganza si se enamoraba de su marido y enemigo?